CW01639366

Nicolas Beuglet

Après quinze années passées chez M6, Nicolas Beuglet a choisi de se consacrer à l'écriture de romans. *Le Cri* (2016), *Complot* (2018) et *L'Île du Diable* (2019) composent sa première trilogie autour de l'inspectrice Sarah Geringën. Avec *Le Dernier Message*, mettant en scène une nouvelle héroïne, l'inspectrice écossaise Grace Campbell, il inaugure un autre cycle qui se poursuit avec *Le Passager sans visage* (2021), puis *L'Archipel des oubliés* (2022), tous parus aux éditions XO. Son dernier roman, *L'Ultime Avertissement*, paraît en 2024 chez le même éditeur.

L'ULTIME AVERTISSEMENT

ÉGALEMENT CHEZ POCKET

Le Cri

Complot

L'Île du Diable

Le Dernier Message

Le Passager sans visage

L'Archipel des oubliés

L'Ultime Avertissement

NICOLAS BEUGLET

L'ULTIME AVERTISSEMENT

XO EDITIONS

Le Code de la propriété intellectuelle n'autorisant, aux termes de l'article L. 122-5, 2° et 3° a, d'une part, que les « copies ou reproductions strictement réservées à l'usage privé du copiste et non destinées à une utilisation collective » et, d'autre part, que les analyses et les courtes citations dans un but d'exemple et d'illustration, « toute représentation ou reproduction intégrale ou partielle faite sans le consentement de l'auteur ou de ses ayants droit ou ayants cause est illicite » (art. L. 122-4).
Cette représentation ou reproduction, par quelque procédé que ce soit, constituerait donc une contrefaçon, sanctionnée par les articles L. 335-2 et suivants du Code de la propriété intellectuelle.

© XO Éditions, 2024
ISBN : 978-2-266-35283-3
Dépôt légal : septembre 2025

À Bernard Fixot

1.

La conférence durait depuis plus d'une heure. Pourtant, personne ne manifestait de signe d'impatience. Dans l'amphithéâtre régnait au contraire un silence attentif, et tous les regards étaient dirigés vers l'oratrice.

Debout sur l'estrade, la jeune femme d'environ trente ans ménageait une pause dans son exposé. Cheveux bruns coupés en carré dégradé avec une frange basse qui traçait une ligne droite au-dessus de ses sourcils, elle balaya l'auditoire de ce regard méthodique et scrutateur dont elle faisait quotidiennement usage dans son métier d'experte en art. Satisfaite de la soif de connaissances qu'il lui sembla lire sur les visages, elle esquissa un sourire, plissant son nez légèrement retroussé et piqueté de taches de rousseur. Puis elle se retourna vers le bureau derrière elle et attrapa une enveloppe glissée sous le support en plastique où était écrit « Felicia Duplessis ». Elle en sortit un petit objet circulaire qu'elle plaça sous un rétroprojecteur.

— Pour conclure sur les mille et une façons dont les objets racontent l'Histoire, je voudrais vous dévoiler le secret que recèle cette petite chose.

Felicia considéra un instant l'image de la pièce en argent projetée sur le mur, sur laquelle apparaissait l'inscription, en grec, « Roi Lysimaque »…

— Voici le côté pile. Et, sur le côté face…

Elle retourna la pièce, et apparut le profil d'un jeune homme aux cheveux bouclés, au nez droit, à la mâchoire puissante et au regard farouchement porté droit devant.

— Logiquement, vous vous dites qu'il s'agit d'un portrait de ce roi Lysimaque. Mais les plus aguerris d'entre vous auront ici reconnu l'effigie de l'un des hommes les plus célèbres au monde : Alexandre le Grand. « Pourquoi ce roi Lysimaque n'a-t-il pas fait frapper son propre visage ? », devez-vous vous demander.

Felicia leva un sourcil d'un air malicieux.

Après quelques secondes d'un silence gênant, une jeune femme blonde aux cheveux très courts, installée dans les derniers rangs, leva la main.

— Oui, mademoiselle, nous vous écoutons, lança Felicia de sa voix vive.

— La pièce a été émise à l'occasion d'un hommage à Alexandre ?

— Et ce n'est… pas la bonne réponse. Mais je vous remercie de l'avoir donnée, parce que c'est ce que tout le monde pensait tout bas sans oser le dire, n'est-ce pas ?

Quelques murmures étouffés donnèrent raison à Felicia.

— La raison de cette apparente anomalie est en fait très simple, reprit la jeune femme. Le roi Lysimaque n'avait pas confiance dans sa propre aura et a préféré s'approprier la gloire et l'autorité d'Alexandre, son prédécesseur, qui était pour des millions de citoyens dans le monde le plus grand chef militaire de tous les temps. En faisant frapper cette monnaie, Lysimaque est ainsi devenu le premier dirigeant de l'Histoire humaine à faire ce qu'on appelle aujourd'hui de la récupération politique.

Des rires fugaces se firent entendre.

— Mais ne ricanons pas trop vite, car…

Felicia allait poursuivre lorsque son œil fut attiré par la porte de l'amphithéâtre. Elle venait de s'ouvrir. Qui pouvait arriver une poignée de minutes avant la fin de la conférence ? Surprise, elle vit entrer un homme à l'allure digne, en costume et aux cheveux grisonnants, qui l'observait en tenant une enveloppe à la main. La jeune femme prit peur. Était-ce un huissier venu jusque-là lui réclamer le remboursement de sa dette ?

— Pardon, je disais : ne ricanons pas trop vite du passé, reprit la jeune conférencière passablement troublée. Ici, aux États-Unis, nous avons tous dans notre porte-monnaie des billets ou des pièces avec non pas le portrait de Biden, Trump, Bush ou Clinton, mais de George Washington, Abraham Lincoln ou Thomas Jefferson. Preuve absolue que les morts sont bien plus stables et dignes de confiance que les vivants aux yeux du peuple.

Un bruissement d'approbation courut dans l'assemblée.

— Enfin, reprit Felicia, je voulais vous faire part d'une réflexion amusante. Vous n'êtes pas sans savoir que, plus un objet est courant à une époque, plus il a de chances d'être retrouvé par de futurs archéologues. Or, aujourd'hui, ce sont sans aucun doute les billets de un dollar qui circulent le plus et qui seront donc les plus susceptibles d'être découverts lors des fouilles qui auront lieu dans plusieurs générations. Les historiens du futur concluront peut-être alors que, en 2024, l'homme le plus important des États-Unis, et donc probablement le dirigeant du pays, n'était autre que celui dont le portrait orne ces billets de un dollar, à savoir George Washington. Avant que les chercheurs ne se rendent compte de leur erreur, l'information se retrouvera dans les manuels scolaires et fera même l'objet de conférences… au moins aussi arrogantes de certitudes que celle d'aujourd'hui. Merci !

Une salve d'applaudissements retentit, et plusieurs spectateurs se levèrent pour témoigner leur enthousiasme.

— Bravo ! s'écria quelqu'un, et plusieurs voix approuvèrent.

Felicia sourit avant de réajuster la veste et la jupe de son tailleur en tirant un peu dessus. Puis elle avisa l'homme à l'enveloppe, non sans méfiance.

Il était désormais au pied de l'estrade et la regardait d'un air poli mais insistant.

— Je vous vois pressé de me parler. Dites-moi ce qui vous amène, cher monsieur, lança-t-elle.

— Navré de vous importuner, mais je suis chargé de vous remettre ce message en mains propres.

Il tendit le pli. Felicia n'y aperçut aucun logo de sa banque et en fut passablement soulagée.

— C'est de la part de qui ? questionna-t-elle alors qu'elle répondait d'un rapide sourire à trois personnes qui passaient derrière lui en la saluant, le pouce levé.

— J'ignore si vous le connaissez, mais lui vous connaît. Il suit vos travaux et vos interventions depuis quelques années déjà.

La jeune conférencière prit l'enveloppe. La finesse de sa peau, dont elle prenait grand soin pour les besoins de ses expertises, lui permit d'apprécier le velouté épais et délicat du noble papier. Son index s'attarda sur le sceau de cire rouge estampillant le courrier, où s'entrelaçaient les lettres E et C. L'ensemble était si élégant que son cœur d'experte en art la dissuada presque de décacheter le pli.

— E et C sont les initiales de… ?

— Enguerrand de Castelmore.

— Castelmore, répéta Felicia. Comme le collectionneur ?

— Exact.

Felicia s'empara d'un crayon dont elle fit glisser la mine dans le coin de l'enveloppe. Puis elle déchira adroitement le papier et en sortit un carton blanc. L'en-tête, en italique gracieux, affichait le mot « *Invitation* ». Le reste du message avait été rédigé au stylo à plume dans une écriture déliée qui rappelait la calligraphie royale du XVIIe siècle.

Felicia lut la lettre et releva la tête ; son regard, d'un bleu translucide, presque gris, scintillait d'incrédulité sous sa frange, et sa fine bouche esquissa une moue dubitative.

— C'est une requête sérieuse ? demanda-t-elle au courtois messager.

— M. de Castelmore n'est pas homme de plaisanterie.

Felicia planta ses yeux dans ceux de son interlocuteur comme s'il était une pièce d'art dont elle devait estimer l'authenticité. Puis, constatant que l'homme ne sourcillait pas, elle s'assit sur le bord du bureau et repoussa ses cheveux pour poser une main sur son front.

— Alors ? insista l'homme.

— C'est une offre très intéressante, mais aussi très intrigante. Laissez-moi le temps d'y réfléchir.

2.

Felicia laissa glisser sa main jusqu'à la poignée, qu'elle enfonça mollement avant d'appuyer son épaule droite contre le battant, qu'elle poussa laborieusement. Une fois dans son appartement, elle s'y reprit à trois fois pour refermer la porte avec l'arrière de son pied, puis tenta de reprendre son souffle. Cette invitation la travaillait tellement qu'elle avait allongé son jogging quotidien de quinze minutes pour mieux en prendre la mesure.

Comme chaque fois qu'elle rentrait chez elle, la jeune femme caressa l'encolure d'un fier cheval en bronze installé sur une console, puis déposa ses clefs dans une coupelle métallique munie d'une anse à la courbe élégante. Au-dessus était encadrée une reproduction du *Saint Jean-Baptiste* de Léonard de Vinci. Ce jeune homme aux cheveux bouclés et au sourire aussi énigmatique que celui de la Joconde semblait lui souhaiter la bienvenue.

Puis elle s'écroula sur son canapé, les jambes ballantes à l'une des extrémités. Pendant un moment, elle contempla le plafond à moulures où elle avait eu la fantaisie d'accrocher la célèbre scène de la chapelle Sixtine représentant Adam et Dieu tendant le doigt l'un vers l'autre. Elle ne put s'empêcher de penser que le compagnon d'Ève arborait une pose bien paresseuse.

Avachie sur ses coussins à la façon d'un pacha, elle s'amusa à mimer avec outrance la pose désinvolte du premier homme en s'adressant à son plafond.

— J'ai beau avoir l'air d'un idiot endormi, je suis connu dans le monde entier parce que Michel-Ange m'a peint ! Or, il m'a peint non pour ma dimension religieuse, mais pour mes cuisses, mes bras, ma bouche et mon sexe ! Je suis une peinture-fantasme et, si j'ai envie que le vieux monsieur à barbe me touche, c'est parce que le monsieur à barbe n'est autre que Michel-Ange qui a représenté son désir pour les jeunes hommes. Cette scène qui trône au plafond d'une chapelle du Vatican est une icône gay ! Il serait temps qu'on se le dise ! Et surtout vous, mesdames les coincées !

Felicia avait fermé les yeux, et devant ses paupières closes se mouvaient les images des religieuses qui l'avaient élevée à l'orphelinat. Bien qu'elle eût quitté l'institution douze ans auparavant, elle restait marquée par la froideur de ces femmes qui n'avaient jamais eu un geste tendre pour la petite fille qu'elle était. Et qui était devenue une femme en éternel manque d'amour. Pour ces sœurs, la religion n'était que rigueur, austérité et menace. Felicia se rappellerait toujours ce rendu de bulletin scolaire dans la chapelle de l'orphelinat où la mère supérieure lui avait lancé : « Ce n'est pas avec ces notes que vous irez au paradis, mademoiselle Duplessis ! »

— Et vous, vous devriez aller en enfer pour avoir dit ça à une enfant, marmonna Felicia.

Préférant penser à autre chose, elle tendit la main vers son téléphone portable, qu'elle avait posé sur la table basse. D'un mouvement de pouce agile, elle consulta son compte YouTube pour vérifier le nombre de vues de sa dernière conférence : 253 602. Elle était dans sa moyenne. Par réflexe, elle jeta un œil aux commentaires des internautes. Elle répondit à une personne à propos du titre du livre qu'elle avait plusieurs fois cité au cours de son exposé, *Une histoire du monde en 100 objets*. Ensuite, elle effaça trois messages qui s'épanchaient un peu trop sur son « charmant » physique, sourit à la réflexion d'un fan qui estimait que ses gestes, les expressions de son visage et l'énergie qu'elle mettait dans ses exposés lui donnaient des airs de maîtresse d'école. Enfin, elle remercia l'ensemble de la communauté de sa fidélité.

Soudain, son écran signala l'arrivée d'un message de son amie Camilla : « *Salut, ma superwoman, je voulais juste te dire que je pense bien à toi pour ce soir et que je suis sûre que tu vas être emballée ou plutôt que tu vas emballer sévère !* »

— Mince, mon *date* ! souffla Felicia.

Elle s'était redressée sur le canapé, une main contre son visage encore rougi par l'effort. Elle acheva de lire le texto de son amie : « *Pour une fois, cesse de penser au boulot et à tes soucis d'argent. Autorise-toi peut-être un peu de légèreté, non ?* »

Felicia hésitait. Camilla avait été sa première amie à sa sortie de l'orphelinat. Celle qui l'avait accueillie dans le vrai monde et qui l'avait à la fois protégée et initiée. Elle avait envie de suivre son conseil, mais elle avait sans doute mieux à faire ce soir… Alors elle envoya un SMS au jeune homme avec qui elle avait rendez-vous. « *Pas possible pour ce soir. Désolée.* »

Puis elle se leva et retourna dans l'entrée, s'arrêtant devant la console. Elle ouvrit l'unique tiroir sous l'œil malicieux de saint Jean-Baptiste et prit l'invitation. Elle relut la lettre afin d'être certaine d'en saisir toutes les implications.

Madame,

Depuis plusieurs années, j'ai le plaisir de regarder vos conférences sur le monde de l'art. La précision de vos analyses, la pertinence des conclusions que vous tirez de quelques détails finement relevés transforment vos interventions en moments de culture qui élèvent l'âme.

C'est la raison pour laquelle je fais aujourd'hui appel à vous pour une affaire fort particulière, et qui réclame toute l'agilité et l'ouverture d'un esprit comme le vôtre.

Je possède trois objets qui me sont très chers pour des raisons sentimentales, mais dont je ne parviens à déterminer ni la fonction exacte ni la valeur. Ainsi, j'aimerais que vous les expertisiez. J'aurais pu vous les envoyer, mais, d'une part, je crains bien trop qu'ils se perdent ou s'abîment et, d'autre part, je pense qu'il vaut mieux que vous les étudiiez dans leur contexte.

En ce qui concerne le paiement, je me soumettrai bien évidemment à vos tarifs, mais pour vous convaincre un peu plus d'accepter mon offre, je tiens à vous offrir un objet que vous choisirez parmi la collection Castelmore.

Par ailleurs, si vous me faisiez la joie d'accepter mon invitation, tous vos frais de transport, hébergement et repas seraient bien évidemment pris en charge pendant la durée de l'expertise. Afin de vous mener au manoir de Castelmore, j'ai cédé à une bien triviale mais pratique modernité en vous proposant de flasher le QR code à la fin de ce message. Un SUV viendra alors vous chercher à votre domicile et vous conduira en deux heures de route au domaine, au nord d'Atlanta, dans les Appalaches.

En espérant avoir l'honneur de vous recevoir bientôt, je vous prie d'agréer, madame, ma considération distinguée.

Enguerrand de Castelmore

Felicia effectua sur Internet une rapide recherche à propos de cet homme, qui confirma ce qu'elle pensait : il s'agissait bien du fils d'Adhemar de Castelmore, le célèbre collectionneur.

Pour se donner le temps de réfléchir, Felicia retourna dans le salon, contourna la table basse sur laquelle reposait le buste d'une femme nue aux lignes épurées, d'allure contemporaine, et se posta devant la baie vitrée. Celle-ci donnait sur un parc, au-delà duquel se découpaient les hautes tours du centre-ville d'Atlanta. Un unique nuage plombait le ciel, diffusant une terne lueur hivernale. Cette grisaille lui rappela le jour où elle avait quitté l'orphelinat, à ses dix-huit ans, et où elle avait rencontré Camilla. Elle se souvenait du bus bondé qui l'emportait vers une auberge de jeunesse. Le siège sur lequel elle était assise représentait en cet instant un refuge auquel elle s'accrochait pour ne pas paniquer devant l'incertitude de sa nouvelle existence. Elle serrait contre elle son sac à dos trop grand et s'efforçait de calmer son anxiété en comptant les voitures. Et puis une femme enceinte était entrée. Felicia avait aussitôt remarqué son ventre arrondi et, sans hésiter, quitté cette place à laquelle elle tenait tant pour la lui céder. Camilla, elle aussi passagère du bus, l'avait alors serrée dans ses bras pour la remercier de sa générosité. Sur le moment, Felicia avait été surprise par cet élan de tendresse de la part d'une inconnue, mais, au fond, c'était exactement ce dont elle avait besoin : un peu de chaleur humaine et de spontanéité.

Felicia sourit à l'évocation de ce souvenir en laissant dériver son regard sur les chemins du parc. Quelques sportifs exhalaient des volutes de buée en courant dans l'air froid, et un écureuil aux œillades inquiètes s'empressait de cacher des dernières provisions sous un tas de feuilles mortes.

La jeune experte triturait machinalement la lettre. Cette proposition de la part d'un collectionneur de la renommée de Castelmore était une chance inouïe. Non seulement elle allait être confrontée à des pièces intéressantes, d'une valeur rare, mais, en plus, aubaine incroyablc, elle allait pouvoir repartir avec un objet de la célèbre collection. Dont la revente pourrait s'avérer salutaire pour ses finances…

Felicia considéra de nouveau l'invitation : elle avait peine à croire que tout cela fût bien réel. D'autant que Castelmore avait les moyens de s'offrir les services des experts les plus réputés. Mais il avait, semble-t-il, besoin d'un esprit plus flexible et plus ouvert que celui des vieux routards. Et, sans se jeter de fleurs, Felicia admettait volontiers qu'elle avait une façon plus souple d'appréhender son travail que les barbons qu'elle côtoyait régulièrement. Cette invitation cochait toutes les cases pour susciter son enthousiasme.

Seule discrète ombre au tableau : elle allait devoir dormir chez son client dans un domaine loin de tout, perdu dans les Appalaches. Elle n'avait pas vraiment peur, mais Felicia ne parvenait guère à ignorer le petit signal de méfiance qui s'était allumé dans un coin de son cerveau.

Elle écrivit donc un SMS à son amie Camilla pour lui expliquer où et chez qui elle se rendait. Puis elle flasha le code sous le message, et son téléphone la renvoya vers une page qui proposait deux options : « J'accepte l'invitation » ou « Je n'accepte pas l'invitation ».

Elle appuya sur « J'accepte ». Un message s'afficha alors pour lui demander son adresse. Elle rentra l'information et, moins de cinq secondes plus tard, on lui précisait qu'un chauffeur l'attendrait en bas de chez elle dans une heure.

Le cœur palpitant un peu plus fort, elle laissa ses doigts onduler dans le vide, comme si elle palpait déjà les objets qu'Enguerrand de Castelmore voulait faire expertiser. Elle gagna ensuite sa salle de bains pour prendre une douche froide. Séchée et habillée, elle se prépara un smoothie de fruits, légumes et gingembre, qu'elle sirota avec délectation.

Elle profita de ce moment pour passer en revue les informations sur son téléphone. La météo annonçait de la neige, mais elle s'attarda surtout sur le nouveau projet de l'État de Californie, qui prévoyait d'équiper plusieurs déserts éducatifs de professeurs robots pilotés par une intelligence artificielle. Felicia parcourut l'article et regretta que, pas une fois, le journaliste béat d'admiration devant la prouesse technologique ne remette en cause son bien-fondé pédagogique.

Rangeant son téléphone, elle entra dans son bureau, auquel les poutres apparentes donnaient des airs bucoliques. Les murs avaient été peints d'une couleur rose des sables et dotés de trois niches qui accueillaient des statuettes de figures mythologiques : Ulysse, Poséidon et Perséphone, tous mis en valeur par un faisceau de lumière dorée.

Felicia ne se lassait pas de venir dans ce lieu palpitant de savoir et de réflexion. C'est ici qu'elle rédigeait ses rapports d'expertise, qu'elle préparait ses conférences et se tenait au courant de toute l'actualité du marché de l'art. Elle mesurait la chance qu'elle avait de posséder une pièce dédiée à son travail et n'oubliait pas qu'elle devait ce confort à ses parents qui, s'ils n'avaient pu l'élever eux-mêmes, lui avaient légué de quoi s'acheter un joli appartement.

Felicia contourna son secrétaire à dorures pour ouvrir un placard en acajou. Elle ignora les dizaines de dossiers qui s'alignaient et s'empara d'une petite sacoche contenant une loupe à main, une loupe œilleton de bijoutier et une lampe à rayons ultraviolets. Elle glissa son matériel dans un petit sac à dos et alla chercher quelques vêtements de rechange dans sa chambre. Puis elle enfila un blouson en cuir marron cintré, s'enroula une écharpe autour du cou, chaussa une paire de bottines fourrées et se regarda dans la glace fixée juste à côté de la peinture de Léonard.

Elle jugea qu'une pointe de maquillage ne serait pas de trop. Elle prit un crayon noir et, d'un coup de main aussi habile que rapide, elle souligna le contour de ses yeux, appliqua une couche de rouge à lèvres rosé et arrangea rapidement sa frange.

Son téléphone lui signala qu'elle avait reçu un message : l'émoji d'un visage versant une larme, envoyé par le jeune homme qu'elle avait éconduit. Se sentant coupable d'avoir annulé ce rendez-vous au dernier moment et avec si peu d'égards, Felicia pinça les lèvres et répondit :

« *La prochaine fois, je t'invite. Bise.* »

Puis elle sortit de chez elle en ayant pris soin de dire au revoir à ses œuvres d'art, comme une autre l'aurait fait avec ses enfants.

Elle s'apprêtait à refermer la porte d'entrée de son appartement quand une voix nasillarde et chargée d'autorité l'interpella.

— Madame Duplessis ?

Felicia se retourna pour se retrouver face à face avec trois hommes. Celui qui avait parlé portait un costume, et les deux autres, un peu en retrait, étaient habillés comme des déménageurs, des cartons aplatis sous le bras. Le cœur de la jeune femme se serra.

— Oui, c'est moi, balbutia-t-elle.

— Je suis Warren Seinic, huissier de justice.

L'homme lui tendit un document.

— Vous êtes redevable de la somme de 300 000 euros envers votre banque, reprit l'huissier, et votre défaut de paiement a dépassé les six mois. Par conséquent, sur décision de justice, nous avons été mandatés pour saisir vos biens, qui seront vendus afin de rembourser votre dette.

Felicia s'appuya au premier mur qu'elle trouva, saisie d'un vertige.

— Attendez ! protesta-t-elle. La banque m'avait promis de me laisser deux ans de plus !

— La banque a changé d'administrateur, et le nouveau est revenu sur la décision de son prédécesseur.

— Mais il n'en a pas le droit !

— Étant donné que le délai accordé n'était pas prévu dans un cadre légal, mais uniquement comme une faveur personnelle, la banque est dans son plein droit.

Incapable de réagir, Felicia vit les deux manutentionnaires entrer chez elle à la suite de l'huissier. Les jambes flageolantes, elle les regarda décrocher les tableaux des murs, coucher des statuettes au fond de cartons, envelopper des bronzes dans des couvertures. Autant d'œuvres achetées avec ses premiers salaires dans le cabinet d'expertise en art qui l'avait engagée à ses débuts. Pendant des années, elle s'était privée de shopping et de vacances pour s'offrir ces objets qui la ravissaient chaque fois qu'elle les regardait.

L'homme qui s'était présenté sous le nom de Warren Seinic déambulait dans l'appartement, indiquant à ses deux exécutants ce qui devait être saisi. En l'espace de dix minutes, l'appartement de Felicia avait été dépouillé de tout ce qu'elle aimait. Il était devenu impersonnel, sans âme, si représentatif de la réalité de sa vie. Elle n'aurait désormais plus de raison de rentrer chez elle le soir.

L'huissier sortit.

— J'estime que la saisie d'aujourd'hui permettra d'éponger un dixième de votre dette. Par conséquent, votre banque acceptera de vous accorder un délai supplémentaire de deux semaines pour rembourser le reste. Sans versement de votre part, vous serez expulsée de votre domicile, qui sera saisi et mis en vente afin que la banque puisse se rembourser. Bonne soirée, madame Duplessis.

Les deux déménageurs achevèrent de transporter les cartons en bas de l'escalier et les trois hommes s'en allèrent, laissant Felicia vaincue devant la porte de son appartement.

Accroupie, la jeune femme posa son menton dans la paume de sa main, pendant cinq longues minutes. Une unique larme coula sur sa joue. Elle l'essuya immédiatement avant de se relever.

Rester ici à se morfondre ne servait à rien. Sa meilleure chance de trouver de l'argent était de se rendre chez ce Castelmore.

Felicia ferma la porte de son domicile à clef, puis descendit jusque dans le hall d'accueil de son immeuble.

Dehors, un SUV Mercedes noir à la carrosserie lustrée l'attendait. Sans un mot, un jeune homme blond longiligne en costume la salua d'un mouvement de tête et lui ouvrit la porte arrière. Felicia allait entrer dans l'habitacle quand elle leva un doigt.

— Juste un détail..., s'excusa-t-elle.

Elle fit le tour du véhicule, prit en photo la plaque d'immatriculation et l'envoya à Camilla, accompagnée du message : « *On ne sait jamais.* »

Puis elle fit un petit signe d'excuses au chauffeur et s'installa sur la banquette en cuir juste avant que la porte ne se referme.

— M. de Castelmore me charge de vous dire qu'il est ravi de vous accueillir et qu'il fera tout pour rendre votre séjour le plus agréable possible, annonça le conducteur une fois installé. Bon voyage.

La Mercedes démarra ; elle semblait glisser sur l'asphalte. Dans la tête de Felicia résonnaient les derniers mots de l'huissier. Il lui restait deux semaines pour rembourser sa dette. Sinon, elle serait à la rue.

Le travail qu'elle venait d'accepter était au fond sa dernière chance de s'en sortir. Elle n'avait pas le droit à l'erreur. Mais, en cherchant à se préparer mentalement à l'exercice qui l'attendait, elle ne fit qu'accroître son anxiété : qu'est-ce que les objets d'Enguerrand de Castelmore avaient de si particulier ? Et, surtout, serait-elle à la hauteur des attentes que ce riche client avait placées en elle ?

3.

Ils roulaient depuis une demi-heure, et les maisons de la banlieue d'Atlanta commençaient à céder le terrain à des forêts d'arbres décharnés et à des bras de rivières gelés. Le chauffeur n'avait pas dit un mot et, quand Felicia croisait son regard dans le rétroviseur, elle se demandait s'il l'observait pour s'assurer que tout allait bien ou s'il la surveillait.

— Vous êtes au service de M. de Castelmore depuis longtemps ? lui demanda-t-elle soudain.

— Depuis cinq ans.

— Vous avez donc déjà dû voir sa collection d'œuvres d'art, non ?

— Je ne suis pas invité à entrer dans les parties du manoir où sont exposées les œuvres de Monsieur.

Felicia refréna son envie de poser une nouvelle question et, le front appuyé contre la vitre, regarda dehors. Le chauffeur avait probablement l'habitude d'être le plus discret possible et non de faire la conversation. Elle en était à cette réflexion lorsque son téléphone sonna. C'était Camilla. Felicia décrocha.

— C'est quoi, cette histoire ? demanda son amie. Pourquoi tu m'envoies toutes ces informations ? On dirait que tu es à peu près sûre de te faire kidnapper !

— Non, c'est simplement pour que tu saches où je suis et que tu ne t'inquiètes pas, chuchota Felicia. Je ne reviens pas avant demain.

— Tu vas dans les Appalaches ! C'est la montagne, ma fille. Tu vas avoir de la neige, et qui dit neige dit parfois route bloquée pendant plusieurs jours…

— Je n'y avais pas pensé.

— C'est pour ça que je suis là ! Mais on s'en moque. L'essentiel, c'est que tu aies décroché cette expertise. Du peu que tu m'en as dit dans ton message, ça a l'air génial ! Tu vas te régaler.

— J'espère, parce que je n'en ai jamais eu autant besoin.

— L'huissier est venu ?

— Oui.

— Ma pauvre.

— Je vais m'en sortir… Il faut que je m'en sorte, répondit Felicia, la main en coupe devant la bouche.

— Tu vas t'en sortir, t'es une résiliente de haut vol. Tu peux foncer, je veille en *back up*.

— Merci, ma belle.

— Bonne expertise… Et, surtout, fais-toi payer grassement. Tu me diras si cet Enguerrand de Castelmore est généreux.

— Je te raconterai. Je t'appelle dès que j'en sais plus. D'accord ?

Pas de réponse.

— Camilla ? Allô ?

La communication avait été interrompue. Felicia voulut rappeler son amie, mais l'appel n'aboutit pas. Il n'y avait plus de réseau.

Elle contempla le paysage. La route jusqu'ici bordée de feuillus dénudés était désormais encadrée par d'immenses sapins si élancés que la Mercedes noire n'était plus qu'un jouet écrasé par une muraille sombre.

Son smartphone serré dans sa main comme un dernier lien avec le monde, Felicia surveillait le réseau, qui ne demeurait jamais stable assez longtemps pour lui permettre de téléphoner à Camilla. Concentrée sur l'appareil, elle ne vit pas tout de suite les flocons épars qui s'étaient mis à danser dans l'air. Levant enfin le nez de son écran, elle remarqua que les conifères, encore verdoyants quelques instants auparavant, s'étaient parés d'une couverture tantôt d'un blanc cristallin, tantôt d'un bleu glacier. Leurs branches étaient semblables à des bras faméliques drapés de dentelle déchirée. Le conducteur avait monté le chauffage, mais le froid qui régnait à l'extérieur avait malgré tout gagné l'habitacle, incitant Felicia à resserrer son blouson autour d'elle. La pente de la route s'accentua, et des congères apparurent sur les bas-côtés, preuve s'il en fallait que la neige pouvait tomber en grande quantité dans la région.

Le chauffeur alluma les phares alors que Felicia regardait de nouveau par la fenêtre, frissonnant de froid et de nervosité. À mesure que la piste se faisait plus sinueuse et plus étroite, les arbres s'arc-boutaient, telle une arche de sentinelles épiant le véhicule solitaire. Plus aucune habitation n'était visible, à présent, dans cet étouffant paysage de forêt enneigée. Si bien que Felicia avait la sensation d'avoir été transportée dans un autre pays, emportée vers une destination où personne ne la retrouverait jamais.

— Nous arrivons dans combien de temps? questionna-t-elle.

— Le GPS m'indique quarante-trois minutes, mais je vais devoir ralentir à cause de la neige.

Felicia consulta de nouveau son téléphone, pour constater qu'il n'y avait toujours pas de réseau.

Une bourrasque fouetta la voiture, qui fit un bref écart, et Felicia agrippa la poignée de la portière. La nuit était tombée, les phares éclairaient les sapins ondulant de conserve à la manière d'une mer noire agitée par les prémices d'une tempête. Seule source de lumière dans l'immensité nébuleuse, le véhicule semblait une anomalie dont la fragile lueur finirait tôt ou tard mangée par l'obscurité. Dans la voiture, le silence n'était troublé que par le bruit du moteur, et Felicia comptait les minutes.

Le conducteur braqua le volant vers la gauche.

— Nous ne sommes plus qu'à un quart d'heure du manoir, annonça-t-il justement.

Le chemin se rétrécit au point que les congères frôlaient le SUV à hauteur de la vitre de Felicia. Enfin, après avoir suivi un parcours qui ne cessait de s'élever à flanc de montagne au milieu de la forêt, la voiture ralentit.

Felicia se pencha sur le côté pour regarder par le pare-brise avant. Les phares jetaient leur lumière blafarde sur les deux piliers en pierres carrées qui structuraient le portail d'entrée. À leur sommet trônaient, pour l'un, un cheval monté par un homme équipé de sacoches et, pour l'autre, un livre ouvert adossé à un pupitre.

Les deux statues se trouvaient reliées l'une à l'autre par une arche en fer forgé ornée à son faîte d'un C majestueusement ouvragé.

Felicia, aussi intimidée qu'excitée à l'idée de pénétrer sur les terres des Castelmore, fut parcourue d'un frisson.

Le SUV franchit les grilles aux entrelacs complexes avant de s'engager sur une allée droite bordée d'ifs taillés en cônes, menant à un manoir où ne brillait qu'une seule lumière.

Felicia serra sa sacoche contre elle et s'efforça de respirer aussi calmement que possible à mesure que l'imposante masse de la bâtisse sortait de l'obscurité.

Dans l'exercice de son métier, Felicia était habituée à côtoyer la richesse, l'opulence, même, mais elle n'avait jamais été confrontée à une résidence aussi colossale.

Au centre, en haut d'une volée de marches, deux colonnes supportaient un chapiteau en triangle, à la façon des temples grecs, pour former le portique d'entrée. De chaque côté s'élançaient deux tourelles aux toits pointus et percées de meurtrières. À partir de ces cylindres d'allure médiévale se déployaient les ailes du manoir dans une succession de fenêtres, de balcons en pierres taillées et d'alcôves abritant des statues, où Felicia repéra rapidement les grandes figures de la mythologie grecque. L'ensemble, saupoudré de neige, paraissait inhabité si on excluait la fenêtre éclairée au rez-de-chaussée et les deux lanternes encadrant la porte d'entrée, lesquelles venaient de s'allumer.

La jeune femme était si absorbée par la contemplation du manoir qu'elle ne prêta pas tout de suite attention à un autre détail : dans la cour, juste devant eux, une berline noire était en train de se garer.

— Il y a un autre invité ? demanda-t-elle au chauffeur.

Pas de réponse. Le conducteur se contenta de descendre pour ouvrir la portière arrière. Felicia ferma son blouson jusqu'au menton et sortit dans la nuit glaciale ; son haleine semblait exhaler des panaches de fumée.

— Monsieur vous attend dans le manoir, déclara-t-il alors en se frottant les mains.

Au moment où Felicia esquissa un pas en direction du majestueux portique d'entrée, la porte arrière de l'autre véhicule s'ouvrit. Une silhouette se tenant de dos en descendit. Sa carrure était celle d'un homme solidement bâti. Il était vêtu d'un manteau mi-long qui lui donnait une certaine classe.

L'homme se retourna. L'experte nota sa mâchoire carrée, ses cheveux courts en bataille et une barbe de trois jours finement taillée. Il devait avoir une quarantaine d'années et dévisagea Felicia à son tour, sans un sourire. La jeune femme ne fut pas tant désarçonnée par la prestance de l'inconnu que par son col, qu'elle venait d'apercevoir. Un col noir interrompu par un liseré blanc : l'attribut des prêtres.

4.

Qu'est-ce qu'un homme d'Église venait faire ici ? Felicia ne parvint à dissimuler ni son étonnement ni son malaise. Sa présence la renvoyait à sa vulnérabilité, lors de ses années d'orphelinat. Elle se revit, petite fille tremblant d'appréhension, avant d'entrer dans le confessionnal. À l'époque, on lui avait dit qu'elle ne pouvait rien cacher de ses péchés au curé, car Dieu lui avait transmis le pouvoir de lire dans les esprits. Depuis, elle avait bien évidemment compris qu'on lui avait menti, mais, chaque fois qu'elle se trouvait en présence d'un prêtre, il lui semblait que celui-ci devinait ses secrets les plus intimes d'un seul coup d'œil. Et l'homme qui lui faisait face avait bien l'air de fouiller dans sa tête.

— Je suis le père Armand de Borderive, dit-il en tendant la main.

Son geste était plus vif que son allure générale ne l'aurait laissé supposer.

Felicia veilla à ce que sa poigne soit ferme afin d'asseoir son assurance.

— Felicia Duplessis, experte en art, se présenta-t-elle. Vous avez également été invité par Enguerrand de Castelmore ?

— Effectivement.

Felicia était sur le point de lui demander si c'était aussi dans le cadre d'une expertise, mais quelqu'un venait d'apparaître sur le perron. Un homme d'une cinquantaine d'années, le crâne dégarni malgré un reste de cheveux blonds sur les côtés, grand et très mince, les épaules un peu voûtées comme s'il était accablé.

— Entrez, je vous en prie, vous allez attraper froid, dehors ! lança-t-il, son souffle s'épanouissant en volutes dans l'air glacé.

Felicia passa devant le prêtre avec un bref geste d'excuses et s'empressa de monter l'escalier menant à la porte d'entrée.

Elle serra la main qu'on lui tendait.

— Enguerrand de Castelmore. C'est un honneur de vous recevoir, madame Duplessis.

Felicia franchit le seuil du manoir en adressant un sourire de convenance à son hôte.

Elle se trouvait désormais dans un hall aux murs de bois laqué, éclairé par un lustre en cristal qui projetait son éclat sur un parquet recouvert de tapis en velours bordeaux. Face à elle s'élevait un vaste escalier qui se déployait, à mi-hauteur, en deux bras opposés. Au rez-de-chaussée, de chaque côté des marches se trouvait une porte dont les pans étaient finement sculptés de torsades. Et, disséminées dans ce décor, brillaient des vitrines abritant toutes sortes d'objets. Ici un chapeau, un peu plus loin une canne, lesquels côtoyaient un poignard ou encore un soulier de femme à côté d'une valisette.

— Merci d'avoir accepté mon invitation, dit Enguerrand de Castelmore à l'homme d'Église qui pénétrait à son tour dans le hall.

Puis il referma la porte et se tourna vers ses invités. S'il s'efforçait d'être poli, ses sourcils froncés trahissaient son humeur soucieuse.

— Madame, mon père, si vous voulez bien me suivre, il fera meilleur dans le salon.

Le maître des lieux interpella ensuite le chauffeur de Felicia et celui du prêtre qui s'étaient présentés à l'entrée.

— Messieurs, rendez-vous à la cuisine, Charles vous a préparé à dîner.

Sur ces paroles, Enguerrand de Castelmore traversa le hall en direction de la porte située sous le bras droit de l'escalier. Le prêtre marchait juste derrière lui. Felicia suivait en l'observant avec attention, à l'affût du moindre indice qui pourrait lui en dire plus sur cet homme. Sa démarche déliée dénotait une certaine tonicité musculaire. Ce prêtre avait l'air d'avoir confiance en lui et de vouloir aller droit au but. Une attitude bien différente de celle des curés qu'elle avait connus à l'orphelinat…

— J'espère que le voyage n'a pas été trop pénible, avec cette neige, reprit Enguerrand de Castelmore.

— Votre chauffeur a su rendre le trajet reposant malgré les intempéries, répondit le prêtre.

Felicia les écoutait d'une oreille distraite, absorbée par la contemplation des lieux, goûtant ici les moulures boisées d'un plafond recouvert de figures mythologiques ou, là, un pan de mur habillé d'une tapisserie de scène de chasse médiévale.

— Quand a été construit ce manoir ? s'enquit-elle, toujours soucieuse de nourrir sa curiosité intellectuelle.

— En 1867. Ma famille l'occupe depuis son édification.

— Attendez, lança Felicia, soudain intriguée.

Juste à droite de la porte, une grande châsse en verre protégeait un antique fauteuil marron que la jeune experte était certaine d'avoir déjà vu quelque part. Le haut dossier était si abîmé que, en certains endroits, il se déchirait presque, les accoudoirs étaient élimés, sans parler de l'assise dont s'échappait de la bourre. Où l'avait-elle déjà aperçu ? Dans son esprit cascada une analyse express : XVIIe siècle, peu ouvragé, d'aspect presque banal, avait donc appartenu à la bourgeoisie et non à la noblesse. Très usé, il avait beaucoup servi, sans être réparé. Aurait-il été la propriété d'un bourgeois désargenté ? Mais pourquoi le mettre dans une vitrine et le conserver dans cet état délabré ? Une seule raison possible : il avait appartenu à quelqu'un de célèbre dont les marques d'usure ravivaient la mémoire.

— J'ai déjà vu ce fauteuil. Appartient-il à votre famille ? demanda Felicia.

— Non, c'est…

— Je me souviens ! C'était dans une exposition à Paris ! le coupa-t-elle en levant l'index, tandis que ses yeux bleu clair s'écarquillaient de fascination. C'est le siège de Molière, celui dans lequel il a joué sa dernière représentation du *Malade imaginaire* !

L'espace d'un instant, le regard morne d'Enguerrand de Castelmore s'anima d'une lueur d'admiration.

— C'est exact… Et cette demeure renferme bien d'autres objets de cet acabit. Pour avoir eu le privilège de grandir ici et d'y résider encore de temps à autre, je peux vous assurer que la grande Histoire se rencontre au détour de chaque pièce et de chaque couloir.

— La renommée de la collection Castelmore n'est donc pas usurpée, déclara Felicia.

— Et la vôtre, de fine experte, non plus, répliqua l'hôte.

Felicia nota qu'il subsistait toujours une forme d'urgence dans son attitude. Comme si chaque geste et chaque parole qui le séparaient de ce qu'il avait à leur annoncer était une lourde perte de temps.

À peine son compliment prononcé, Enguerrand de Castelmore écarta le bras pour engager ses invités à gagner le salon.

Felicia entra sans attendre en se demandant si elle aurait la possibilité de choisir ce fauteuil en guise de paiement. Quelle jouissance de côtoyer au quotidien un objet d'une telle valeur historique ! Ce sentiment grisant lui rappela son premier vertige lorsque, enfant, la mère supérieure de l'orphelinat leur avait montré ce qu'elle leur avait assuré être un morceau de la croix de Jésus. Mais il n'était pas encore temps de songer à sa récompense. Elle devait rester concentrée et observa donc avec attention la pièce dans laquelle elle avait pénétré.

Les murs tapissés étaient recouverts de tableaux représentant des scènes religieuses et de livres aux reliures dorées. Crépitait un généreux feu de bois, dont les lueurs chatoyantes ne parvenaient pourtant pas jusqu'aux poutres du plafond. Le salon était plongé dans une pénombre à peine dissipée par une poignée de lampes à l'éclairage tamisé. Trois fauteuils capitonnés de velours bordeaux avaient été disposés devant l'âtre, et le prêtre avait déjà pris place dans l'un d'eux. Dans un coin de la pièce, une horloge à balancier égrenait son tic-tac feutré.

Enguerrand de Castelmore suggéra à la jeune femme de s'installer dans le fauteuil le plus proche du feu, ce qu'elle fit après avoir retiré son sac à dos. Puis l'hôte s'assit à son tour en laissant échapper un soupir de fatigue.

Pendant quelques instants, on n'entendit que le craquètement du feu de bois et le va-et-vient de l'horloge. Une odeur de bûches brûlées et de meubles fraîchement cirés flottait dans l'air. Felicia chercha à croiser le regard du prêtre, mais ce dernier avait tendu les paumes de ses mains vers les flammes, absorbé par celles-ci comme s'il était seul dans la pièce.

— Bien, commença Enguerrand de Castelmore. Deux mots sur ma personne avant d'en venir à la raison de votre visite ici. Je suis le fils d'Adhemar de Castelmore, le célèbre collectionneur.

Sensible à l'étymologie des prénoms, Felicia trouvait que celui d'Adhemar seyait particulièrement bien au propriétaire de ce lieu, puisqu'il voulait dire « noble et illustre maison » en langue germanique.

— Je dirige une entreprise d'exploitation forestière près de Pittsburgh, reprit Enguerrand de Castelmore. Mais je viens régulièrement ici pour aider mon père à gérer notre patrimoine. Je n'ai malheureusement ni frère ni sœur pour surmonter à mes côtés la situation qui m'a conduit à faire appel à vous…

Il gratta une rougeur qui venait d'apparaître sur son cou.

— Une situation à propos de laquelle je vous ai peut-être un peu menti par omission dans mon invitation, madame Duplessis.

Felicia sentit une pointe d'inquiétude au creux de son ventre. D'un geste nerveux, elle tapota l'accoudoir de son siège avec son ongle.

— Comment cela ? Je ne suis pas là pour une expertise ?

— Si, bien sûr, cependant, je ne vous ai pas fait venir pour une affaire me concernant, mais qui a trait à mon père, le véritable propriétaire de cette demeure et des objets qui s'y trouvent. Vous allez comprendre, tout va s'éclaircir, laissez-moi juste le temps de vous expliquer.

Felicia cessa de martyriser son accoudoir, même si, intérieurement, elle était encore perturbée par cette entrée en matière. Elle adressa un regard au prêtre, guettant sa réaction. Ce dernier retira ses mains de la chaleur des flammes et haussa les épaules, l'air de dire qu'il n'en savait pas plus.

Felicia plissa les yeux, dubitative. Dans quoi s'était-elle embarquée ? Elle soutint le regard d'Enguerrand de Castelmore en attendant qu'il s'explique davantage.

— Bien, nous sommes donc dans la demeure de mon père, reprit Enguerrand. Et il a coutume d'y organiser une fois par an une réunion un peu spéciale avec trois de ses amis, également collectionneurs. Cette fois, cependant, les choses ne se sont pas passées comme d'habitude.

Enguerrand de Castelmore se leva pour retourner une bûche dans l'âtre tout en poursuivant d'une voix qui trahissait une profonde inquiétude.

— Tous les ans, lors d'un dîner, les quatre hommes se retrouvent donc ici, au manoir, et chacun doit apporter un objet de valeur autour d'un thème préalablement défini. L'objectif étant de dénicher celui qui surprendra le plus les autres participants. Pour vous donner un exemple, l'année dernière, le thème était la Révolution française. Un des amis de mon père avait réussi à se procurer la baignoire dans laquelle Marat a été assassiné par Charlotte Corday, un autre, une pierre de la Bastille, le troisième avait retrouvé la plume de Robespierre. Et mon père avait exhumé le soulier que Marie-Antoinette a perdu en montant à l'échafaud, et qui se trouve d'ailleurs dans une des vitrines du hall.

Felicia fut parcourue d'un frémissement à l'idée d'avoir frôlé le dernier siège de Molière et le dernier soulier de Marie-Antoinette en l'espace de quelques minutes. Mais elle se ressaisit, impatiente d'apprendre ce qu'Enguerrand de Castelmore attendait d'elle exactement.

L'hôte poursuivit en se rasseyant :

— Cette année, la réunion a eu lieu il y a trois jours. Comme j'avais rendez-vous avec l'un des invités pour affaires le lendemain matin, je suis venu dormir ici, dans l'une des chambres, qui m'est réservée. Je suis arrivé au manoir vers 22 h 30, au moment où mon père et ses invités auraient dû être en pleine discussion…

Il laissa échapper un profond soupir et se rongea l'ongle du pouce pendant que l'horloge rythmait le silence.

— Mais il n'y avait plus personne. Le dîner avait été servi, reprit-il, les plats étaient encore tièdes, mais ni mon père ni ses trois amis n'étaient là. Il ne restait que le majordome, qui se trouvait déjà dans sa chambre.

Il n'avait aucune idée de l'endroit où mon père et ses amis avaient pu se rendre et ignorait pourquoi ils étaient partis sans le prévenir. J'ai fouillé toute la maison de la cave au grenier. Rien. J'ai appelé sur tous les téléphones. Aucune réponse. Ils ont disparu. Le mystère est absolu.

Une bûche s'effondra dans la cheminée, soulevant un nuage de flammèches. Dehors, le vent frappait contre les vitres, sur lesquelles s'écrasaient d'épais flocons de neige. Felicia, mal à l'aise, serra l'accoudoir de son fauteuil.

— Et vous nous avez fait venir pour retrouver votre père, ou, à tout le moins, comprendre ce qui s'est passé ? demanda le prêtre.

— Oui. Il m'a semblé que vous seriez les personnes les plus aptes à résoudre cette énigme.

— Si vous me permettez une question, monsieur de Castelmore…, intervint Felicia.

— Bien sûr, je vous en prie.

— Sachez que je suis navrée de ce qui vous arrive. Cela dit, en quoi une experte en art et un prêtre ont-ils les compétences pour retrouver quatre personnes disparues ? Cette affaire est du ressort de la police !

Enguerrand de Castelmore marqua un silence, le visage fermé et les doigts posés sur les tempes.

— La police est déjà venue, et cela fait trois jours que l'enquête piétine. Voilà pourquoi je vous ai contactés.

— Vous pensez que nous avons plus de chances de réussir qu'elle ?

— Compte tenu de vos compétences, c'est possible, oui.

Felicia joignit les mains sous son menton. Elle était perdue et commençait à perdre patience.

— Je ne comprends vraiment pas.

— Armand de Borderive n'a pas toujours été prêtre, précisa Enguerrand de Castelmore. Il y a quelques années, il a été en contact avec un de mes amis proches dans le cadre d'une affaire fort complexe, qu'il a résolue.

— C'est-à-dire ? demanda Felicia.

— Jadis, le père de Borderive était inspecteur de police.

— Quoi ? Mais…

— Si, c'est tout à fait possible, intervint le prêtre. Je suis entré dans les ordres il y a une dizaine d'années, après avoir semé un peu le désordre dans ma vie passée…

— Soit, acquiesça Felicia. Que les talents du père de Borderive vous soient utiles, je veux bien l'entendre. Mais qu'est-ce que je viens faire là-dedans ?

Enguerrand de Castelmore frotta de nouveau sa rougeur au cou.

— Eh bien, il se trouve que, si mon père et ses amis ont disparu, les objets qu'ils avaient apportés à leur petite soirée thématique sont restés sur la table autour de laquelle ils se sont réunis. J'aimerais que vous les expertisiez afin de déterminer le thème de cette année, une information qui pourrait peut-être expliquer où ils sont désormais.

La jeune experte en art était interloquée par cette demande.

— Que je comprenne bien… Je dois uniquement déterminer le thème de la réunion de votre père et ses amis ou… les retrouver ?

— Découvrir le thème ou tout autre élément qui permettrait un progrès notable de l'enquête. Les termes du contrat ne changent pas, vous me facturerez vos honoraires et vous pourrez choisir une pièce de notre collection. Parmi tous les objets qui sont exposés dans le manoir. Le fauteuil de Molière et le soulier de Marie-Antoinette n'en sont qu'un mince échantillon.

Felicia se demanda si le prêtre était rémunéré selon les mêmes conditions.

— Quant à moi, dit le prêtre, comme s'il avait lu dans ses pensées, on m'a proposé une relique qui devrait sans aucun doute ravir mes paroissiens, et plus encore ma hiérarchie…

— Madame Duplessis, reprit Enguerrand de Castelmore d'une voix pressante. Acceptez-vous ma proposition ?

Indécise, la jeune femme passa ses doigts dans sa frange. Elle faisait tout pour ne pas le montrer, mais elle était impressionnée, peut-être même avait-elle un peu peur. Elle craignait d'être au seuil d'une histoire qui la dépassait : la disparition inexpliquée de quatre personnes était une affaire de la plus haute importance. Mais cette aventure si différente de son quotidien commençait à l'exciter. Et la perspective de mettre la main sur un objet de la collection d'Adhemar de Castelmore était excessivement tentante, pour ne pas dire indispensable à sa solvabilité personnelle.

— Père de Borderive ? dit Enguerrand de Castelmore.

— Je suis prêt.

— Madame Duplessis ?

Felicia laissa s'écouler deux mouvements de balancier de l'horloge en guise de temps de réflexion.

— Allons-y, lança-t-elle.

— Bien, dit Castelmore, en se frottant le front nerveusement. Je vais donc vous conduire dans la salle à manger, où mon père et ses amis ont apparemment disparu. J'espère que vous parviendrez à y déceler ce qui échappe à la police.

— Les agents ont-ils déplacé quelque chose ? s'enquit Armand de Borderive.

— Il me semble que non, répondit Enguerrand de Castelmore en se levant prestement. Ils ont procédé aux relevés d'empreintes et d'ADN et m'ont précisé qu'ils laissaient tout en l'état, dans l'hypothèse d'une reconstitution.

— Qui sont les amis de votre père ? voulut savoir le prêtre.

— George Cunningham, Edgar Fallow et Simon Delander, avec qui j'avais rendez-vous.

— De quoi comptiez-vous parler avec ce Delander ?

— Simon Delander cherche à investir dans le bois, je voulais lui proposer de prendre des parts dans mon entreprise.

— Quel genre d'homme est-ce ?

— Un homme de soixante-dix ans, très actif physiquement et intellectuellement…

— Ces trois hommes sont-ils, à vos yeux, au-dessus de tout soupçon, ou l'un d'entre eux serait-il susceptible d'en vouloir à votre père ?

— Ce sont tous ses amis de longue date. Je les côtoie depuis mon enfance, sauf Edgar, que j'ai connu lorsque j'étais jeune adulte. Âgé de cinquante ans, c'est le plus jeune d'entre eux. Ces quatre hommes forment un groupe uni. Mon père les tient tous en grande estime, et je sais qu'il leur confierait sa vie. Je ne vois aucune raison pour que l'un d'eux en veuille aux autres. Mais ce n'est pas à vous que je vais apprendre les complexités de l'âme humaine…

— Avez-vous une photo d'eux ?

— Oui, tenez.

Enguerrand de Castelmore tapota un code sur son téléphone et opéra quelques balayages.

Felicia s'était rapprochée pour découvrir les visages de trois hommes, deux âgés de soixante-dix à quatre-vingts ans, et le troisième, en effet, dans la cinquantaine.

— Merci, déclara Armand.

— Bien. Alors suivez-moi dans la pièce où s'est tenue la réunion.

Felicia récupéra son sac à dos au pied de son fauteuil, puis ils quittèrent le salon pour retrouver le hall et faire face à l'une des deux portes disposées de chaque côté de l'escalier.

— Encore une question en passant, lança Felicia. Même si le père de Borderive est un ancien policier… Pourquoi nous avez-vous choisis, nous, précisément ? Selon quels critères ?

— En ce qui vous concerne, je suis vos conférences retransmises sur Internet depuis au moins deux ans, et j'ai toujours eu envie de travailler avec vous. Vous êtes cultivée, perspicace et douée d'un grand sens pédagogique. Quant à vous, mon père, en plus de vos talents d'enquêteur hors pair qui m'ont été rapportés par mon ami, je me suis dit qu'une dizaine d'années à écouter des confessions avait dû vous rendre encore meilleur connaisseur de l'âme humaine que vous ne l'étiez déjà.

— Je ferai de mon mieux pour faire parler le silence, répondit le prêtre.

— Deux précisions avant que vous n'entriez, reprit Enguerrand de Castelmore. Autour de la table du dîner, je n'ai retrouvé que trois objets parmi les quatre qui devaient être présentés. Il manque, semble-t-il, celui de mon père, car il n'y a rien à la place qu'il était censé occuper. Enfin, j'ai étendu un film alimentaire au-dessus des assiettes à peine entamées lorsque je suis arrivé le soir de la disparition.

Et il ouvrit la porte.

5.

Felicia et Armand de Borderive firent leur entrée dans une vaste salle meublée de buffets rustiques à vitrines et de toiles de paysages égyptiens aux cadres dorés. Au centre de la pièce, entourée par des chaises à haut dossier, se trouvait une table carrée couverte d'une nappe brodée et de vaisselle en porcelaine. Les plats laissés par les convives commençaient à moisir sous leur film de plastique. Au plafond brillait un lustre en cristal qui guidait le regard vers la rambarde d'une mezzanine courant tout le long de la salle et distribuant plusieurs portes du premier étage. Au sol, un tapis festonné de motifs animaliers parachevait le décor abondant de cette salle à manger.

Felicia avait vite cessé de marcher, impressionnée par ce lieu qui semblait avoir été abandonné en toute hâte. Les couverts étaient en partie éparpillés autour des assiettes et les fauteuils, dérangés, comme si les convives n'avaient pas eu le temps de les replacer après s'être levés.

Armand de Borderive déambulait dans la salle, d'un air que Felicia trouvait de plus en plus concentré.

L'inspecteur qui sommeillait en lui reprenait peu à peu possession de son être.

— Dites-moi, comment les amis de votre père sont-ils venus jusqu'ici ? demanda-t-il. En voiture, je suppose, mais où sont leurs véhicules ? Je ne les ai pas vus en arrivant.

— Comme chaque année, les invités restaient dormir au manoir. Tous les trois ont été déposés par leurs chauffeurs, qui sont aussitôt repartis et devaient revenir les chercher le lendemain matin. Ils sont d'ailleurs bien revenus, et je leur ai évidemment demandé s'ils avaient été appelés par leur patron dans la soirée pour les conduire quelque part. Vous l'avez compris, la réponse fut négative.

Felicia osa faire quelques pas, la pointe de ses bottines s'arrêtant au bord du tapis filant sous la table.

Il lui était étrange d'imaginer que, il y a à peine trois jours, quatre hommes dînaient ici, partageant probablement un moment stimulant et agréable. Pourquoi auraient-ils quitté cet endroit subitement, sans annoncer à quiconque où ils se rendaient ? Elle s'approcha un peu plus, troublée par un détail : elle s'était attendue à tomber sur une longue table rectangulaire aux dimensions solennelles, étant donné l'immensité de la pièce. Or, cette modeste table carrée, qui permettait uniquement à quatre personnes de s'asseoir, et de façon assez rapprochée, détonnait.

Elle n'eut pas le temps de s'attarder sur cette étrangeté car elle venait de voir trois boîtes ouvertes, chacune rangée à côté d'une assiette, et dont les couvercles, retirés, étaient ornés d'un sigle qu'elle reconnut aussitôt : une représentation schématique mais clairement identifiable du phare d'Alexandrie.

Elle aurait voulu interroger Enguerrand de Castelmore sur la signification de ce blason, mais son esprit avait été happé par les objets qui se trouvaient dans ces boîtes. La première contenait un marteau au long manche gris ; celle qui lui faisait face, une pierre grosse comme le poing à l'apparence poreuse. Le dernier invité avait apporté ce qui ressemblait à un micro-casque noir.

Felicia posa un doigt sur sa lèvre inférieure. Les questions fusaient dans son esprit : comment trouver un point commun entre ces trois objets ? S'il pouvait y avoir un semblant de cohérence entre le marteau et la pierre, le casque lui paraissait hors sujet.

— Puis-je les prendre en main ? demanda-t-elle tant à Enguerrand de Castelmore qu'à Armand de Borderive.

— Qu'ont révélé les relevés de la police ? enchaîna aussitôt le prêtre.

— Seules les empreintes des participants au dîner ont été retrouvées, répondit Enguerrand.

— Dans ce cas, poursuivit Armand, vous pouvez toucher tout ce que vous voulez, madame Duplessis.

Felicia s'empara du marteau et le regarda de plus près. Il avait un poids standard, était équilibré, sa couleur était terne, et il semblait en parfait état. Il ne portait ni sigle ni marque distinctive. Même déduction pour le micro-casque : comme neuf. Quant à la pierre, elle était rêche au toucher et assez légère. Comme de la pierre ponce.

— Alors ?

Felicia sursauta. Armand de Borderive s'était glissé dans son dos sans faire de bruit. Elle n'aimait pas cette proximité, encore moins de la part d'un prêtre. Cela ne lui suffisait donc pas de sonder son esprit, il fallait aussi qu'il la gêne physiquement ?

— Vous m'avez crue sourde qu'il vous faille vous tenir si près ?

— Pardon, s'excusa le prêtre en faisant immédiatement trois pas en arrière. C'est une mauvaise habitude que j'ai gardée de mes années de policier, lorsque je me tenais au plus près des témoins pour les forcer à parler. Alors, que vous inspirent ces trois objets ?

— Aucun lien pour le moment. Il y a juste une chose étrange…

Elle sortit son téléphone et prit les objets en photo avant de zoomer sur l'image avec ses doigts.

— Ce n'est pas assez net, conclut-elle.

Felicia retira alors son sac à dos et le plaça sur l'une de ses cuisses pour l'ouvrir. Elle en sortit une loupe, avec laquelle elle observa tour à tour le marteau et le casque.

— Ces deux objets sont en si bon état qu'ils semblent neufs. Vous voyez, la tête du marteau ne comporte absolument aucune trace de choc, ou même de rayure. On dirait qu'il a été acheté hier. Même constat pour le casque, pas une marque sur le plastique, pas un éclat.

Tout en parlant, Felicia avait fait glisser sa loupe au-dessus des deux objets pour étayer ses dires.

— Or, ajouta-t-elle, nous sommes censés être face à des objets qui ont une histoire et sur lesquels le temps a laissé son empreinte. Il devrait y avoir des traces d'usure, une preuve que ces objets ont vécu, même un petit peu. Ce n'est pas logique que des collectionneurs apportent des objets neufs.

— Et la pierre ? demanda Armand.

Felicia l'examina à la loupe et répondit d'un ton dubitatif.

— Elle n'a pas l'air d'avoir reçu beaucoup de chocs. C'est tout ce que je peux en dire.

La jeune femme rangea sa loupe dans sa sacoche et inspecta les trois boîtes. Elles étaient de tailles différentes, mais toutes confectionnées en bois avec un couvercle coulissant sur lequel avait été apposé le phare d'Alexandrie.

— À quoi correspond ce sigle ? demanda Felicia en se tournant vers Enguerrand de Castelmore.

Le fils du disparu se redressa à l'instant où elle lui posa la question, comme si, soudainement, un général fantôme était passé derrière lui pour lui ordonner de se tenir droit.

— C'est un symbole de notre héritage, expliqua-t-il.

— C'est-à-dire ? insista Felicia, dont la curiosité était piquée.

— La famille de Castelmore est une lignée qui descend d'un des chasseurs de livres, ou, devrais-je dire, de codex, que la dynastie fondée par Ptolémée a employés pour constituer la bibliothèque d'Alexandrie. C'est de cet ancêtre qui parcourait le monde à la recherche d'écrits rares que nous vient cette passion pour la collection.

— D'où le livre et le cavalier au sommet des piliers de l'entrée du manoir…

— Et les paysages égyptiens des tableaux, poursuivit Armand de Borderive.

— Exact, conclut Enguerrand de Castelmore. Le phare d'Alexandrie est devenu l'emblème de la fondation de mon père.

— Mais comment êtes-vous passés de chasseurs de codex à Alexandrie à collectionneurs d'art aux États-Unis ? demanda Felicia, qui considérait qu'aucun détail ne devait être écarté dans le cadre de cette étrange enquête.

— Mes ancêtres grecs ont rejoint l'administration romaine lors de l'invasion de l'empire. À force de gravir les échelons, ils ont fini par quitter l'Égypte pour s'installer à Rome, où ils sont devenus de grands propriétaires fonciers jusqu'à la crise agricole de 1860, qui les a contraints à partir pour les États-Unis. Ma famille a acquis sa fortune en achetant des terres, où elle a développé des exploitations minières d'or, d'argent et de fer. Pendant tous ces siècles, nous n'avons cessé de collectionner les livres, puis les objets chargés d'histoire, tout en œuvrant pour le bien commun, comme le fait mon père avec sa fondation.

— Que finance cxactement la fondation de votre père ? s'enquit Armand de Borderive.

— Beaucoup d'œuvres caritatives en faveur de l'alphabétisation et de la diffusion des livres, mais aussi des projets scientifiques et de conservation de la mémoire de l'humanité. Personnellement, je m'occupe de bibliothèques itinérantes qui sillonnent des zones reculées des États-Unis et de l'Europe. Edgar Fallow et Simon Delander sont chargés de la construction d'écoles dans les régions les plus pauvres du globe. Et George Cunningham a pour mission de récupérer les premières éditions de tous les livres qui sortent dans le monde entier afin de les numériser. Mon père, Adhemar, chapeaute le tout.

— À son âge, il n'a jamais songé à vous laisser la main ?

Enguerrand esquissa un sourire triste.

— Non, pas vraiment.

— Vous êtes en conflit avec lui ? renchérit le prêtre.

— Non, mais, malgré mon âge et ce que j'ai accompli, je suis toujours pour lui le petit garçon de dix ans qui lui doit obéissance. Quand je lui fais remarquer qu'il me traite ainsi, il rit et promet de faire attention, mais il recommence la minute d'après.

— Ce comportement vous pèse ?

— Oui, mais si vous insinuez que j'aurais pu le tuer pour prendre sa place, vous faites fausse route. J'admire et j'aime mon père.

— Je cherche simplement à cerner le contexte de cette disparition. D'ailleurs, où est le majordome ?

— En train de servir à dîner aux chauffeurs.

— Que vous a-t-il raconté précisément, lui qui était présent le soir de la disparition ?

— Comme je vous l'ai dit, il n'a rien vu.

— Rien vu ? Et rien entendu non plus ? Cela paraît quelque peu étonnant, insista Armand de Borderive.

— Eh bien, il a servi le plat de résistance aux invités, puis mon père l'a autorisé à se retirer. Ce qui n'avait rien d'étonnant. Mon père voulait, comme à son habitude, avoir la certitude de ne pas être dérangé pendant la cérémonie de présentation des objets.

— J'aimerais tout de même poser quelques questions à ce majordome, conclut le prêtre, pendant que

Felicia s'abîmait les yeux à scruter les objets pour la troisième fois, sans pour autant perdre une miette de la discussion.

— Je vais le chercher, acquiesça Enguerrand de Castelmore. Il est préférable que je vous laisse seuls pour l'interroger afin de ne pas interférer. Si vous avez besoin de moi, je serai dans le salon.

— Attendez, dit Felicia. Pendant que le père de Borderive mènera son interrogatoire, j'aimerais jeter un coup d'œil dans le bureau ou la chambre de votre père. Je me dis que l'objet qu'il devait présenter ce soir-là s'y trouve peut-être…

— Vous vous doutez bien que j'ai déjà regardé, mais votre œil d'experte dénichera peut-être quelque chose qui m'a échappé. Son bureau et sa chambre se trouvent à l'étage. Deuxième et troisième porte à droite, en haut du bras gauche de l'escalier.

— Je viens avec vous, déclara Armand de Borderive. Dites au majordome de nous retrouver dans la salle à manger dans une petite trentaine de minutes.

— Bien, répondit Enguerrand de Castelmore.

— J'aimerais moi aussi interroger le majordome, dit Felicia au prêtre.

Armand de Borderive sembla réfléchir.

— Cela peut être une bonne idée, finit-il par dire. Le simple fait qu'une femme lui pose une question le déstabilisera.

Felicia apposa son index sur sa bouche entrouverte en penchant la tête sur le côté, les yeux mi-clos.

— Et dois-je minauder de cette façon pour être vraiment certaine d'être efficace ?

Armand de Borderive sembla fugitivement déstabilisé par la provocation.

— Ce n'était pas ce que je voulais dire…

Le prêtre joua avec une chevalière qu'il portait à l'auriculaire.

— Désolé si je vous ai paru indélicat. Bon, repartons sur de bonnes bases : pour le moment, que pensez-vous de cette histoire ?

Bonne joueuse, Felicia jugea qu'il n'était pas nécessaire d'insister et répondit naturellement.

— Pas grand-chose, je n'ai que des questions. D'abord, pourquoi n'y a-t-il que trois objets ? Où est celui du père ? A-t-il disparu avec les quatre hommes ou Adhemar l'a-t-il caché quelque part pour une raison qui nous est inconnue ? Ensuite, concernant le lien entre les trois objets. Au départ, le marteau et la pierre m'ont fait penser à la maçonnerie, voire à la franc-maçonnerie, puisque la famille semble entretenir un lien particulier avec l'Égypte. Mais que viendrait faire le casque audio dans tout ça ? Rien du tout. Et pourquoi deux des objets ont-ils l'air neufs ? Ils ne peuvent pas avoir été achetés récemment, cela n'aurait aucun sens dans le cadre d'une réunion de collectionneurs. C'est sans doute que ces objets n'ont servi que pour les besoins d'une présentation. Par exemple, pour une cérémonie, ou comme accessoires dans un film. Je ne sais pas, je réfléchis.

— Et la pierre ?

— Elle ne présente aucune trace d'impact ni de taille. Ce n'est pas à proprement parler un objet, au sens de « façonné par l'homme ». Elle a l'air brute et très poreuse. Une pierre volcanique, peut-être ? Une fois encore, je n'ai pas de réponse précise…

Armand de Borderive hocha la tête, l'air pensif.

— Et vous, qu'en pensez-vous, de tout cela ? demanda Felicia en ouvrant la porte de la salle à manger pour rejoindre le majestueux hall d'entrée.

Marchant côte à côte, ils gravirent l'escalier de gauche.

— Selon moi, si la police n'a aucune piste après trois jours, c'est que l'on a affaire à une situation hors du commun.

— Brillant, murmura Felicia.

— Je vous demande pardon ?

— Oh, je trouve votre analyse d'une grande pertinence. Cette perspicacité a dû pas mal vous aider dans votre métier d'inspecteur…

— Vous êtes taquine, Felicia.

— Je ne peux pas dire que l'ambiance qui règne ici me mette particulièrement à l'aise, alors j'essaie de me détendre comme je peux.

Ils venaient d'arriver sur le seuil du premier étage. Face à eux s'élançait un long couloir éclairé par des appliques en forme de tulipes. Sur le parquet foncé se déroulait un épais tapis rouge et, aux murs, des miroirs encadrés de dorures alternaient avec des portraits dont les regards paraissaient suivre les visiteurs. Deux consoles appuyées contre le mur supportaient, l'une, un vase contenant des fleurs séchées et, l'autre, une horloge surmontée d'un bronze représentant un homme écrivant à la plume.

Felicia et le prêtre s'avancèrent vers la deuxième porte à droite. Le grincement de leurs pas résonnait dans le silence du manoir.

— Nous y voilà, commenta Armand. C'est le moment d'être attentifs.

Il ouvrit la porte donnant sur ce qui, au premier coup d'œil, semblait être le bureau du propriétaire des lieux.

6.

Le premier élément qui attirait le regard était sans aucun doute la haute fenêtre en ogive gothique située dans le prolongement de l'entrée et ornée de rideaux en velours vert. Juste devant trônait un imposant bureau surmonté d'une lampe à abat-jour vert qui rappelait les éclairages des vieilles bibliothèques. Des étagères remplies de livres garnissaient les murs jusqu'au plafond. Felicia alluma la lumière et franchit le seuil, ses semelles quittant le tapis rouge pour en fouler un autre, vert lui aussi. C'est alors qu'elle remarqua que des niches contenant des objets hétéroclites avaient été aménagées dans les étagères de deux bibliothèques. Elle y reconnut un silex taillé, dressé sur un présentoir et visiblement d'industrie moustérienne, une statuette en bois aux formes géométriques typiques des arts premiers, un pistolet à tromblon datant des pirates du XVIIe siècle et une défense en ivoire sculptée de divinités africaines.

— Je ne parviens pas à prendre la mesure de la collection qui est ici, murmura Felicia. C'est vertigineux.

— Au-delà de l'intérêt artistique de ces œuvres, je dirais surtout qu'Adhemar en apprécie la dimension…

— Historique, le coupa Felicia. Oui, vous avez raison, ajouta-t-elle en accordant un regard enthousiaste au prêtre. Entre les objets abrités par les vitrines au rez-de-chaussée et ceux qui se trouvent dans cette pièce, le but n'est pas de faire appel à notre sens artistique, mais bien à notre fibre historique, à tout ce qui fait que l'on peut toucher du doigt l'histoire avec un grand H. Adhemar de Castelmore semble s'être donné pour but de glaner la mémoire de l'humanité, à travers tout cela. C'est fascinant…

Armand regardait Felicia avec une joyeuse lueur dans les yeux, comme s'il se délectait de suivre le raisonnement et les gestes volubiles de sa coéquipière.

— Vous êtes une passionnée, madame Duplessis.

— Surtout s'il s'agit d'objets de mémoire.

— Et où avez-vous acquis tout ce savoir *passionné* ?

— À l'université Emory d'Atlanta, ensuite au cours d'une formation chez Drouot, à Paris, puis en m'astreignant à une veille artistique à travers les expositions, les livres, les ventes aux enchères. C'est un métier qui se renouvelle tous les jours, il faut en effet être vraiment passionné pour suivre le rythme.

— La culture dont vous devez disposer pour identifier le style, l'âge et la cote de n'importe quel objet me fascine, répondit Armand en retirant quelques livres des étagères, à la recherche d'une cache hypothétique.

— Et moi, je suis fascinée par la capacité d'un policier à risquer sa vie pour des gens qu'il ne connaît pas.

Felicia s'attendait à ce qu'Armand commente sa phrase, au moins par une pointe de fausse modestie, mais il lui tourna le dos sans un mot et poursuivit ses recherches. Avait-elle touché un point sensible ou avait-il jugé que la conversation le déconcentrait ? Felicia ne chercha pas à en savoir davantage et se focalisa, elle aussi, sur son inspection des lieux.

Elle ouvrit plusieurs tiroirs, en sortit des papiers qu'elle parcourut rapidement, cherchant surtout les documents dotés du sigle de la fondation. Elle s'attarda sur une photo où on reconnaissait Adhemar de Castelmore entouré de plusieurs personnes. Elle y reconnut Mitch Sanders, un sénateur démocrate qui avait œuvré pour l'ouverture de plusieurs musées d'antiquités sur le sol américain, Tim Cortez, un industriel spécialisé dans les équipements de spectrométrie destinés à la datation des objets archéologiques, et Everick Dust, un milliardaire très médiatisé, célèbre pour ses investissements dans la haute technologie.

Felicia replaça le cadre et tapota un peu partout sur le bureau, dans l'espoir de repérer un son creux : un compartiment secret. Le prêtre et l'experte passèrent une quinzaine de minutes à fouiller toute la pièce, sans rien y trouver qui puisse les intéresser pour leur enquête.

— Soit il n'y a rien pour nous ici, soit c'est mieux caché qu'on ne le croit, conclut Armand de Borderive.

— Allons voir dans sa chambre, proposa Felicia.

Après avoir rapidement remis en ordre ce qu'ils avaient dérangé, ils repassèrent par le couloir pour ouvrir la pièce suivante.

Une cheminée y faisait face à un immense lit surmonté d'un dais doré, ce qui lui conférait une allure royale. Au sol, un tapis strié de bandes blanches et jaunes conduisait le regard jusqu'à deux hautes fenêtres rectangulaires encadrées de doubles rideaux ourlés de tissu doré. Et, comme dans le bureau, tous les murs étaient couverts de livres à reliure de cuir et de divers objets historiques.

Armand de Borderive fouilla les étagères, tandis que Felicia ouvrait tous les tiroirs d'un secrétaire calé à côté d'une fenêtre. Elle y trouva une nouvelle photo d'Adhemar, entouré, cette fois, de ses trois amis collectionneurs disparus en même temps que lui. Tous avaient l'air plus jeunes et souriaient à l'objectif en se tenant par l'épaule.

— Edgar Fallow est très jeune, sur ce cliché. Ils se connaissent effectivement de longue date, constata Felicia.

— Oui, mais cela ne signifie pas que l'on puisse innocenter les amis d'Adhemar de Castelmore…

Sans s'attarder plus longtemps sur la photo, ils inspectèrent les tables de nuit, regardèrent sous le lit, derrière les rideaux. En vain. Nulle part ils ne trouvèrent quoi que ce soit qui puisse constituer l'ombre d'une piste.

— Le majordome doit être arrivé dans la salle à manger, finit par lâcher Armand de Borderive. On devrait y aller. On ne trouvera rien de plus ici.

Felicia serait bien restée un peu plus longtemps, ne serait-ce que pour le plaisir d'évoluer dans une si belle pièce et d'y côtoyer des objets si précieux. Mais son envie de savoir ce que le majordome avait à dire l'emporta.

Ils redescendirent au rez-de-chaussée.

Debout dans la grande pièce, un homme en livrée, les joues un peu tombantes, le nez fier et les cheveux grisonnants, les attendait.

— Vous avez demandé à me voir.

— À vous entendre, surtout, répliqua le prêtre.

7.

— Bonsoir, je suis le père Armand de Borderive, et voici Felicia Duplessis. Nous avons tous deux été missionnés par le fils de votre employeur pour enquêter sur la disparition d'Adhemar de Castelmore et de ses trois amis collectionneurs. Nous sommes désolés de ce qui est arrivé, et nous vous remercions d'accepter de répondre à nos questions. Pour commencer, pouvez-vous nous rappeler votre nom ?

Le majordome se tenait bien droit face à ses deux interlocuteurs, une lassitude dans le regard et de lourdes poches cernées sous les yeux.

— Je m'appelle Charles Flaningan. En quoi puis-je vous aider ?

— Comment s'est passée la soirée, avant la disparition ? demanda aussitôt le prêtre.

— Eh bien, comme chaque année, j'ai accueilli les trois invités de Monsieur, tous déposés par leur chauffeur. Puis, une fois qu'ils ont été installés autour de la table, je suis allé en cuisine pour en rapporter les entrées que le chef avait préparées l'après-midi. Ils discutaient avec enthousiasme, et j'ai quitté la salle à manger.

Monsieur m'a rappelé pour servir le plat de résistance que j'avais fait réchauffer…

— Dans le manoir ne restaient donc que votre employeur, ses trois invités et vous-même, c'est bien ça ?

— Oui.

— Bien, continuez.

— Monsieur m'a demandé de regagner mes appartements. Ils allaient procéder à la présentation de leurs objets et voulaient être seuls. Je me suis donc rendu dans ma chambre et…

— Quelle heure était-il ? intervint Armand de Borderive.

— Il devait être 21 heures environ. Et, vers 22 h 30, on a sonné à la porte. Je suis allé ouvrir : il s'agissait d'Enguerrand de Castelmore, qui m'a expliqué vouloir saluer son père et ses amis avant de gagner ses appartements. Je l'ai donc accompagné, et c'est là que l'on a découvert la salle à manger vide. Dans l'état exact où elle se trouve en ce moment même. Je ne comprends pas…

— Et vous n'avez ni vu ni entendu quoi que ce soit de particulier entre le moment où vous êtes parti dans votre chambre et celui où vous êtes revenu dans la salle à manger en compagnie du fils de votre employeur ?

— Non, rien. Tout cela est insensé.

Felicia pencha légèrement le buste en avant pour signifier qu'elle voulait parler. Mais Armand de Borderive ne le remarqua pas, ou fit mine de ne pas le voir.

— Savez-vous quel objet Adhemar de Castelmore comptait présenter ? reprit-il.

— Non. C'est une information qu'il réservait aux initiés.

— Mais peut-être a-t-il évoqué l'endroit où il avait fait son acquisition ou la personne auprès de laquelle il l'avait obtenue…

Le majordome leva ses yeux fatigués vers le plafond, à droite, l'air de réfléchir, mais il finit par faire « non » de la tête.

— Je suis désolé, Monsieur est très secret quand il s'agit de ses collections.

Armand de Borderive alla chercher les trois objets posés sur la table. Felicia rongeait son frein. Agacée d'être écrasée par son coéquipier, elle n'osait pas non plus le remettre à sa place devant le témoin.

— Un marteau, un micro-casque et une pierre, ça ne vous évoque rien ? lança le prêtre.

— Je les ai vus lorsque je suis entré dans la salle à manger avec le fils de Monsieur, mais je n'ai aucune idée du thème auquel ils se rattachent.

— Depuis quand travaillez-vous pour Adhemar de Castelmore ?

— Trente-deux ans.

— Vous devez tout connaître de sa vie ! s'exclama Armand de Borderive.

— Ce que Monsieur a bien voulu m'en montrer.

— J'imagine qu'il n'est pas marié, sinon sa femme serait parmi nous ?

— M. de Castelmore est divorcé depuis que je suis à son service. Il vit seul et je ne lui connais aucune aventure. Il aime sa liberté et sa routine.

— Adhemar de Castelmore s'entend-il bien avec son ex-femme ?

— Oui, ils ont de très bonnes relations.

— A-t-il des ennemis ? Connaissez-vous des personnes qui pourraient lui en vouloir ? relança l'ancien inspecteur.

— Le milieu du marché de l'art n'est pas des plus tendres, du peu que j'en ai entendu dire. Adhemar de Castelmore est un collectionneur d'envergure et affronte de nombreux concurrents. Ces personnes ont beau faire des affaires ensemble, elles sont toutes en compétition et se jalousent. C'est à qui aura la pièce la plus rare ou la plus belle, ou à qui aura effectué la transaction la plus élevée. Ils font mine d'être amis lors des dîners mais, en réalité, ils se coupent l'herbe sous le pied à la moindre occasion.

Felicia se racla la gorge, mais, une fois de plus, le prêtre l'ignora.

— Vous décrivez là des inimitiés professionnelles, mais pensez-vous que, parmi ces personnes, une ou plusieurs pourraient s'en prendre physiquement à Adhemar ?

Charles Flaningan sembla réfléchir, en regardant le sol cette fois.

— Non, je ne vois pas, mais je les croise uniquement lors des réceptions que Monsieur donne ici. Et elles se présentent alors sous leur meilleur jour…

— Votre employeur n'a lui-même jamais violemment porté préjudice à l'une de ces relations, qui en aurait conçu de la rancœur ?

— Pas à ma connaissance, mon père.

Armand de Borderive recula d'un pas et tourna légèrement la tête vers Felicia, comme pour l'autoriser enfin à prendre la parole.

La jeune femme se contint et reprit la main.

— Je voudrais revenir sur la cérémonie de présentation d'objets insolites de votre employeur. Si j'ai bien compris, ce n'est pas la première fois qu'il organise ce type de soirée. Mais Adhemar de Castelmore y invite-t-il toujours les mêmes personnes ?

— George Cunningham et Simon Delander sont là depuis le début. Edgar Fallow étant plus jeune, il a rejoint les réunions un peu plus récemment.

— Et entre eux, pas de conflits, de jalousie ?

— Je ne crois pas. Monsieur est toujours très impatient et très heureux de les recevoir. C'est certainement les seuls pour lesquels il n'a toujours que des mots emplis de respect, et même d'affection.

Felicia prit une des boîtes marquées du phare d'Alexandrie et posa son index sur le sigle.

— Faisaient-ils tous partie de la fondation créée par Adhemar, reconnaissable à ce symbole ?

Le majordome s'humecta les lèvres pour la première fois depuis l'entretien.

— Oui, mais je n'en sais pas plus. Si M. de Castelmore m'a gardé à son service pendant toutes ces années, c'est pour ma discrétion et parce que je n'ai jamais montré aucun intérêt pour ses affaires. Mon seul objectif n'a toujours été que de tenir le manoir dans les meilleures conditions possible.

Felicia secoua un peu la tête pour remettre sa frange en place et tendit un doigt en avant.

— Juste une dernière question, ajouta-t-elle en repensant à ce qui l'avait étonnée un peu plus tôt. La table sur laquelle a été servi le dîner est, disons, bien petite pour une si grande salle à manger. M. de Castelmore la fait-il dresser uniquement pour sa réunion annuelle ?

Le majordome sembla soudain tiré de sa triste torpeur. Comme si on lui avait arraché son masque de réserve.

— C'est… exact, bafouilla-t-il. Monsieur a fait venir cette table pour la soirée.

— Savez-vous pourquoi ? intervint immédiatement Armand de Borderive.

Felicia, qui allait ouvrir la bouche pour approfondir sa propre question, se sentit de nouveau dépossédée.

— Je suppose que cette table permet une proximité qui se prête peut-être plus à l'atmosphère intimiste que Monsieur souhaitait pour sa réunion spéciale.

— C'est tout ? Rien à ajouter sur ce point ? insista le prêtre.

Le majordome avait repris son air de chien usé.

— Non, rien.

— Bien. Madame Duplessis, autre chose ?

La jeune experte afficha une moue contrariée qui plissa les taches de rousseur de son nez, puis croisa les bras sur sa poitrine.

— Merci, monsieur Flaningan. Nous aurons peut-être d'autres questions à vous poser, conclut le prêtre. Pouvez-vous me laisser votre numéro de téléphone afin que nous puissions vous joindre ? La maison est grande…

Sous la dictée du majordome, Felicia le nota sur un bout de papier qu'elle glissa dans l'une de ses poches. Puis elle observa l'homme qui tournait les talons et quittait la salle à manger.

La porte à peine refermée derrière lui, Armand de Borderive se tourna vers Felicia.

— Je ne sais pas quoi penser. Est-ce qu'il nous ment ou est-il effectivement un domestique soumis, sourd et aveugle aux activités de son employeur depuis trente-deux ans ?

— À propos de soumission, répliqua Felicia, je voulais vous remercier d'avoir monopolisé tout l'entretien que nous venons d'avoir avec Charles Flaningan. Vous avez bien fait de faire comme si je n'existais pas.

Armand de Borderive fronça les sourcils. Felicia remarqua que, l'espace d'une seconde, il avait hésité à prendre la remarque au premier degré.

— J'ai en effet réagi un peu vite, finit-il par admettre. Un vieux réflexe de mon ancien métier… Ne pas laisser le témoin réfléchir, le presser pour cueillir la vérité qui sort de sa bouche avant que son cerveau ne filtre.

— La prochaine fois, je ne vous ferai pas la politesse de me taire face à un témoin.

Puis elle tourna le dos au prêtre et se dirigea vers la table du dîner.

— Aidez-moi à la débarrasser, vous serez bien aimable.

Armand de Borderive considéra Felicia sans bouger.

— Que comptez-vous faire ?

— Eh bien, je pense que si l'objet de collection d'Adhemar de Castelmore n'est pas sur la table, c'est peut-être que la table elle-même est l'objet qu'il comptait présenter. Je voudrais donc vérifier si on n'y trouve pas le sigle du phare d'Alexandrie.

La contrariété qui se lisait dans les yeux du prêtre se mua aussitôt en admiration. Rapidement, il attrapa les assiettes pour les déposer par terre, mais s'arrêta soudain dans son élan.

— Quelle endurance, ironisa Felicia.

— Je réfléchissais simplement à ce que le majordome nous a dit, poursuivit Armand de Borderive en prenant une bouteille de vin. Je crois qu'il ne nous raconte pas tout.

— Qu'est-ce qui vous fait penser cela ?

— Quand je lui ai demandé si Adhemar de Castelmore avait évoqué l'endroit où il avait fait l'acquisition de son objet, il a levé les yeux au ciel vers la droite avant de répondre. Or, d'ordinaire, les humains ont ce réflexe quand ils font appel à leur imagination ; ils lèvent les yeux vers la gauche quand ils font appel à leur mémoire… Mais ce n'est pas une science exacte non plus.

Felicia trouvait cette approche psychologique intéressante, mais pas autant que son envie de découvrir si la marque du phare d'Alexandrie se cachait sur le meuble. Elle posa sur le sol les quatre verres, tandis qu'Armand de Borderive mettait tous les couverts sur le tapis. Ne restait plus que la nappe blanche.

Felicia s'en empara et la tira pour découvrir la table nue.

— C'est encore plus captivant que ce que je croyais, dit-elle.

8.

La table ne présentait aucun sigle ou autre signe distinctif mais, aux yeux de Felicia, elle avait une particularité étonnante.

— Ce n'est pas une table destinée au repas, dit-elle.

— Que voulez-vous dire ? demanda le prêtre en tapotant du poing sur le plateau.

— C'est une table de changeur du XVIe siècle.

— Une table de quoi ?

— De changeur de monnaie, si vous préférez. D'un côté, il y avait le banquier, et, de l'autre, le client qui souhaitait échanger de l'argent. C'est l'ancêtre du guichet.

— Vous pensez donc qu'il s'agit de l'objet de collection que le père de notre hôte devait présenter ?

— C'est possible mais, en l'absence de marque, difficile d'en être sûre. En revanche, ce qui est à peu près certain, poursuivit Felicia en laissant glisser ses doigts fins sur le bois, c'est que toute table de changeur possède un tiroir secret aménagé du côté du changeur afin qu'il puisse y faire discrètement glisser la monnaie.

La jeune femme s'assit dans le fauteuil qui avait dû être celui d'Adhemar de Castelmore. Puis elle passa sa main sous la table en cherchant à déceler un crochet, un bouton ou n'importe quel autre mécanisme.

— Rien, conclut-elle.

— Réessayez, souffla Armand de Borderive, les sourcils froncés.

Felicia supportait mal ce ton autoritaire. Elle suspendit son geste exploratoire et se retourna vers le prêtre.

— Pardon, je vous laisse chercher, s'excusa-t-il.

Felicia fit une nouvelle tentative, et soudain, la pulpe de son index détecta une très fine aspérité. Elle en cerna les contours, puis elle appuya dessus.

On entendit un déclic, et un étroit tiroir se désolidarisa en partie de la table.

— Le compartiment secret ! s'exclama-t-elle.

Armand s'accroupit à côté de la jeune femme qui, avec doigté, fit glisser le tiroir vers elle.

À l'intérieur se trouvait une enveloppe blanche qui leva tous les doutes de Felicia : le logo du phare d'Alexandrie y était apposé dans un coin.

— Adhemar de Castelmore a très certainement fait installer cette table pour ménager un petit effet de surprise dans la présentation de son objet, analysa Felicia.

La jeune experte perçut un mouvement dans son dos et comprit que le prêtre venait de fournir un effort considérable pour ne pas s'emparer lui-même de l'enveloppe.

Elle la sortit prudemment du tiroir et la déposa sur la table. Elle avait la taille d'une feuille de papier A4, si peu épaisse qu'on pouvait se demander si elle contenait quelque chose. D'autant qu'elle n'était pas scellée.

Felicia glissa un doigt par l'ouverture, souleva le rabat et inclina l'enveloppe. Une feuille tomba dans la paume de sa main. Elle l'étala bien à plat sur la table et ouvrit de grands yeux circonspects.

— Qu'est-ce que c'est ? murmura-t-elle.

Sur un fond quadrillé de vieux papier informatique s'alignaient des colonnes de chiffres, comme si un ordinateur avait dessiné des rideaux de pluie avec des 1, des 2, des 3 et des 4, bien espacés les uns des autres. Sur le côté le plus à gauche de la feuille, l'une des colonnes était en partie constituée d'une série de chiffres et de lettres très rapprochés : « 6EQUJ5 ». Cette suitc était entourée d'un cartouche rouge visiblement tracé à la main et à côté duquel avait été écrit, en gros et en rouge : « Wow !! »

— Vous permettez ? dit Armand de Borderive en tendant la main vers l'énigmatique document. On dirait que c'est sorti de ces vieilles imprimantes à aiguilles…

— Ça semble être le cas, en effet, les couleurs sont un peu passées, le rouge tire sur l'orange. Cette feuille a au moins une quarantaine d'années. Mais de là à comprendre ce que signifient ces chiffres et ces lettres… Et pourquoi cette exclamation : « Wow !! » ?

— Ce document doit avoir une grande valeur, puisqu'il a été choisi par Adhemar de Castelmore lui-même pour la réunion…, songea le prêtre à voix haute.

— Et cette inscription, « 6EQUJ5 », est censée avoir un lien avec le marteau, la pierre et le micro-casque, renchérit Felicia.

Elle plaça sa tête entre ses mains, sa coupe au carré tombant en rideau de chaque côté de son visage penché vers la feuille. Si elle appréciait habituellement les énigmes, elle avait ici l'impression d'être face à un casse-tête insoluble.

— Demandons à Enguerrand de Castelmore si cette feuille lui dit quelque chose, suggéra Armand de Borderive. Je vais le chercher.

Et, sans attendre l'approbation de Felicia, il quitta la salle à manger.

La jeune femme se retrouva seule pour la première fois depuis qu'elle avait mis les pieds dans ce manoir. Quelle étrange sensation d'être là, dans cette immense bâtisse cernée par la neige, à enquêter sur une disparition mystérieuse aux côtés d'un prêtre… Il lui semblait avoir quitté son domicile depuis plusieurs jours.

La porte s'ouvrit, et Armand de Borderive entra, suivi d'Enguerrand de Castelmore qui se précipita vers elle.

— Montrez-moi !

Le document tremblait entre les mains de leur hôte pendant qu'il l'étudiait. Mais, quand il releva les yeux, ne s'y lisait que la déception. Il rendit la feuille à Felicia.

— Tout d'abord, je vous félicite pour avoir trouvé ce que la police n'a pas été fichue de dénicher en trois jours. Mais j'imagine que, comme moi, vous ignorez ce que signifie cette succession de chiffres et de lettres entourée et ce « Wow !! » ? déclara-t-il en rendant le document à Felicia.

— En effet, admit-elle. L'annotation en rouge serait-elle de la main de votre père ?

— Je ne reconnais pas son écriture. Pas du tout.

— Laissez-moi interroger Charles Flaningan une deuxième fois, intervint le prêtre, ne serait-ce que pour lui montrer ces colonnes. Il en saura peut-être plus que nous.

— Faites comme bon vous semble. Je lui dis de vous rejoindre.

— Ce sera l'occasion d'apprendre ce qu'il a vraiment dans le ventre, murmura Armand pour que seule la jeune femme l'entende. En y réfléchissant bien, je trouve que l'on a été trop gentils avec lui, tout à l'heure.

Enguerrand de Castelmore quitta la salle à manger et, à peine une minute plus tard, le domestique se présenta de nouveau.

Cette fois, Armand de Borderive tira une chaise qui se trouvait autour de la table et s'y installa sans proposer de s'asseoir à celui qu'il s'apprêtait à interrogcr. En retrait, Felicia resta debout.

— Vous pouvez refermer la porte derrière vous, s'il vous plaît, demanda Armand de Borderive.

Le majordome s'exécuta, puis revint vers eux.

— Nous avons trouvé cela dans un tiroir secret de la table. Savez-vous de quoi il s'agit ?

Le majordome prit la feuille et la consulta d'un œil vide.

— Je n'en ai aucune idée.

— Le « Wow !! » a-t-il été écrit par M. Adhemar de Castelmore ?

— Ce n'est pas son écriture. C'est tout ce que je peux dire.

— C'est tout ce que vous *pouvez* dire ou que vous *voulez* dire ? s'agaça Armand de Borderive.

Felicia vit le majordome sursauter et son visage affaissé se contracter.

— Je comprends votre frustration, mais je vous réponds le plus honnêtement possible.

— Pour un majordome au service du même employeur depuis trente-deux ans, vous savez bien peu de choses, monsieur Flaningan.

— Dites-moi en quoi je peux vous aider, je ne demande que ça.

Felicia perçut un trémolo dans sa voix.

— Ce n'est pas moi qui ai besoin d'aide, mais vous, Charles ! Parce que, en mentant, comme vous l'avez certainement fait avec la police puis avec nous, vous vous exposez à une lourde peine.

— Vous cherchez à m'intimider, mais je n'ai rien à cacher.

— Vous étiez là le soir de la disparition, vous devez savoir ce qui s'est passé !

— Non, je vous ai raconté tout ce que je savais.

— Vous avez bien entendu quelque chose. Au moins un bruit de moteur de voiture qui serait venue chercher votre employeur et ses invités.

— Rien du tout.

— Et Adhemar de Castelmore n'a rien évoqué de spécial ? Quelque chose qui puisse nous fournir un début de piste ?

— Je vous ai déjà tout dit.

Armand de Borderive se passa une main dans les cheveux.

— Si vous n'avez aucun indice direct, faites au moins un effort pour que nous découvrions le thème de la soirée de cette année. Cela fait trente-deux ans que vous aidez votre patron à préparer cette réunion, vous êtes forcément dans la confidence !

— Je n'ai aucune idée de ce qui peut relier un marteau, une feuille de papier, un micro-casque et un échantillon de roche !

Le cœur de Felicia manqua un battement. Du coin de l'œil, elle vit qu'Armand s'était redressé dans son fauteuil.

— Un « échantillon de roche »…, répéta le prêtre lentement. Comme c'est joliment dit. Nous n'avons jamais employé cette expression, nous avons toujours parlé d'une simple pierre.

— Je ne vois pas la différence entre une pierre et un échantillon de roche, j'ai simplement usé de l'expression adéquate. J'aime la précision.

Felicia trouva le propos pertinent, mais perçut que le ton manquait d'assurance. Quelque chose n'allait pas, c'était certain. Elle trouvait que le majordome avait l'air de plus en plus nerveux. Armand de Borderive fit un pas en avant vers Charles Flaningan.

— Ou peut-être avez-vous employé le mot « échantillon » parce que vous en savez plus que vous ne voulez nous le dire sur cette pierre… Qu'est-ce que vous nous cachez ?

— Je… Je… n'ai rien à ajouter à ce sujet.

Le regard du majordome était désormais agité de va-et-vient saccadés.

— J'en ai assez pour vous faire arrêter, monsieur Flaningan, et, croyez-moi, l'interrogatoire que vous subirez au poste sera beaucoup moins…

Armand de Borderive n'eut pas le temps d'achever sa phrase. Sous le regard désemparé de Felicia, le majordome venait de faire volte-face pour courir vers la porte.

9.

Armand de Borderive bondit de son siège comme s'il s'était attendu à une telle réaction du majordome.

— Suivez-moi ! ordonna-t-il à Felicia.

La jeune femme hésita avant de s'élancer à son tour. Elle déboula à temps dans le hall pour voir Charles Flaningan ouvrir la porte d'entrée, le prêtre en pleine course à quelques mètres seulement derrière lui. Une poignée de secondes plus tard, Felicia faisait irruption dehors, dans la nuit, le visage piqueté par les flocons de neige. Dans le jardin tapissé de blanc, Armand de Borderive était en train de se faire distancer par le majordome, dont la silhouette disparut au-delà de la lumière projetée par les lanternes.

— Felicia ! cria le prêtre.

L'experte en art dévala la volée de marches du perron et courut jusqu'à rattraper le prêtre qui s'était arrêté.

— J'ai vu un chemin à droite en arrivant, un peu plus bas, dit-il entre deux halètements, il va certainement aller par là. Coupez-lui la route en prenant par la forêt pendant que je le talonne !

— On n'y voit rien, répliqua Felicia. Comment voulez-vous que… ?

— Vos yeux vont se faire à l'obscurité. Allez-y !

Armand de Borderive reprit sa course droit devant.

Felicia s'engagea dans le bois qui descendait en pente raide. Ses pas crissaient dans la neige et elle s'enfonçait parfois jusqu'aux mollets. Elle progressait avec peine, écartant les branchages qui menaçaient de lui griffer le visage. Jusqu'à ce qu'elle distingue un chemin en contrebas. Celui par lequel le majordome devait passer selon Armand. Felicia accéléra et sortit de la forêt. Elle se planta en travers du sentier et ne tarda pas à entendre une respiration sifflante s'approchant quelque part dans l'obscurité, quand une silhouette émergea à une vingtaine de mètres d'elle.

Felicia prit peur. Qu'allait-elle faire pour l'arrêter ? Jusqu'où était-il prêt à aller pour passer ?

— Vous n'irez pas plus loin ! cria-t-elle en espérant que la fermeté de sa voix suffirait à le dissuader de poursuivre sa route.

L'homme s'immobilisa, son haleine s'épanouissant en épais nuages cotonneux. Le cœur de Felicia battait contre ses tempes. Elle recula de quelques pas et regarda dans son dos. Le chemin était désert, bordé par la forêt enneigée. Et, au-delà de Charles Flaningan, aucun signe d'Armand de Borderive. Où était-il ? Pourquoi mettait-il tant de temps à arriver ?

Son questionnement intérieur fut brutalement suspendu quand le majordome se remit à courir dans sa direction.

— Armand ! hurla-t-elle.

Pas de réponse.

Le majordome se rua sur elle.

— Arrêtez-le ! cria Armand de Borderive qui venait d'apparaître au bout du chemin.

Si effrayante parût-elle à la jeune femme, cette injonction provoqua une montée d'adrénaline dans le cerveau de Felicia. Elle écrasa ses doigts dans sa paume pour former deux poings solides et frappa le majordome qui essayait de l'éviter pour passer à côté d'elle.

Elle parvint à le toucher à l'épaule et le fit dévier de sa trajectoire. Il glissa dans la neige et s'écroula de tout son long. Alors qu'il tentait de se relever, Armand de Borderive le plaqua au sol avec un genou sur le dos et le maîtrisa d'une clef de bras.

— Felicia ! Ça va ? s'inquiéta le prêtre sans lâcher le fugitif.

— Oui, ça va, répondit-elle en agitant ses doigts pour les dégourdir.

— Bravo. Vous êtes étonnante, Felicia. Étonnante. Quant à vous, monsieur Flaningan, on retourne au manoir. Je crois que vous avez beaucoup de choses à nous raconter.

10.

Alors qu'Armand avait déjà rejoint le salon en y entraînant le majordome, Felicia resta un moment dans le vestibule pour évacuer la nervosité qui l'avait envahie lors de la course-poursuite.

Une fois apaisée, elle les rejoignit. Enguerrand de Castelmore regardait l'employé de son père d'un air incrédule, probablement choqué par ce qu'Armand venait de lui raconter.

— Asseyez-vous là, assena le prêtre en guidant Charles Flaningan vers le fauteuil le plus éloigné de la porte.

Felicia, Armand de Borderive et leur hôte s'installèrent dans trois fauteuils qui faisaient face au fugitif.

— Monsieur Flaningan, pouvez-vous nous expliquer pourquoi vous avez fui ? demanda le fils d'Adhemar.

Le majordome détourna la tête vers le feu de bois crépitant dans la cheminée.

— Charles, insista Enguerrand, cela fait trente-deux ans que vous travaillez pour mon père. Je ne veux pas croire que vous lui voulez du mal…

— C'est justement parce que je lui veux du bien que je me suis enfui, répliqua le majordome.

— C'est-à-dire ? demanda le prêtre.

— Monsieur m'a fait jurer de ne rien dire à personne. Mais vous m'avez poussé à bout, et j'ai senti que j'allais craquer. Voilà pourquoi j'ai préféré m'enfuir. C'était un réflexe pour protéger Monsieur.

— Je pense que vous ne le protégez pas en vous taisant, reprit Armand de Borderive. Je crois même que vous lui portez préjudice. Aidez-nous à retrouver Adhemar de Castelmore. C'est désormais la plus belle preuve de fidélité que vous puissiez lui témoigner.

Charles Flaningan contempla de nouveau la danse des flammes puis se prit la tête entre les mains.

— Je vous jure que je ne sais pas où se trouvent Monsieur et ses trois amis.

— Vous avez fui par peur de nous révéler quelque chose. Vous devriez soulager votre conscience.

L'homme soupira, une main posée sur le front.

— Le soir de la disparition, vers 21 h 30… il s'est passé quelque chose, avoua-t-il enfin.

Felicia se redressa alors que le majordome poursuivait, ses yeux fatigués fixés sur un point dans le vide.

— J'étais en train de lire dans ma chambre quand j'ai entendu le bruit d'un véhicule dans la cour. Je me suis approché de la fenêtre, et j'ai vu un Hummer noir se garer devant l'escalier du perron. C'était étrange, puisque tous les invités étaient déjà là.

Le majordome regarda ses trois interlocuteurs comme s'il évaluait leur aptitude à entendre la suite de son récit. Finalement, il continua.

— On a sonné à la porte. C'était un homme.

— Que voulait-il, à une heure aussi avancée ? demanda Felicia d'un ton pressant.

— Il m'a dit avoir un message à délivrer urgemment à M. de Castelmore. Je suis donc retourné dans la salle à manger pour expliquer la situation à Monsieur, qui m'a immédiatement demandé de faire entrer l'individu. Ce que j'ai fait…

— Quel était le message ? demanda Armand de Borderive.

— Je ne sais pas. L'homme a pénétré dans la pièce alors que les collectionneurs étaient encore attablés, et il est allé parler directement à l'oreille de Monsieur. Pendant cinq secondes, pas plus. Le visage de Monsieur s'est alors transformé…

— Soyez plus précis, lui enjoignit Felicia. Comme s'il venait d'apprendre une bonne ou une mauvaise nouvelle ?

— Une nouvelle de la plus haute importance, une information qu'il aurait attendue depuis longtemps. D'ailleurs, à peine le messager avait-il achevé sa mission que Monsieur s'est levé de table et a dit…

Charles Flaningan parut se concentrer afin de rapporter fidèlement les paroles de son employeur.

— Il a dit : « Messieurs, le moment est arrivé. »

Le majordome secoua la tête. Il semblait avoir encore du mal à croire à tout ce qu'il racontait.

— Je me souviens que les trois invités ont blêmi. Je ne dirais pas de peur, ils semblaient plutôt impressionnés.

— Et ensuite, que s'est-il passé ? s'impatienta Enguerrand de Castelmore.

— Votre père et ses trois invités ont abandonné leur repas et leurs objets pour suivre le messager. En passant devant moi, Monsieur m'a dit : « Charles, jurez-moi que vous ne direz jamais à personne ce que vous avez vu ou entendu ce soir. » Évidemment, je lui ai donné ma parole. Ensuite, les quatre hommes sont montés en hâte dans le Hummer noir de l'inconnu, qui a démarré. Une heure plus tard, vous arriviez au manoir pour voir votre père. Et je commençais à mentir…

La voix du majordome s'éteignit dans la pénombre du salon. Trois tic-tac de l'horloge ponctuèrent le silence avant qu'Enguerrand de Castelmore ne reprenne.

— Et vous n'avez aucune idée de la teneur du message délivré à l'oreille de mon père ?

— Aucune, mis à part qu'il s'agissait d'une information très courte. Il a suffi que votre père prononce la phrase « le moment est arrivé » pour que ses trois amis comprennent de quoi il retournait.

— À quoi ressemblait ce messager ? demanda Felicia.

— C'était un homme de vingt-cinq, trente ans, cheveux blonds coupés court, costaud, en costume. Il était courtois mais semblait très pressé.

— Avez-vous relevé la plaque d'immatriculation du Hummer ? relança Armand.

— Non, je n'y ai pas pensé, tout est allé très vite, et je croyais revoir votre père quelques heures plus tard… En revanche, j'ai autre chose…

Le majordome sortit un téléphone de sa poche.

— Monsieur m'a autorisé à enregistrer son propre téléphone sur mon portable, afin que je puisse le localiser. Cela me permettait de préparer les repas sans qu'il ait chaque fois besoin de me prévenir de son arrivée.

Armand de Borderive se leva aussitôt de son fauteuil pour se rapprocher de Charles Flaningan, suivi de près par Enguerrand de Castelmore. Le majordome fit glisser quelques icônes sur l'écran de son appareil, appuya sur l'une d'elles et tendit le téléphone au prêtre.

— Vous voyez, là, c'est sa dernière position connue, précisa-t-il.

— Vous voulez dire que le soir de son départ… ?

— Oui, j'ai pu suivre son déplacement pendant une trentaine de minutes et, tout à coup, la position s'est figée. Ce qui arrive généralement quand on éteint le téléphone ou lorsque Monsieur désactive la géolocalisation pour que je ne sache pas où il est.

— Charles, si vous aviez raconté tout cela à la police le premier jour, peut-être aurions-nous eu une chance de retrouver mon père vivant ! s'énerva Enguerrand de Castelmore en portant soudain la main à sa poitrine.

— Monsieur de Castelmore, que se passe-t-il ? demanda Armand.

— Une faiblesse cardiaque que je traîne depuis tout petit…

— Vous avez peut-être des médicaments que je peux aller vous chercher ? s'inquiéta Felicia.

— C'est gentil. Je vais juste me calmer un peu.

— Je suis désolé…, souffla Charles Flaningan. J'ai agi par loyauté. J'ai suivi les ordres de mon employeur.

— Je sais, Charles, soupira Enguerrand de Castelmore. Je connais la révérence que vous avez à l'égard de mon père.

— Le temps que vous vous reposiez, nous allons nous rendre à l'endroit où la géolocalisation de votre père s'est interrompue, déclara Armand. On y trouvera peut-être quelque chose.

— C'est vrai, vous feriez ça ?

— Évidemment, puisque nous sommes venus pour résoudre cette énigme.

Felicia fit signe au prêtre qu'elle voulait lui parler, mais il ne la vit pas. Ou fit semblant de ne pas la remarquer.

— Charles..., ajouta Armand de Borderive. Vous allez devoir rester dans le bureau de votre employeur, le temps qu'on éclaircisse ce qu'il s'est passé.

— Vous m'enfermez ?

— Oui.

— Je ne voulais pas m'enfuir et, si j'avais voulu, j'aurais pu frapper madame Duplessis sur le chemin forestier. Je ne l'ai pas fait parce que la violence n'est pas dans ma nature.

— Laissez-le avec moi, les interrompit Enguerrand de Castelmore. Sa fidélité et son dévouement à mon père l'ont aveuglé et lui ont fait perdre le sens commun. Mais Charles est un homme intègre, incapable de méchanceté. Je lui fais confiance. Et j'ai besoin de lui pendant que vous partez à la recherche de mon père, car je me sens très faible.

— Comme vous préférez, répondit Armand. Madame Duplessis, vous venez ?

— Absolument, j'allais vous le proposer, dit Felicia.

Le prêtre et la jeune femme quittèrent le salon pour se retrouver dans le hall d'entrée. Une fois qu'ils furent seuls, elle agrippa le bras du prêtre.

— « Nous allons nous rendre à l'endroit où la géolocalisation de votre père s'est interrompue »..., répéta Felicia en penchant la tête sur le côté, son regard bleu planté dans celui, plus sombre, du prêtre. Je suis venue ici en tant qu'experte en art, non comme enquêtrice.

Armand de Borderive l'invita à s'éloigner un peu de la porte.

— Écoutez-moi. Je ne souhaite en aucune façon vous obliger à quoi que ce soit. Mais, en l'état actuel des choses, vous n'avez pas rempli votre part du contrat, même en tant qu'experte. Vous avez certes trouvé le quatrième objet, mais pas le lien qui les unissait...

— Je sais ! Mais je ne suis pas flic pour autant !

Le prêtre leva les deux mains.

— Felicia, regardez ce que nous avons accompli tous les deux en quelques heures, là où des policiers professionnels ont échoué en trois jours !

— En effet, nous avons découvert un vieux papelard bourré de chiffres incompréhensibles et un téléphone indiquant la position d'un Hummer noir perdu dans la nature depuis des jours...

— Le document que vous avez déniché dans la cache secrète ne nous avance pas beaucoup pour l'instant, c'est vrai. Mais on peut tenter de retrouver la trace du véhicule dans lequel sont partis Adhemar et ses amis grâce à la dernière position connue du portable d'Adhemar. Si cela ne donne rien, on s'arrête là, promis. Il n'y a aucun risque. Réfléchissez, vous êtes sur le point de repartir avec l'un de ces objets de mémoire qui vous fascinent tant...

Felicia repensa aux huissiers et à la menace d'expulsion qui planait au-dessus de sa tête. Elle n'avait pas le choix, elle devait pousser l'investigation plus loin que ce qu'elle avait prévu.

— D'accord, capitula-t-elle donc.

11.

Avant de partir, Felicia demanda à Enguerrand de Castelmore l'autorisation de prendre avec elle les quatre mystérieux objets. Elle voulait profiter du trajet pour mieux les étudier. Le fils du collectionneur accéda à sa requête et l'invita à emprunter le SUV Mercedes qui l'avait conduite jusqu'ici. Si bien que, deux minutes plus tard, le chauffeur lui confiait les clefs.

— Prenez également ceci, ajouta l'hôte en tendant sa carte avec son numéro de téléphone. Tenez-moi au courant si vous trouvez quoi que ce soit.

En croisant le regard inquiet d'Enguerrand, Felicia aurait voulu trouver les mots pour le rassurer. Mais rien ne lui vint à l'esprit, alors elle se contenta de lui adresser un sourire discret, prit la carte puis, avec Armand de Borderive, quitta le manoir pour rejoindre le véhicule. Leurs pas pressés froissaient la neige en cadence tandis qu'ils traversaient la cour à peine éclairée.

Le bout du nez et les oreilles mordus par le froid, Felicia remonta le col de son blouson avant d'entrer dans l'habitacle feutré de la grosse voiture, côté passager.

— Bon, lança le prêtre. La dernière position connue se trouve quelque part sur la route 80, entre ici et Atlanta. Le GPS de mon téléphone indique une trentaine de minutes de trajet.

Felicia posa son sac à dos contenant les quatre objets sur ses genoux, et le prêtre démarra en douceur pour tester l'adhérence des pneus sur la pellicule neigeuse. Les flocons craquaient sous les roues comme autant d'alvéoles éclatés.

— Vous êtes plus délicat en matière de conduite qu'en termes de relations humaines, glissa Felicia.

— Et vous, vous savez réchauffer l'atmosphère, répliqua Armand de Borderive en montant le chauffage.

Felicia sourit alors qu'ils s'engageaient sur le chemin qui descendait en serpentant dans la forêt.

— Vous avez l'air de toujours aimer votre ancien métier de policier, n'est-ce pas ?

— Oui, vous avez raison. Suivre une piste, analyser les indices, faire des déductions, tout cela me plaît.

— Vous travailliez sur quels types d'affaires, à l'époque ?

— J'étais au département des stupéfiants. Les enquêtes étaient très variées, et c'était aussi cela que j'aimais.

— Mais, si vous appréciiez tant ce travail, pourquoi avez-vous quitté votre poste d'inspecteur pour devenir prêtre, père de Borderive ?

— Je vous en prie, appelez-moi Armand. Officiellement, c'est une révélation, une épiphanie, un appel de Dieu ! La vérité est différente et, comme vous m'êtes sympathique, je vais vous donner la version officieuse.

La jeune experte en art écoutait avec attention, tout en gardant un œil attentif sur la route glissante qui se dévoilait au fur et à mesure que le halo des phares l'éclairait.

— J'aime le luxe, voilà la réalité, dit Armand. Et quand j'étais flic, j'ai un peu pioché dans les saisies. Histoire de rendre mon quotidien plus confortable. Jusqu'au jour où je me suis fait pincer et où on m'a radié à vie de la police. J'ai donc cherché un métier qui pourrait m'offrir rapidement et facilement ces moyens auxquels j'avais pris goût. Et j'ai pensé que, en grimpant les échelons de l'Église, j'aurais tout le loisir de boire du bon vin dans des gobelets en argent. C'est ainsi que je suis entré dans les ordres…

— Et alors ? demanda la jeune femme. Vos attentes ont-elles été comblées, Armand ?

— De façon très relative. Je suis curé à Fort Moore, une paroisse paumée au sud de Colombus, et je ne gagne pas un sou. Ma seule consolation : je suis logé, blanchi, nourri et…

Le prêtre leva l'index.

— Et disons que j'assouvis ma passion pour la psychologie humaine : je connais tous les secrets du village grâce aux confessions. Un exercice des plus gratifiants.

— Moi qui passe mon temps à essayer de faire dire aux objets leurs secrets, je peux comprendre votre satisfaction.

— D'où vient votre appétence pour les objets et l'art ?

— Je n'en sais trop rien, probablement d'un besoin d'enracinement ou d'une envie de remonter aux origines…

— C'est quelque chose qui manque à votre vie ?

— Quoi donc ?

— L'ancrage et la connaissance de vos origines.

Armand manœuvra pour négocier une épingle à cheveux.

— Puisque vous avez été honnête avec moi, je vais l'être avec vous, déclara-t-elle. Je ne connais pas mes parents et je ne les connaîtrai sans doute jamais. Ils m'ont déposée à la porte d'un orphelinat religieux quelques jours après ma naissance. J'y ai été élevée jusqu'à mes dix-huit ans. Ensuite, on m'a lancée dans la vie en me souhaitant bonne chance… Alors, en effet, je pense que l'ancrage et la connaissance de mes origines représentent un manque dans ma vie.

— Et vous en êtes arrivée là où vous en êtes aujourd'hui toute seule ?

— Oui, mais j'ai dû emprunter de grosses sommes d'argent pour payer mes études et…

— Et vous n'arrivez pas à les rembourser.

Felicia repensa avec amertume à l'irruption de l'huissier chez elle quelques heures plus tôt.

— Disons que mes revenus ne sont pas très réguliers.

Armand tourna la tête vers la vitre.

— Voilà la route 80. On prend donc à gauche, dit-il.

Le prêtre engagea le SUV sur la chaussée recouverte par la neige et continua à rouler à bas régime.

— Je me demande ce que ces quatre hommes ont pu apprendre de si important pour partir au pied levé en pleine nuit, reprit la jeune femme, qui n'avait pas envie de s'épancher davantage sur sa vie. Et Charles Flaningan, vous pensez qu'il nous a tout dit ?

— Je crois que sa volonté d'aider son employeur lui a vraiment fait avouer tout ce qu'il savait sur cette soirée.

— C'est justement sa loyauté qui me fait douter de sa franchise. Après toutes ces années passées auprès d'Adhemar de Castelmore, il doit en savoir beaucoup plus que ce qu'il a bien voulu nous dire.

— Peut-être avez-vous raison, Felicia. Je le garderai à l'œil tant qu'on n'aura pas découvert où sont passés Adhemar et ses trois invités.

La suite du trajet se déroula dans le silence. Ils ne croisèrent aucune voiture, et aucun véhicule ne les doubla. Felicia put étudier calmement les objets trouvés au manoir. Mais elle ne remarqua rien de plus que ce qu'elle avait déjà noté un peu plus tôt.

— On approche, annonça soudain Armand. On est à un kilomètre du signal.

Felicia rangea les objets, remua ses doigts crispés autour de l'anse de son sac à dos et détendit sa nuque en opérant une lente rotation de la tête. Elle commençait à sentir la fatigue, et ses yeux avaient perdu de leur acuité à rester fixés sur cette route interminablement bordée de sapins.

— Deux cents mètres, précisa le prêtre une minute plus tard.

Il leva progressivement le pied de la pédale d'accélérateur pour rouler au pas.

— On y est.

Le véhicule s'arrêta au milieu de la route, ses phares faisant scintiller les jeunes flocons fraîchement déposés sur les branches des bosquets.

— Je ne vois rien de particulier, dit la jeune femme.

Le prêtre enclencha les feux de détresse, ouvrit sa portière et sortit dans la nuit en enfilant une paire de gants. L'épaisse chaleur qui enveloppait Felicia fut immédiatement chassée par le froid. Elle frissonna, attrapa son blouson qu'elle avait posé sur la banquette arrière, l'enfila et rejoignit Armand. Celui-ci inspectait la végétation du bas-côté à l'aide d'une lampe-torche.

— Pourquoi la géolocalisation se serait-elle interrompue ici ? maugréa-t-il. Adhemar s'est peut-être rendu compte à ce moment-là seulement qu'il avait oublié d'arrêter le partage de géolocalisation, ou…

Le prêtre orientait le faisceau de sa lampe vers les taillis chargés de neige un peu plus loin le long de la route.

— Là ! souffla-t-il.

Felicia fouilla l'espace éclairé du regard et remarqua immédiatement un éventrement dans la végétation. Les arbustes avaient été écrasés, les branches cassées et la neige tassée.

— Quelque chose de très lourd est passé par ce bosquet il y a peu de temps. Quelque chose d'au moins aussi lourd qu'un Hummer.

Le prêtre écarta les branchages pour se frayer un chemin.

— Faites attention, la pente est très raide, prévint-il.

Felicia se positionna de côté pour avoir un meilleur appui et le suivit alors que ses mains gelées commençaient à lui faire mal.

— Encore des branches arrachées ! s'écria Armand, qui l'avait un peu distancée.

La jeune femme accéléra. Et soudain, elle vit la lumière cesser de bouger.

— Là ! lança Armand.

12.

Felicia parcourut avec empressement les derniers mètres qui la séparaient d'Armand. Elle s'arrêta juste derrière lui et, quand elle vit la zone vers laquelle il avait dirigé sa lampe, ses yeux s'écarquillèrent de stupeur. En partie recouverte par la neige, une voiture cabossée et retournée gisait sur le toit.

— C'est un Hummer noir, lâcha Armand.

Il s'avança d'un pas prudent, s'accroupit pour éclairer l'habitacle et révéla des silhouettes humaines.

Saisie d'effroi, Felicia plaqua une main contre sa bouche.

Le pinceau de la torche d'Armand s'attarda sur chacun des corps.

— L'homme au volant correspond à la description que le majordome nous a faite du messager. À côté de lui, c'est Adhemar de Castelmore. Et à l'arrière, il y a George Cunningham et Simon Delander. Tous morts, conclut-il après avoir pris le pouls de chacun.

Felicia évitait de regarder les cadavres.

— Il faut appeler la police et prévenir Enguerrand de Castelmore, dit-elle.

— Oui… Mais on a quand même un petit problème. Il manque un des invités : Edgar Fallow.

Dans la panique, Felicia ne s'était même pas rendu compte qu'il n'y avait que quatre corps.

— Il ne serait pas monté dans la voiture ? suggéra-t-elle.

— Charles Flaningan nous a dit qu'il les avait tous vus entrer dans le Hummer et s'en aller. Non, soit il a survécu à l'accident et s'est enfui, soit il est sorti du véhicule juste avant l'accident…

— Vous voulez dire qu'il pourrait être le responsable de… ?

— Je n'en sais rien pour le moment, mais on ne doit écarter aucune hypothèse.

— Mais pourquoi aurait-il fait ça ?

— Peut-être voulait-il garder pour lui seul ce que ces hommes s'empressaient d'aller voir. Peut-être leur en voulait-il pour je ne sais quelle raison et a-t-il profité de les avoir tous dans la même voiture pour se débarrasser d'eux. Je ne sais pas. Pour le moment, le plus urgent est de prévenir Enguerrand de Castelmore. Je vous laisse vous en occuper pendant que je jette un œil à la voiture.

— Il vaut peut-être mieux ne toucher à rien.

— Je regarde seulement…

Felicia prit son téléphone, chercha la carte de visite d'Enguerrand de Castelmore et l'appela. On décrocha dès la première sonnerie.

— Oui ?

— C'est Felicia Duplessis.

La jeune femme ne savait pas comment annoncer ce qu'elle avait sous les yeux.

— Votre père et ses amis ont eu un accident de voiture. Nous venons de les retrouver… Je suis désolée.

Le silence qui s'ensuivit la mit terriblement mal à l'aise, et elle se sentit obligée de parler.

— Je crois que vous devriez appeler la police.

Felicia entendit une respiration hachée.

— Où êtes-vous exactement ? finit par articuler Enguerrand d'une voix étranglée.

— Comme indiqué sur le téléphone de Charles, sur la route 80, en direction d'Atlanta. Notre véhicule est garé sur le bas-côté, dites à la police de s'arrêter là et de descendre par les taillis, nous sommes une vingtaine de mètres plus bas.

— Une fois la police arrivée…

Enguerrand de Castelmore s'interrompit, et Felicia perçut un sanglot étouffé.

— Pardonnez-moi, reprit le fils d'Adhemar.

— Je vous en prie.

— Je voulais dire : rentrez, vous avez largement fait votre part du travail.

— Une dernière chose : il manque Edgar Fallow. Il ne fait pas partie des victimes.

— C'est très étonnant…

— Peut-être s'est-il extrait de la carcasse de la voiture après l'accident pour aller chercher de l'aide ? Pensez-vous qu'il aurait pu tenter de partir seul ?

— C'est un grand sportif et également un survivaliste. Il s'est fait construire une villa où il peut vivre en autarcie pendant plusieurs mois. Son dynamisme et son jusqu'au-boutisme provoquaient d'ailleurs parfois quelques frictions au sein du cercle d'amis de mon père… Cela paraît bien dérisoire, à présent… Je suis désolé, je suis épuisé. Rappelons-nous plus tard.

— Oui, bien sûr, monsieur de Castelmore, s'empressa de répondre Felicia. Vous avez besoin de repos.

Elle rangea son téléphone dans sa poche, lentement, comme pour ne pas brusquer ce fils endeuillé, et avisa Armand qui avait l'air de fouiller les corps avec une dextérité qui lui parut toute professionnelle. Cette scène l'horrifia cependant, et elle s'efforça d'imaginer que les cadavres n'étaient que des momies sorties d'un musée.

— Que cherchez-vous ? demanda-t-elle.

— Quand la police sera là, nous serons immédiatement mis à l'écart de cette affaire. Et avant cela, j'aurais bien aimé savoir où Adhemar de Castelmore et ses amis se rendaient. Pas vous ?

Felicia remarqua qu'Armand ne parlait plus tout à fait de la même façon. Une nouvelle énergie transparaissait dans sa voix, alors qu'elle ne s'était jamais sentie aussi angoissée de toute sa vie.

— Je remonte sur la route, lança-t-elle.

— Attendez, j'ai trouvé quelque chose.

— Quoi ?

— J'ai leurs papiers d'identité et leurs portables, qui sont tous cassés mais que la police réussira peut-être à faire parler.

Armand se redressa, sortit de la voiture et s'accroupit près du chauffeur.

— Il ne manque plus que lui, et je vous promets qu'on s'en va. Venez me donner un coup de main, s'il vous plaît. Si vous pouviez tenir la portière, le temps que je fouille ce malheureux…

Felicia rebroussa chemin et, à contrecœur, lui offrit l'aide qu'il demandait. Armand trouva sur le corps un portefeuille dont il put extraire une carte d'identité.

— Mike Dorthmoud. Mais cela ne nous dit pas pour qui tu travaillais ni où tu emmenais ces quatre hommes.

Le prêtre remit le portefeuille à sa place et recula.

— Vous n'avez pas regardé dans la poche droite de sa veste, lui fit remarquer Felicia.

— Non, pourquoi ?

— Un pli se distingue dans le tissu, ce qui laisse penser que quelque chose se trouve à l'intérieur, précisa la jeune experte en art.

Armand éclaira la veste.

— C'est vrai, admit-il. Vous avez l'œil !

Et il glissa la main dans la poche.

Il en ressortit ce qui avait tout l'air d'un badge, qu'il considéra avec curiosité pendant quelques secondes.

— Qu'est-ce que c'est que cette histoire ? souffla-t-il.

— Faites voir.

Il tendit l'objet à Felicia. À côté de la photo du jeune chauffeur, un sigle de quatre lettres était inscrit : ITCS. Et, juste en dessous : International Time Capsule Society. La Société internationale des capsules temporelles.

13.

— Avez-vous déjà entendu parler de ces « capsules temporelles » ? demanda Armand en retirant ses gants.

— Oui. Ce sont des contenants qui peuvent faire la taille d'une bouteille, d'une voiture ou même d'une pièce entière, dans lesquels on enferme divers objets représentatifs d'une époque. On indique sur cette capsule, qui sera enterrée ou scellée, la date à laquelle on pourra l'ouvrir. Souvent des centaines, parfois des milliers d'années plus tard.

— Si je comprends bien, il s'agit d'un message envoyé aux générations futures ?

— C'est l'idée : offrir à ceux qui nous succéderont le moyen d'en savoir plus sur leurs ancêtres en préservant certains objets témoins.

— Et il existe donc une société qui chapeaute toutes ces capsules ?

— Oui, j'y ai même donné une conférence il y a deux ans. Ce sont des gens passionnés et surtout très organisés, puisqu'ils se sont donné pour mission de recenser toutes les capsules temporelles dans le monde. Les personnes qui en enterrent une ou qui en trouvent une par hasard sont invitées à la déclarer à l'ITCS. Attendez, je me connecte.

Les mains de Felicia tremblaient de froid et, dans la neige, ses bottines commençaient à prendre l'eau. Les yeux rivés sur l'écran de son téléphone, grelottante, elle parvint à trouver le site de l'ITCS et lut quelques lignes.

— En trente-trois ans, mille quatre cent quatre-vingt-cinq capsules temporelles disséminées sur la planète ont été recensées.

Le vent souffla, soulevant des volutes de neige qui enrobèrent les arbustes.

— Pourquoi Adhemar de Castelmore et ses amis se rendaient-ils là-bas, à votre avis ? demanda Armand. Est-ce qu'ils partaient récupérer l'une de ces capsules ?

— La seule façon d'en être sûrs serait de nous rendre sur place, à l'université Oglethorpe, dans la banlieue nord-est d'Atlanta.

— Alors, allons-y !

Felicia frotta ses mains l'une contre l'autre pour les réchauffer.

— Il vaut peut-être mieux attendre la police, lui raconter tout ce que l'on vient d'apprendre et, ensuite, reprendre le cours de nos vies…

— Vous n'avez pas envie de savoir quelle capsule ils attendaient ? Pourquoi ils étaient si impatients ? Vous qui nourrissez une passion pour l'Histoire et la mémoire des objets, vous voyez bien que nous sommes au cœur de votre sujet de prédilection !

Felicia baissa la tête. Évidemment qu'elle avait envie de savoir, mais elle avait des problèmes matériels à résoudre, et en urgence. Les cheveux humides à cause de la neige qui continuait à tomber, Felicia observa

Armand, qui avait renfilé ses gants et scrutait de nouveau le Hummer, s'accroupissant, se relevant, passant sa main gantée sur le carénage.

— Là, s'exclama-t-il. Venez voir !

Felicia contourna la voiture renversée pour rejoindre le prêtre à côté de l'aile avant gauche. Le halo de la lampe était braqué sur une zone de la carrosserie complètement enfoncée.

— Ils ont été violemment percutés, conclut Armand. Quelqu'un leur est rentré dedans. Reste à savoir si c'était volontaire ou non.

— Vous vous imaginez provoquer un tel accident et ficher le camp ?

— Je vous rappelle que je suis prêtre, Felicia, et j'entends beaucoup de choses insensées au confessionnal.

— Imaginons que ce ne soit pas accidentel, murmura la jeune femme. Cela signifierait que quelqu'un a voulu les empêcher de rejoindre l'ITCS. Nous ne serions donc pas face à un accident, mais à un meurtre…

— C'est une hypothèse fort probable.

Felicia s'éloigna instinctivement de la carcasse du véhicule, les jambes flageolantes.

— Peut-être qu'Edgar Fallow a éliminé les autres collectionneurs…

— Peut-être, répliqua Armand.

— Cela devient trop oppressant pour moi, affirma Felicia. Je rentre au manoir. La police vous ramènera.

— Felicia, attendez.

— Je ne veux plus rien avoir à faire avec cette histoire. Éclairez-moi jusqu'à la voiture.

— OK…, capitula Armand.

Il passa en tête, et tous deux remontèrent jusqu'à la route. Felicia était transie de froid et de peur.

— Je suis navrée de vous abandonner, mais ça va trop loin.

Elle allait monter dans le véhicule quand ils entendirent un bruit de moteur.

— Sans doute la police qui arrive enfin, dit Armand.

Une main sur la poignée de la porte, Felicia scrutait l'obscurité. Mais alors qu'elle s'attendait à voir arriver un véhicule de police classique, c'est une Jeep noire marquée du logo de l'armée américaine qui apparut et se gara juste derrière la Mercedes.

Deux hommes vêtus d'un treillis et d'une casquette kaki en sortirent. Alors qu'ils avançaient d'une démarche soutenue, Felicia les observa : un jeune au nez épais et aux sourcils prononcés, et un plus âgé, chauve et au large cou. Tous les deux portaient un pistolet à la ceinture.

— Bonsoir, capitaine Marshall, et voici le lieutenant Glanel, lança le plus âgé. Vous êtes bien Armand de Borderive et Felicia Duplessis ?

— Oui, répondit le prêtre. Ce n'est pas la police qui a été prévenue ?

— Aucune patrouille n'était disponible dans l'immédiat et, comme l'affaire paraissait urgente, ils ont fait appel à nous. Où se trouve le véhicule accidenté ?

— En contrebas, répondit Armand en désignant la pente.

Felicia nota que sa voix paraissait désormais un peu éteinte.

Les deux soldats dégainèrent chacun une lampe-torche.

— Accompagnez-nous, s'il vous plaît.

— Je préfère attendre dans la voiture, dit Felicia.

— Je suis désolé, madame, mais nous avons des questions à vous poser et nous préférerions que vous restiez près de nous. Après vous…

La jeune experte réprima un soupir et suivit Armand, qui ouvrait la marche.

Arrivés sur le site de l'accident, les militaires commencèrent par faire le tour du véhicule, en l'éclairant sous tous les angles. Le plus âgé palpa la carotide de chaque homme et en profita pour les fouiller. Comme Armand, il trouva les portefeuilles de toutes les victimes, mais pas le badge de l'ITCS que le prêtre avait gardé sur lui.

— Il manque un passager. Ils étaient cinq à embarquer dans le Hummer lorsqu'ils ont quitté le manoir.

— Qui manque-t-il ?

— Edgar Fallow.

Le plus âgé se contenta de hocher la tête.

— Il y a une possibilité pour que cet accident ne soit pas le fruit du hasard, risqua Armand.

— Qu'est-ce qui vous fait dire ça ? demanda aussitôt le militaire.

— L'aile avant gauche est cabossée et éraflée par une traînée de peinture. Ce Hummer a été percuté…

— Hum… Rien ne prouve que ces marques n'aient pas été antérieures au drame.

Armand haussa les épaules et se rapprocha de Felicia jusqu'à ce que leurs épaules se touchent. La jeune femme ne bougea pas, mais ne comprenait pas pourquoi le prêtre se tenait si près d'elle.

— Et comment vous êtes-vous retrouvés ici ? demanda le capitaine Marshall.

— C'est un peu compliqué à expliquer, commença Armand en regardant Felicia, qui décela de la nervosité chez son acolyte.

— Bien, vous allez donc nous raconter tout ça au chaud.

Felicia aurait voulu leur dire qu'il était près de 1 heure du matin, qu'elle était épuisée, que cette affaire l'effrayait et qu'elle voulait simplement rentrer chez elle. Mais les deux hommes n'avaient pas l'air enclins à négocier.

Le plus jeune cessa d'inspecter le Hummer et se posta à côté de son supérieur. Tous deux faisaient face à Armand et Felicia.

— Avancez, ordonna le capitaine.

Armand fit signe à Felicia de passer la première et lui confia la lampe-torche. Puis il suivit la jeune femme, les soldats dans son dos. Le groupe traversa les feuillages sans dire un mot. On n'entendait que le froissement des vêtements contre les branches crispées par le froid et le crissement des pas dans la neige.

— Par là, s'il vous plaît, indiqua le capitaine en désignant la Jeep du menton quand ils atteignirent la route.

— Que fait-on de notre voiture ? demanda Armand.

— Vous reviendrez la chercher plus tard. Montez dans notre véhicule, s'il vous plaît.

Le lieutenant venait d'ouvrir une porte arrière et attendait. Le capitaine se tenait derrière lui, la main sur la poignée de la portière côté conducteur. Felicia allait entrer, mais Armand la bouscula pour passer devant elle. Elle vit le prêtre s'emparer de la portière et la pousser brutalement contre le jeune militaire. Ce dernier poussa un cri de douleur et tomba à la renverse. Armand se précipita pour arracher le pistolet accroché à sa ceinture, s'écarta et tira une balle dans la jambe du capitaine qui venait de poser la main sur son arme. Puis le prêtre fit feu de nouveau, cette fois dans la jambe du lieutenant.

— Foncez dans notre voiture ! ordonna Armand à Felicia.

Sous le choc, la jeune femme, les yeux écarquillés, bouche bée, regardait le sang couler des blessures et maculer la neige. Les râles de douleur des militaires au sol, les mains ressccrrées autour de leur jambe, la pétrifiaient.

— Felicia ! hurla Armand. Dans la voiture !

Dans une espèce de brouillard mental, elle l'aperçut qui braquait les deux hommes pour qu'ils lui donnent leurs téléphones portables, toutes leurs armes, qu'il lança au loin, et la clef de la Jeep, puis on la tira violemment par le bras.

— Montez ! cria Armand dans son oreille.

Mécaniquement, Felicia entra dans le SUV.

— Ne bougez pas, je reviens tout de suite.

Felicia vit Armand tirer les deux militaires dans la Jeep, sauter dedans et descendre la pente boisée hors piste. Ensuite, elle perdit la notion du temps, plongée dans un état de sidération.

Combien de temps s'était-il écoulé avant qu'Armand ne réapparaisse ? Felicia était trop bouleversée pour le dire. Depuis l'intérieur de la voiture, elle le vit soudain écraser à coups de pied un objet qu'il venait de jeter par terre. Puis il ouvrit la portière.

— Donnez-moi votre téléphone, Felicia. Il ne faut pas qu'on puisse nous pister, inutile de leur mâcher le travail.

La jeune femme lui tendit son appareil, et Armand lui fit subir le même traitement de choc qu'au sien.

— On y va ! lança-t-il en prenant place derrière le volant.

— Qu'avez-vous fait à ces hommes ? demanda Felicia en craignant la réponse.

Armand posa sur sa cuisse l'arme qu'il avait arrachée au militaire.

— Je les ai empêchés de nous tuer.

14.

Le SUV roulait à pleine vitesse sur le bitume nappé de neige. À l'intérieur, Felicia se retourna pour vérifier que la Jeep ne les suivait pas.

— Armand, pourquoi avez-vous fait ça ?

— Vous me faites confiance ?

— Non, on ne se connaît pas !

— Ces deux militaires étaient plus que suspects, expliqua le prêtre en surveillant régulièrement la route dans le rétroviseur.

— Dépêchez-vous de me donner une explication plus pertinente…

— C'est la police qui devait venir, non ? Pourquoi ces militaires se sont-ils présentés à sa place ?

— Ils nous l'ont dit : c'était une simple histoire de disponibilité.

— Non, non… Ces deux types n'étaient pas là pour enquêter.

— Qu'est-ce qui vous fait dire ça ?

Armand desserra son col.

— Vous qui êtes si observatrice, vous avez dû remarquer comment le lieutenant mettait ses pattes partout sur les cadavres et sur la carrosserie ? Jamais un professionnel chargé d'identifier des coupables ne ferait ça. Même quand je leur ai montré que cet accident n'était peut-être pas le fruit du hasard, il a continué à fouiller, sans craindre de laisser ses empreintes sur une potentielle scène de crime. Alors que la première chose que ces deux hommes auraient dû faire, c'est appeler la police scientifique et ne toucher à rien !

Cette fois, Felicia commençait à le croire.

— Qu'allaient-ils faire de nous, selon vous ?

Le prêtre tourna à gauche sur une route perpendiculaire à l'artère principale. Plus étroit, cet axe tortueux semblait pris en étau par la forêt.

— Quand on remontait vers la route, j'ai surpris un geste du lieutenant : il a porté la main à son arme. Le capitaine lui a fait « non » de la tête, pour ensuite lui adresser discrètement un signe qui semblait vouloir dire « plus tard ». Donc, pour répondre à votre question, je ne pense pas qu'ils allaient nous offrir un café et papoter gentiment avec nous.

— Mais pourquoi auraient-ils voulu nous éliminer ? Nous ne savons rien sur cet accident !

— Eux doivent en savoir plus que nous, et ils ne veulent pas que l'on comprenne qu'il s'agit bien d'un accident provoqué.

— Attendez… Qu'est-ce que vous sous-entendez ? Que l'armée est impliquée dans la mort d'Adhemar de Castelmore et de ses amis ?

— Peut-être.

Felicia porta une main à son front. Elle n'arrivait pas à croire ce qu'elle était en train de vivre.

— Je veux rentrer chez moi, gémit-elle.

— Felicia, vous pouvez rentrer chez vous, mais c'est le premier endroit où ils viendront vous chercher. Ils connaissent notre identité, et donc notre adresse.

La jeune femme sentit la panique la submerger.

Armand surveilla son rétroviseur avant de ralentir et de se garer sur le bas-côté. Il enclencha le frein à main, mais laissa le moteur tourner. Puis il se tourna vers la jeune experte.

— Felicia, je crains que nous ne soyons allés trop loin pour revenir à une vie normale. Si nous voulons retrouver notre sécurité, il va falloir découvrir qui en voulait à Adhemar de Castelmore et neutraliser cette menace à la source… avant que ce ne soit elle qui nous neutralise.

— « Neutraliser cette menace à la source avant que ce ne soit elle qui nous neutralise »…, répéta-t-elle, les yeux dans le vide.

— C'est notre seule chance de nous en sortir. Malheureusement, nous venons d'avoir la preuve que nous ne pouvions pas faire confiance aux autorités. Nous allons devoir agir seuls.

Felicia se mit la main devant les yeux, comme pour ne pas voir la réalité en face. Armand se tut pour lui laisser le temps de digérer toutes ces informations.

— C'est insensé, balbutia la jeune experte. Insensé. Attendez… C'est Enguerrand de Castelmore qui est censé avoir appelé la police. Vous pensez que c'est lui qui a contacté l'armée ?

— Soit c'est lui, soit l'armée a intercepté son appel parce qu'elle le surveillait déjà. Tout est possible, à ce stade. Et on en revient à ce que je vous ai dit : on ne peut faire confiance à personne. Mais vous n'êtes pas seule, murmura Armand en lui touchant le bras.

Felicia se laissa faire, regardant cette main, capable d'une grande douceur à cet instant, mais qui venait de blesser et molester…

— Nous avons tous les deux besoin de repos, déclara le prêtre. On y verra plus clair après une bonne nuit de…

— On y verra plus clair pour faire quoi, au juste ? Comment comptez-vous remonter jusqu'à ceux qui, semble-t-il, veulent nous supprimer ?

— La seule piste que nous ayons pour le moment, c'est la Société internationale des capsules temporelles. Peut-être que, sur place, nous comprendrons pourquoi Adhemar de Castelmore et ses amis s'y rendaient. Si c'est bien là qu'ils allaient.

— Mais ceux qui sont après nous doivent, eux aussi, savoir que Castelmore et les autres collectionneurs se rendaient à l'ITCS. Ils vont donc nous y attendre !

— Uniquement si les deux militaires que j'ai neutralisés préviennent leur hiérarchie. Or, tout à l'heure, lorsque j'ai descendu la Jeep dans la forêt, j'ai tiré le câble de remorquage et je les ai attachés à un arbre. Ils ne pourront pas remonter par eux-mêmes sur la route pour arrêter une voiture.

— Mais ils vont mourir de froid ou d'hémorragie !

— Je les ai laissés se faire un bandage avec leur kit de secours pour stopper le saignement de leur blessure. Et, dans quelques heures, je passerai un appel anonyme à la police pour qu'on vienne les chercher. Mais pour le moment, on a de l'avance.

Felicia consulta sa montre.

— Il est 2 h 37 du matin. L'ITCS ouvre à 8 heures…

— Le temps de dormir un peu et de nous y rendre, on devrait être pile dans les temps.

15.

Armand ne suivit pas la route la plus directe pour Atlanta. Il emprunta des chemins de traverse pendant une petite heure, jusqu'à tomber sur un motel dont l'enseigne lumineuse indiquait qu'il restait des chambres libres. Felicia lui suggéra de se garer derrière l'établissement afin que leur véhicule ne puisse pas être repéré depuis la route. Puis tous deux se rendirent à la réception, où un jeune homme, écouteurs enfoncés dans les oreilles, scrutait l'écran de son téléphone. Lentement, il finit par poser l'appareil, ôter l'un de ses AirPods et lever ses yeux rougis et cernés de fatigue vers les deux visiteurs.

— Une ou deux chambres ? demanda-t-il sans autre forme de politesse.

Armand consulta Felicia du regard.

— Une me semble plus prudent, murmura-t-il.

— Une chambre avec deux lits séparés, confirma Felicia.

Le réceptionniste remarqua soudain le col blanc du prêtre, et son visage se barra d'un sourire narquois.

— Voici les clefs du paradis. Premier étage, avec vue sur la forêt, ricana-t-il en hochant la tête d'un air entendu.

Puis il se coula de nouveau dans son siège, se reboucha l'oreille et se replongea dans son téléphone.

En traversant le parking pour se rendre à leur chambre, Felicia compta trois voitures, sur la carrosserie desquelles se réfléchissait le néon de l'enseigne. Elle s'était toujours demandé qui pouvait bien s'arrêter dans ce genre d'endroit, notamment sur des routes perdues comme celle qu'ils venaient d'emprunter.

— C'est là, dit Armand en désignant un escalier métallique.

Ils gravirent les marches jusqu'au premier étage, puis entrèrent dans leur chambre, une pièce très sommaire meublée de deux lits, équipée d'une salle d'eau et de toilettes. Il y flottait un parfum de voiture écœurant qui cherchait à combattre une ancienne odeur de tabac froid.

— Je savais que ça allait vous plaire ! s'exclama Armand.

— Mon désarroi se voit tant que ça ? demanda Felicia en refermant la porte derrière elle.

— On a souvent dû vous le dire, mais vous avez un visage expressif et, en l'occurrence, à cet instant, il exprime un mélange de dégoût et d'abattement.

— Je ne suis pas abattue, j'essaie de me remettre de mon état de choc alors que vous semblez trouver tout cela excitant.

— Détrompez-vous. Même si je dois confesser que le frisson de l'enquête m'avait manqué, être traqué ne me plaît pas plus qu'à vous.

— Vous avez déjà tué quelqu'un, Armand ?

Le prêtre se figea.

— Pourquoi cette question ? demanda-t-il.

— Pour savoir à côté de qui je vais dormir.

— J'ai eu à faire ce qu'il fallait pour protéger un coéquipier. Et je le referais. D'ailleurs, j'aurais bien aimé en avoir un comme vous à mes côtés.

— C'est vrai que je sais me battre et tirer avec une arme comme personne.

— Votre métier d'experte en art est un travail d'enquêtrice. Vous possédez un sens de l'observation hors du commun. Sans vous, je n'aurais pas trouvé le badge du chauffeur.

— Peut-être…, répondit-elle, un peu gênée. Là, mon sens de l'observation me dit que nous sommes fatigués, et j'en déduis que nous devons nous reposer le peu de temps qu'il nous reste avant de partir pour l'ITCS. Mais avant cela, on devrait sans doute appeler Enguerrand de Castelmore pour le tenir au courant de ce qui vient de se passer avec les deux militaires. Il est peut-être, lui aussi, en danger, et ne doit pas comprendre pourquoi nous ne sommes pas déjà revenus au manoir. N'ajoutons pas de l'angoisse à son chagrin. Le laisser dans le silence me semble… inhumain.

— C'est un risque que l'on prend. Nous ne sommes pas sûrs à 100 % que ce n'est pas lui qui a appelé l'armée.

— J'ai réfléchi à cette hypothèse, mais ça ne tient pas debout. Pourquoi aurait-il fait appel à nous pour élucider la disparition de son père si c'était pour nous tuer ensuite ? De surcroît, en faisant appel à l'armée alors qu'il a eu cent fois l'occasion de nous supprimer au manoir ? Ça n'a aucun sens. En revanche, je crois qu'il est sur écoute.

Felicia se rapprocha du téléphone fixe posé sur la table de nuit près de son lit.

— Il serait sur écoute et, donc, vous l'appelez ? s'étonna Armand.

— Je ne suis pas idiote. Je vais téléphoner au majordome, Charles Flaningan, dont j'ai noté le numéro lorsqu'on l'a interrogé.

— Bien vu.

Felicia composa le numéro.

— Charles ? C'est Felicia Duplessis à l'appareil.

— Enguerrand m'a annoncé la terrible nouvelle. C'est épouvantable.

— Oui, je suis désolée. Je vous présente mes condoléances. J'ai senti le lien fort qui vous unissait à votre employeur. J'aimerais m'entretenir avec son fils à propos de cette tragédie. Pourriez-vous me le passer ?

— Un instant.

Felicia entendit quelques froissements dans l'écouteur.

— Madame Duplessis ? Je suis mort d'inquiétude. Comment allez-vous ?

— Monsieur de Castelmore, c'est à vous qu'il faudrait poser la question. Parvenez-vous à tenir le coup ?

— J'essaie. Mon père était un tel homme que je le croyais immortel.

— Je comprends… Pardonnez-moi, ma question va vous paraître étrange : que vous a dit la police lorsque vous l'avez eue au téléphone ?

— Qu'elle envoyait une voiture tout de suite. Pourquoi ?

— Ce sont des militaires qui se sont déplacés.

— C'est étrange. Ils vous ont expliqué pourquoi ?

Son étonnement parut sincère à la jeune femme.

— Ils ont plutôt essayé de nous tuer, Armand et moi.

— Quoi ? Mais c'est abominable !

— Heureusement, Armand a vu clair dans leur jeu, il nous a sauvé la vie.

— Mon Dieu… J'ai peine à croire ce que vous racontez. C'est tellement improbable. Pourquoi l'armée s'en prendrait-elle à vous ? Et sur le lieu de l'accident de mon père ?

— Nous n'avons pas encore les réponses à ces questions, monsieur de Castelmore. En revanche, nous sommes certains que l'accident de voiture qui a coûté la vie à votre père et à ses amis n'était pas fortuit… Quelque chose a percuté le véhicule pour l'envoyer dévaler la pente.

Silence à l'autre bout du fil.

— Monsieur de Castelmore, vous êtes toujours là ?

— Oui, dit-il d'une voix enrouée. Vous êtes en train de me dire que mon père a été assassiné ?

— C'est fort probable.

— Mais par qui ? Et pourquoi ?

— Nous l'ignorons pour le moment. Nous savons juste que l'armée semble être mêlée à cette affaire et que votre père se rendait probablement à l'International Time Capsule Society. Connaissez-vous cette organisation ?

— Oui, bien sûr, mon père était un gros donateur de l'ITCS, *via* sa fondation. Il était même très ami avec

David Vermont, son directeur, qui venait régulièrement à la maison.

— David Vermont ? Attendez… mais oui, je l'ai croisé lorsque je suis allée donner une conférence à l'ITCS.

— Qu'est-ce que mon père et ses amis allaient faire là-bas en pleine nuit ?

— C'est ce que nous cherchons à savoir, répondit doucement Felicia. Demain matin, nous nous rendrons sur place. Nous vous tiendrons au courant.

— Merci. Ne pas connaître la vérité rend ce moment plus douloureux encore.

— Et si, de votre côté, vous découvrez quoi que ce soit…

— Je vous appellerai sur-le-champ. À propos de découverte, avez-vous retrouvé la piste d'Edgar Fallow ? J'ai contacté sa famille, qui n'a aucune nouvelle de lui.

— Non, rien, c'est une couche supplémentaire au mystère qui entoure cet accident.

— Vous ne pensez quand même pas qu'il puisse être derrière ces meurtres ?

— Impossible de vous répondre de façon assurée. Vous m'avez dit tout à l'heure que c'était un survivaliste. Savez-vous comment cet homme a rencontré votre père ? Et pourquoi ils se sont liés d'amitié ?

— Eh bien, Fallow est un grand collectionneur, ils partageaient la même passion. Lors de leur première rencontre à une vente aux enchères, ils étaient en concurrence pour l'acquisition de la palette utilisée par David pour peindre *Le Sacre de Napoléon*. C'est finalement Fallow qui l'a remportée, mais il a aussitôt invité mon père chez lui pour qu'il puisse la voir et la toucher. Ils se sont très bien entendus, et Fallow a intégré le cercle très fermé des amis proches de mon père.

— Et vous ne voyez aucune raison pour laquelle il aurait pu souhaiter la mort de ses trois amis ?

— Non, vraiment, je…

Enguerrand de Castelmore semblait réfléchir.

— Fallow aurait pu vouloir s'approprier la collection de mon père. Et celle des deux autres. Ou les empêcher de dévoiler un secret commun, peut-être ?

— Un secret lié à leur départ précipité en pleine nuit ?

— Peut-être… Mais tout ça n'est qu'une vague conjecture…

— Monsieur de Castelmore, je vous laisse vous reposer. Il est très tard. Rappelons-nous à la moindre nouvelle, d'accord ?

— Entendu.

— Ah, et sachez que vous êtes certainement sur écoute. C'est sans doute de cette manière que l'armée est arrivée jusqu'à nous.

— Sur écoute ? Mais… Je… Je… Excusez-moi, je suis bouleversé, et…

— Je comprends. Le mieux est que vous vous procuriez un nouveau téléphone. Ce sera plus prudent. De notre côté, Armand et moi avons détruit nos portables pour éviter d'être pistés. Nous en rachèterons. J'enverrai le nouveau numéro à Charles Flaningan. Prévenez-le pour qu'il pense à vous le transmettre.

— Que de complications… Vous êtes certaine que je suis sur écoute ?

— Quasiment.

— Je suivrai vos consignes, mais, mon Dieu, toute cette histoire me dépasse !

— Elle nous dépasse tous, mais nous devons tenir bon. On compte sur vous, Enguerrand. Je vous souhaite tout le courage possible et une bonne nuit, malgré tout.

Felicia raccrocha et regarda Armand.

— Il faut que nous nous procurions de nouveaux téléphones le plus tôt possible afin de rester en contact avec lui.

— On trouvera quelque chose sur la route demain matin.

Puis Armand considéra Felicia avec attention.

— Oui ? s'enquit la jeune femme.

— Vous avez bien fait d'appeler Enguerrand. Vous avez fait preuve d'une grande délicatesse, de surcroît. Maintenant, il est temps de se reposer. Pour information, je mets l'arme sous mon lit. On ne sait jamais.

— Vous faites bien de m'en parler, ça va m'aider à m'endormir.

Felicia retira ses bottines trempées et accrocha son blouson à un portemanteau à moitié dévissé. Elle alla se laver les mains et le visage dans la salle de bains et en ressortit pour se glisser sous les draps tout habillée. Elle préférait garder ses vêtements au cas où ils devraient fuir en pleine nuit.

Armand se retourna vers elle.

— On a quatre heures devant nous, annonça-t-il en décrochant le téléphone fixe de la chambre pour appeler la réception. Oui, bonsoir, pouvez-vous nous réveiller demain matin à 6 h 30, s'il vous plaît ? Oui, 6 h 30, merci.

Après avoir raccroché, il s'allongea. Felicia ferma les yeux pour chasser de son esprit l'absurdité de la situation, tâchant de convaincre son cerveau qu'il ne servait à rien de s'inquiéter et que la meilleure façon d'agir était de sombrer dans le sommeil.

Elle rouvrit soudainement les yeux, réveillée en sursaut par la sonnerie du téléphone de la chambre. Pourquoi retentissait-il deux minutes après qu'elle s'était endormie ? À ses côtés, elle vit Armand déjà assis sur le rebord du lit.

— Il est 6 h 30, dit-il en décrochant puis en raccrochant le téléphone.

Felicia se sentait engourdie. Elle rejeta cependant les couvertures et se rendit à la salle de bains pour prendre une douche froide. En cinq minutes, elle était prête.

Quand elle revint dans la chambre, Armand refermait la porte d'entrée d'un coup d'épaule, les mains chargées de deux tasses en carton fumantes et d'un sachet en plastique. Sa barbe lui donnait un air rebelle qui allait assez bien avec ses cheveux décoiffés. Ce n'était ni le lieu ni le moment, mais elle ne put s'empêcher de le trouver beau. Il posa sur elle un regard bienveillant.

— Tiens, vous avez enlevé votre col de prêtre, lui fit remarquer la jeune femme.

— Oui, je me suis dit qu'il fallait être le moins identifiable et le plus discret possible.

— Et quelle est donc votre nouvelle identité ?

— Ancien flic qui essaie de sauver sa peau et la vôtre.

Felicia hocha la tête en cachant au mieux la peur qui lui tenaillait de nouveau le ventre.

— Ça va aller ? demanda Armand.

— Oui, mentit-elle.

— De toute façon, vous n'aviez rien prévu de mieux pour ces prochains jours ?

Felicia détourna le regard.

— Désolée, d'ordinaire, je suis plutôt bon public, mais là, je ne parviens pas à rire de la situation.

— Je comprends. Tenez, je vous ai apporté un café, une pomme et une madeleine toute fraîche, faite maison par le distributeur d'en bas.

— Merci, c'est gentil.

— Prenons notre petit déjeuner ici. Comme nous sommes très près d'Atlanta, nous avons quinze petites minutes d'avance sur notre planning.

Felicia s'assit en tailleur sur le lit d'Armand et sortit sa madeleine de son sachet en plastique.

— Je vais vous sembler quelque peu intrusif, Felicia. Mais je repensais, en me réveillant, à ce que vous m'avez dit hier, sur le fait que vous n'aviez pas connu vos parents. Comment réussit-on à compenser ce manque d'affection ? En se créant un cercle d'amis très proches ? demanda Armand avant d'avaler une gorgée de café.

— J'ai *une* amie très proche. Camilla. C'est d'ailleurs la seule à savoir que je me suis rendue chez Enguerrand de Castelmore. Elle doit être hyper inquiète de ne pas avoir de mes nouvelles. Mais j'imagine qu'il vaut mieux ne pas l'appeler. Et vous, avez-vous toujours de la famille ?

— J'en ai fondé une, à l'époque où j'étais encore flic, répondit Armand en croquant dans sa pomme. J'ai été marié, de vingt à trente-cinq ans, avant de divorcer, peu de temps après avoir été viré de la police. Mon ex-femme ne m'a pas pardonné de lui avoir menti toutes ces années. Ce qui ne nous empêche pas de garder de bonnes relations, même si, évidemment…

Armand n'acheva pas sa phrase.

— Même si ce n'est plus comme avant ? suggéra Felicia.

— Oui.

— Elle vous manque ?

— C'est une femme de caractère, passionnée, entière. Parfois, vous me faites penser à elle, Felicia.

— Vous avez lu cela en moi en si peu de temps ?

— La façon dont vous parliez et vous vous comportiez au manoir dénotait un tempérament… très dynamique.

— Vous avez peut-être raison, mais c'était avant que ne débute toute cette histoire…

Felicia s'interrompit, le regard un instant dans le vague. Retrouverait-elle seulement un jour sa vie d'avant ? D'ailleurs, serait-elle encore en vie ce soir ? Elle chassa prestement ces questions paralysantes de son esprit pour revenir à la conversation qu'Armand lui faisait le plaisir d'avoir avec elle, même si lui aussi devait avoir ses propres peurs.

— Et vos enfants, comment ont-ils réagi lorsqu'ils ont appris que vous étiez mêlé à une affaire de corruption ? relança l'experte.

— Ma fille et mon fils ont accepté de me revoir.

— Ils ne vous en ont pas voulu ?

Armand ne répondit pas tout de suite. Probablement parce qu'il était gêné, se dit-elle.

— Évidemment, ils n'ont pas fait de moi leur modèle de probité, mais ils ont compris que j'avais aussi agi pour leur assurer un niveau de vie confortable.

— Vous pensez qu'ils vous auraient moins aimé si vous aviez rapporté moins d'argent à la maison ? ajouta Felicia en rattrapant un morceau de madeleine qui dépassait du coin de sa bouche.

— Bonne question. Non, je ne crois pas.

— Et quel âge ont-ils ?

— Ma fille, Léa, a dix-neuf ans, elle fait des études d'architecte, et Michaël a dix-huit ans et veut se lancer dans le droit international.

— Et que pensent-ils de votre nouvelle vocation de prêtre ?

— Ils sont ravis, parce qu'ils n'auront probablement jamais de belle-mère à gérer.

Felicia esquissa un timide sourire.

— Pour être plus sérieux, je crois qu'ils se disent que si cette voie me rend heureux, alors, ainsi soit-il.

— Et cette voie vous rend heureux ?

Armand détourna les yeux.

— Disons qu'elle m'aide à me pardonner.

— Vous pardonner votre trafic en sous-main ?

— Notamment.

— C'est-à-dire ? voulut creuser Felicia.

Armand eut un léger mouvement de recul, comme surpris par la frontalité de la question. Felicia vit une ombre passer dans son regard.

— Pardon, je me suis laissé embarquer par mes réflexes d'experte qui veut toujours en savoir plus, dit-elle.

— Je vous en prie. Mais parlons d'autre chose, voulez-vous ?

— Dans ce cas, j'ai une autre question, peut-être gênante, elle aussi. Comment vit-on le célibat de la prêtrise après avoir été marié ?

— C'est un sujet compliqué, même philosophiquement, il est plein de contradictions. Regardez, nous autres, prêtres, passons notre temps à louer la vie à travers nos chants, nos prières, nos bénédictions et nos louanges. Or, la vie n'est autre qu'une pulsion qui se nomme désir. C'est lui qui est à l'origine de tout ce qui fait le sel de l'existence. Et c'est ce même désir qui est condamné, étouffé, interdit. Vous voyez ce que je veux dire ?

— Oh, très bien, acquiesça Felicia. C'est le désir de comprendre l'histoire des objets qui m'a amenée à faire mon métier. C'est le désir de partager mes découvertes qui m'a conduite à donner des conférences. Et c'est le désir d'une vie meilleure qui fait que je suis ici avec vous.

— J'aimerais bien vous avoir dans ma paroisse, s'amusa Armand. Je suis sûr que vous seriez passionnante à écouter au confessionnal.

À ces mots, Felicia sourit mécaniquement, mais ses préoccupations reprirent immédiatement le dessus. Elle croqua dans sa pomme pour se donner un peu de contenance.

— Vous croyez vraiment qu'on a une chance de s'en sortir ? demanda-t-elle.

— Je pense, répondit aussitôt Armand, comme s'il ne voulait pas laisser le doute s'installer.

— Avec l'armée contre nous ?

— Pour le moment, ces personnes n'ont pas l'air de savoir où nous sommes.

— Il faut qu'on trouve ce qu'Adhemar de Castelmore et ses trois amis savaient ou étaient sur le point de découvrir avant qu'on ne les assassine.

Armand déposa son gobelet sur la table de nuit et ramassa son arme sous le lit. Il en fit glisser le chargeur dans sa main, l'inspecta avant de le remettre en place d'un geste précis.

— Le fait que l'armée ait essayé de nous éliminer me fait penser que l'implication du gouvernement est une piste à suivre.

Il avait parlé d'une voix grave, et certainement plus inquiète qu'il ne l'aurait voulu. Felicia se mordilla la lèvre supérieure.

— Et vous êtes sûr qu'on ne ferait pas mieux d'aller voir la police et de tout lui raconter ?

— C'est trop risqué. Je pense qu'on doit découvrir un moyen de faire pression sur ceux qui nous poursuivent. Visiblement, ces personnes veulent à tout prix garder une information secrète. Si nous parvenons à mettre la main dessus, nous aurons peut-être les moyens de négocier avec eux.

Felicia se leva, dubitative, et jeta le trognon de sa pomme dans la poubelle.

— Je n'ai pas mieux, s'excusa Armand.

— Moi non plus. On y va ? Une dernière chose, ajouta Felicia. Si nous sommes partis pour faire équipe, autant se tutoyer, non ?

— Tu as raison.

Armand s'assura d'un coup d'œil par la fenêtre qu'il n'y avait personne sur le parking de l'hôtel et ouvrit la porte.

Dans le petit matin frais et engourdi par la neige, ils rejoignirent le SUV recouvert d'un édredon blanc.

— Je conduis, annonça Felicia en grattant la neige du pare-brise, ça me réveillera.

Armand prit place sur le siège passager.

— Dès que vous voyez... Je veux dire : dès que tu vois un 7-Eleven sur la route, arrête-toi, s'il te plaît, dit-il.

— OK.

Felicia entra l'adresse de l'université Oglethorpe dans le GPS et démarra. Il faisait encore nuit et, si on se fiait aux épais nuages qui encombraient le ciel, le jour n'était pas près de se lever. Elle conduisit prudemment pour ne pas prendre le risque de se faire arrêter par la police et, une dizaine de minutes plus tard, elle se garait sur le parking d'une épicerie.

Armand descendit de la voiture et revint quelques minutes plus tard avec deux smartphones prépayés. Il en donna un à Felicia et tira l'autre de son emballage avant de composer un numéro à trois chiffres en marchant sur le trottoir à côté de la voiture.

— Oui, bonjour, lança-t-il. Il me semble avoir vu un véhicule accidenté sur la route 80 en direction d'Atlanta, après le chemin qui mène au manoir de Castelmore.

Il raccrocha aussitôt, retira la puce du téléphone, qu'il cassa en deux, et jeta le tout dans une poubelle avant de se rasseoir sur la place passager.

— Ma conscience est sauve. Les deux militaires seront secourus, si ce n'est pas déjà fait. On peut y aller.

Felicia salua intérieurement la bonté de son acolyte. Avant de démarrer, elle envoya par texto leur nouveau numéro à Charles Flaningan.

À 7 h 55, ils arrivaient devant le campus de l'université, dont une partie des bâtiments devait être réservée à l'ITCS.

— C'est derrière ces murs que se trouve la vérité, déclara Armand.

16.

Felicia s'était garée le plus loin possible de l'entrée afin d'observer les alentours avant de sortir à découvert. À ses côtés, elle remarqua qu'Armand scrutait le paysage, une main sur la crosse de son arme à feu. Il avait l'air particulièrement nerveux et se mit à fouiller dans toutes ses poches.

— Ça va ? lui demanda Felicia.

— J'ai égaré le badge de l'ITCS ! Probablement en me battant contre les deux militaires. Ce qui veut dire qu'ils l'ont peut-être récupéré et qu'ils vont en déduire que nous venons ici… Mince !

Armand frappa du plat de la main sur le tableau de bord. Felicia regarda dehors avec attention.

Quelques étudiants se pressaient dans le dédale de chemins pour échapper au froid. Tous se dirigeaient vers un bâtiment en pierre grise, dont l'une des ailes se terminait par une tour carrée et crénelée, surmontée de cloches, qui conférait à l'ensemble une allure médiévale. L'arche gothique de la double porte d'entrée ne faisait que renforcer cette impression de voyager dans le temps. De la neige recouvrait les chapiteaux des fenêtres et les tuiles, si bien que le lieu ressemblait plus à un château immobilisé par l'hiver qu'à une université grouillante d'étudiants.

— Pour le moment, je ne vois rien de suspect, annonça Armand. Allons-y. De toute façon, c'est notre seule issue pour nous en sortir.

Le prêtre ouvrit sa portière avant de caler son arme dans son dos. Felicia attrapa son sac, scruta une dernière fois les alentours avant de sortir de la voiture. Ses deux pieds s'enfoncèrent dans la pellicule neigeuse et des flocons se déposèrent sur ses cils.

Au même moment, elle reçut un SMS sur le téléphone acheté au 7-Eleven : « *Voici mon nouveau numéro. Enguerrand.* »

Elle enregistra le contact sur son portable et rejoignit Armand qui lui adressait des signes de tête pour l'encourager à se rapprocher de lui. Puis, côte à côte, ils marchèrent en direction de l'imposant bâtiment tout droit sorti du Moyen Âge, sans cesser de jeter des coups d'œil inquiets autour d'eux.

— Tu es donc déjà venue ici ? demanda Armand à Felicia.

— Oui, deux fois, mais je n'ai jamais pu voir ce pour quoi les gens viennent généralement : la crypte de la civilisation. Chaque fois, l'accès était fermé à cause des travaux de rénovation du couloir menant à la crypte.

Soudain, une volée de pas dans leur dos. Ils firent volte-face tous les deux, pour tomber nez à nez avec un retardataire qui les évita sans leur adresser un regard et poursuivit sa course vers l'entrée. Armand avait commencé à sortir son arme, qu'il rangea aussitôt. Felicia reprit son souffle tandis que son cœur cognait contre sa poitrine. Mais elle avait à peine réussi à calmer sa peur qu'elle sursauta de nouveau. Les cloches de l'université venaient de résonner dans un « gong » grave muselé par la neige qui tombait en épais flocons.

— Avançons, la pressa Armand. On est trop exposés, ici.

Ils pressèrent le pas jusqu'à une lourde porte, qu'ils franchirent pour pénétrer dans un hall au plafond orné d'arches et supporté par de hautes colonnes sculptées. Personne.

— Là, sur le panneau, l'ITCS est indiquée à droite, affirma Felicia.

Ils suivirent un dédale de couloirs parquetés et percés de fenêtres rectangulaires à croisillon de pierre. À chaque coude, Armand passait devant, puis faisait un signe à Felicia quand il jugeait qu'il n'y avait pas de danger. En chemin, ils croisèrent quelques personnes qu'ils ne purent s'empêcher de trouver toutes suspectes. Mais aucune ne parut prêter attention à eux et, bientôt, ils se retrouvèrent face à un comptoir en bois derrière lequel lisait une femme d'une quarantaine d'années, aux longs cheveux noirs et au teint blafard. Elle arborait un badge sur lequel était écrit « guide ».

— Bonjour, dit Armand.

La femme leva les yeux de son ouvrage.

— Bonjour, en quoi puis-je vous aider ?

— Nous cherchons quelqu'un qui pourrait nous renseigner sur une capsule temporelle.

— Vous pouvez consulter la position de toutes les capsules enregistrées sur notre site internet. C'est en libre accès.

Armand se frotta le menton.

— En fait, nous voudrions savoir si vous avez trouvé une capsule, récemment.

— Qu'entendez-vous par « récemment » ?

— Il y a trois ou quatre jours.

— Ah non, la dernière fois que l'on nous a appelés pour une capsule retrouvée, c'était plutôt il y a trois ou quatre mois.

Felicia suivait la conversation, mais ne pouvait s'empêcher de surveiller les issues.

— Et, récemment, vous n'avez rien appris de nouveau sur une ancienne capsule ?

La femme aux longs cheveux sembla réfléchir.

— Non, je ne vois pas. Mais que recherchez-vous, au juste ? demanda-t-elle.

Felicia répondit aussitôt, ne laissant pas le temps à Armand de réagir.

— Je vais vous expliquer. Je suis experte en art, et voici mon assistant. Il y a à peu près un an, je suis venue donner une conférence dans vos locaux. Depuis lors, je songe à réaliser une vidéo pour présenter votre organisation sur ma chaîne YouTube. Mais il me faudrait quelques informations inédites afin d'intéresser mon public. La découverte d'une nouvelle capsule ou, à tout le moins, une actualité récente au sein de l'ITCS seraient donc les bienvenues…

Felicia se rapprocha du comptoir avec son téléphone et se connecta à sa chaîne avant d'y faire défiler quelques-unes des vidéos où on la voyait en pleine conférence. Notamment celle qu'elle avait donnée à l'ITCS. La guide se détendit aussitôt.

— Excellente idée, d'autant que votre chaîne a l'air très suivie. Ce serait formidable, que vous parliez de nous.

— Parfait, dit Felicia. Excusez-moi juste un petit instant.

Felicia se tourna vers Armand pour lui parler discrètement.

— *A priori*, la seule chose visible ici est la crypte de la civilisation. C'est donc peut-être elle qu'Adhemar et ses amis sont venus voir. Le mieux est donc d'aller y jeter un coup d'œil.

Puis Felicia s'adressa à la guide.

— Pourriez-vous nous faire visiter votre célèbre crypte de la civilisation ?

La femme afficha un sourire de gagnante à la loterie.

— Oui, avec plaisir. Vous allez être impressionnés, c'est l'une des plus grandes et des plus anciennes capsules temporelles au monde.

Elle ouvrit un tiroir, en sortit un jeu de clefs, contourna la réception et les invita à la suivre. Ils entrèrent alors dans un salon meublé de canapés en cuir patiné, que seule la morne lumière de novembre éclairait. Un feu de bois aurait pu crépiter dans la grande cheminée à moulures qui ornait le lieu.

— Nous sommes dans le Phoebe Hearst Hall, la crypte se trouve juste sous nos pieds.

La guide s'empara d'une clef de son trousseau et la glissa dans la serrure d'une porte cachée dans une alcôve du salon.

— Faites attention, l'escalier est raide.

— Quand a été construite cette crypte ? demanda Armand.

— Elle a été élaborée à partir de 1936 et scellée en 1940.

Ils descendirent l'escalier en colimaçon. Felicia ne put s'empêcher de penser que, si on voulait les supprimer discrètement, on ne trouverait pas meilleur endroit. Armand partageait certainement cette crainte, car il se retourna vers elle pour lui montrer qu'il avait la main sur son arme.

Quand ils furent arrivés au sous-sol, la guide ouvrit une porte. Le décor médiéval disparut pour laisser place à un couloir au sol recouvert de linoléum blanc luisant sous les néons. Les bruits étaient étouffés et l'air paraissait figé. Le silence régnait en maître. Sur le mur de droite se trouvait une plaque rectangulaire en métal poli, au centre de laquelle était fixée une demi-sphère métallique.

— Voici la porte d'entrée de la crypte de la civilisation, annonça la guide. En acier inoxydable et scellée sur place.

— Quand pourra-t-elle être ouverte ? l'interrogea Felicia à voix basse, comme si elle craignait de réveiller quelqu'un.

— Je préfère vous prévenir, ça donne le vertige. Pour vous donner un ordre d'idées, nous avons des capsules dont l'ouverture est prévue dans cinquante ans, d'autres dans deux cents ans. L'une des plus ambitieuses est programmée en 2600.

— Dans à peu près six siècles…, murmura Felicia. À quoi ressemblera notre monde ?

— La crypte de la civilisation, quant à elle, doit être ouverte en 8113.

La phrase de la guide s'éteignit dans la quiétude des lieux.

— Dans six mille ans ! C'est vertigineux, en effet, finit par articuler Felicia. Cela correspond au temps qui nous sépare des tout premiers Égyptiens et de l'invention de l'écriture.

Grâce à son métier, Felicia avait l'habitude de voyager mentalement dans le temps, mais c'était le plus souvent vers le passé. Jamais elle ne s'était clairement demandé à quoi ressemblerait la Terre dans six mille ans. L'espèce humaine serait-elle encore là, et sous quelle forme ? Quel serait le niveau technologique atteint ? Et cette crypte aurait-elle été conservée dans les ruines de l'université ? Ou y aurait-il une forêt, ici ? Un océan ? Que resterait-il de notre époque actuelle dans soixante siècles ?

Mais toutes ces questions étaient pour le moment précédées d'une seule : était-ce cette capsule qu'Adhemar de Castelmore et ses amis étaient venus voir ?

— Que contient la crypte ? s'informa Felicia tandis qu'Armand surveillait la porte par laquelle ils étaient entrés.

— Un œilleton permet de regarder à l'intérieur, si vous le souhaitez, répondit la guide. Juste là.

Felicia s'approcha de la porte et colla son œil contre le petit judas circulaire. Elle eut une vision incurvée d'une pièce croulant sous un amoncellement d'objets dont il était impossible de faire l'inventaire. Elle y décerna grossièrement une chaise, un gramophone, une poupée et des livres.

— La cavité fait treize mètres carrés, expliqua la guide. À l'intérieur se trouvent des objets et des enregistrements censés représenter tout notre savoir en 1940. Des livres sur microfilms, notamment la Bible, le Coran, l'*Iliade*, une machine à écrire, des formules mathématiques, un récepteur radio, des discours de Hitler, Mussolini, Roosevelt, des jouets, des journaux, tout un système de signes et de dessins pour décoder l'anglais au cas où cette langue aurait disparu. Il y a même un moulin électrique pour produire de l'énergie dans quatre-vingt-six générations…

Felicia sortit le marteau de son sac à dos et le présenta à la réceptionniste.

— Y aurait-il un marteau comme ça, dans la crypte ? Ou bien un casque audio comme celui-ci ? Ou une pierre comme celle-là ?

— Non, je connais par cœur la liste des objets qu'elle contient, et ils n'en font pas partie.

Armand venait de sortir de sa poche intérieure la feuille marquée de l'expression « Wow !! » et de la séquence « 6EQUJ5 ».

— Et est-ce que ce document vous dit quelque chose ?

La guide pencha la tête et haussa les épaules.

— Je n'ai aucune idée de ce que ça peut être, et cela ne figure pas non plus sur la liste.

Déçue, Felicia tenta une nouvelle approche.

— Pour ma vidéo, j'aimerais beaucoup interviewer votre directeur, David Vermont. Est-il disponible ?

La guide fronça les sourcils et recula d'un pas.

— Monsieur Vermont est absent depuis quatre jours, et il ne répond pas à son téléphone.

Armand et Felicia échangèrent un regard inquiet.

— Mais vous ne vous faites pas de souci pour lui ? insista Felicia.

— Non, M. Vermont a l'habitude de s'absenter ainsi, sans dire où il va. C'est son côté libre-penseur. Mais si vous me laissez vos coordonnées, je lui demanderai de vous rappeler dès son retour.

Felicia sortit une carte de visite de sa poche intérieure.

— J'espère que nous aurons rapidement de ses nouvelles, dit-elle.

— Nous aussi. Je vous raccompagne jusqu'à la sortie.

Ils remontèrent l'escalier en colimaçon et retraversèrent le salon en cuir pour se retrouver dans le hall d'accueil de l'ITCS. La guide marchait devant, Armand et Felicia la suivant à distance raisonnable.

— Merci, c'était très intéressant, dit Felicia.

— Au plaisir de vous guider. N'hésitez pas si vous avez d'autres questions.

Felicia et Armand saluèrent la responsable et tournèrent les talons.

— Je n'ai pas l'impression qu'Adhemar et ses amis soient venus voir la crypte de la civilisation, le soir de leur mort…, déclara Armand. Seul le directeur pourrait nous expliquer ce que ces hommes venaient faire à l'ITCS de toute urgence.

— L'absence de David Vermont depuis pile quatre jours ne me dit rien qui vaille.

— J'appelle Enguerrand de Castelmore pour avoir son adresse.

Felicia composa le nouveau numéro du fils d'Adhemar.

— Felicia ?

— Oui, nous sommes à l'ITCS. Le directeur est le seul à pouvoir nous dire pourquoi votre père se rendait à l'institut le soir du meurtre. Mais nous n'avons pas son adresse…

— Attendez, je vais consulter le répertoire de mon père. Je sais qu'il n'habite pas très loin de l'université, mais je n'ai pas l'adresse en tête.

Trois minutes plus tard, Felicia entendait de nouveau la voix d'Enguerrand de Castelmore.

— David Vermont habite à Brookhaven, au 3009 Mabry Road. Ce n'est qu'à quelques minutes de l'université Oglethorpe où vous vous trouvez.

— Merci, Enguerrand. Comment allez-vous ?

— La police a découvert le site de l'accident. L'inspecteur qui enquêtait sur les disparitions m'a appelé pour m'annoncer la nouvelle. J'ai fait mine de tout apprendre. Je lui ai demandé de ne pas rendre publique l'annonce de la mort de mon père et de ses amis. Je ne suis pas encore prêt à affronter la déferlante médiatique. À ce propos, j'ai réfléchi cette nuit : la quête dans laquelle vous vous êtes lancée avec le père de Borderive est très risquée. Êtes-vous certaine de ne pas vouloir parler de tout cela à la police ?

— Oui, j'en suis sûre. D'une part, la police aurait du mal à nous croire ; d'autre part, elle nous protégerait peut-être pendant un temps, mais, tôt ou tard, ceux qui s'en sont pris à votre père finiraient par nous retrouver… Peut-être même en utilisant la police pour mieux nous localiser. Malheureusement, on doit résoudre cette affaire tout seuls.

Enguerrand de Castelmore soupira.

— Bien, je comprends. Faites appel à moi dès que vous en aurez besoin. Je me sens tellement coupable de vous avoir entraînée dans cette histoire tragique.

— Je n'y manquerai pas. Merci, Enguerrand. Je dois vous laisser.

Felicia raccrocha et emboîta le pas à Armand qui franchissait la porte gothique de l'entrée pour retrouver l'air glacé.

Tous les étudiants étaient en cours ; le campus aux pelouses recouvertes d'un voile blanc était désert. Ils le traversèrent au rythme de leurs pas mâchant la neige, Felicia relevant son col de ses mains tremblantes de froid. Avant de monter dans le SUV, ils s'assurèrent malgré tout que personne ne les suivait ou ne les observait.

— Tu te sens toujours capable de conduire ? demanda Armand.

— Oui.

Felicia grimpa à bord et confia son sac à dos à Armand, qui le posa sur ses genoux. Elle mit le contact et regarda dans le rétroviseur. Ses entrailles se nouèrent de frayeur. Une voiture fonçait à toute allure dans leur direction.

17.

Felicia écrasa la pédale d'accélérateur, projetant Armand contre le dossier de son siège. Au même moment, la Mercedes fut percutée par l'arrière, et la jeune femme faillit perdre le contrôle du véhicule.

— Fonce ! cria Armand en se retournant.

Felicia braqua à droite puis à gauche pour remettre la voiture dans l'axe de la file et poussa le moteur à pleine puissance. Dans le rétroviseur, elle aperçut un SUV gris qui les talonnait. Et pourtant, elle était déjà à 90 kilomètres/heure en pleine zone urbaine.

— Prends à droite après le carrefour ! ordonna Armand.

Felicia vit le feu de circulation passer à l'orange, mais elle traversa le carrefour. À peine l'intersection franchie dans un concert de klaxons, elle freina, relâcha brutalement la pédale de frein et tourna presque à quatre-vingt-dix degrés, dans une accélération qui fit crisser les pneus.

Le véhicule à leur poursuite percuta le coin d'une voiture mais parvint à se faufiler pour reprendre sa route.

Felicia conduisait désormais dans une aire pavillonnaire où on voyait des enfants jouer dans les jardins. Cent dix kilomètres/heure. Le SUV soulevait des volées de neige. De chaque côté du champ de vision de la conductrice, les maisonnettes défilaient si vite qu'elles n'étaient plus que deux traînées uniformes. Et pourtant, le SUV gris se rapprochait.

— Attention ! s'exclama Armand.

Devant eux, sur leur droite, une voiture reculait pour quitter son garage et allait leur couper la route. Felicia enfonça le klaxon qui sembla hurler, puis elle agrippa le volant des deux mains et visa le peu d'espace qu'elle avait pour passer entre la rangée de voitures garées à gauche et l'arrière du véhicule qui continuait à reculer. À ses côtés, elle sentit plus qu'elle ne vit Armand se cramponner à la poignée de sécurité. Et, filant comme une flèche, le SUV évita le crash. Un sifflement glissa le long de la carrosserie lorsqu'elle frôla la tôle des autres véhicules.

Le poursuivant fit un écart à droite et fonça à travers un jardin pour éviter la voiture qui venait de finir de reculer.

— Il ne nous lâche pas, continue ! l'encouragea Armand.

Crispée sur le volant, le cœur frappant aussi vite que les roues avalaient le bitume, Felicia monta jusqu'à 120 kilomètres/heure dans une rue droite, mais elle devina un virage à une centaine de mètres. Cent trente kilomètres/heure. Derrière, le SUV s'était laissé un peu distancer. À cette vitesse, Felicia savait que la moindre incartade les enverrait dans le décor. Le virage avançait vers eux comme si on le leur jetait à la figure. Felicia lâcha la pédale d'accélérateur et freina par deux petites touches avant de tourner. La force centrifuge l'éjecta contre sa portière, mais la voiture conserva toute son adhérence et la jeune femme accéléra de plus belle dans un grondement de moteur affamé.

— On est en train de le semer ! s'époumona Armand.

Felicia regarda dans le rétroviseur. Le SUV gris avait effectivement perdu du terrain. Elle reporta son attention sur la route, où la Mercedes traçait deux sillons dans la neige virevoltante, lorsque son cœur se comprima. Ils avaient quitté la zone pavillonnaire et se profilaient maintenant les arbres d'un parc, d'où une maman et sa poussette étaient en train de sortir pour traverser.

Si elle passait, elle prenait le risque de faucher la petite famille. Si elle s'arrêtait, ils seraient rattrapés.

Lancée sur la chaussée comme une balle de fusil, la Mercedes pila et partit dans un tête-à-queue tourbillonnant. Au souffle de la carrosserie qui brassait l'air comme les pales d'un hélicoptère se mêlait le cri de la gomme des pneus arrachée par le goudron. Étourdie, Felicia perdit toute notion d'espace et de temps. Incapable de reprendre le contrôle du véhicule, elle se sentit à la merci des lois de la physique. Elle priait seulement pour que le tournoiement de la voiture s'arrête avant la maman et sa poussette.

Finalement, la Mercedes stoppa net, et Felicia vit la mère la regarder avec effroi. Puis s'éloigner en courant en poussant son enfant.

— Il faut repartir ! lança Armand en se retournant. Il nous fonce dessus !

Felicia enclencha le démarreur, qui ne répondit pas. La seconde fois fut la bonne.

— Trop tard ! hurla Armand en ouvrant sa portière. Sors !

Felicia et Armand sautèrent hors du véhicule qui, deux secondes plus tard, était percuté de plein fouet par le SUV gris. Dans un éclatement de débris, Felicia et Armand coururent vers le parc et sa forêt.

À peine eurent-ils atteint les premiers arbres qu'ils aperçurent l'homme à leur poursuite. L'instant d'après, trois détonations résonnèrent. Felicia se cacha derrière un tronc tandis qu'Armand dégainait son arme et faisait feu.

— Prends ça ! cria-t-il en lui lançant le sac à dos. Cours et ne t'arrête pas !

Felicia slaloma entre les arbres. Du coin de l'œil, elle voyait Armand la suivre en parallèle à quelques mètres. Deux nouveaux tirs retentirent, faisant éclater des morceaux d'écorce juste à côté d'eux. Les pieds empêtrés dans la neige, Felicia peinait à avancer et craignait à chaque instant d'être touchée par une balle. Une détonation suivie d'un sifflement près de son oreille l'effraya tant qu'elle perdit l'équilibre et chuta dans la poudreuse.

Armand stoppa sa course et, sans hésiter, se dirigea vers elle.

Felicia se releva mais retomba aussitôt. Elle s'était tordu la cheville et ne pouvait plus tenir debout. Au même moment, le tueur qui les pourchassait surgit devant elle. Il leva son arme, prêt à faire feu, mais Armand le plaqua au sol en poussant un cri de rage.

Les deux hommes roulèrent dans la neige, perdant chacun leur arme et se mettant à frapper, parer et éviter les attaques les plus violentes que Felicia eût jamais vues. Elle prit appui sur son pied valide pour se relever et fouilla dans son sac à dos à toute vitesse. Mais alors qu'elle allait mettre la main sur ce qu'elle cherchait, leur adversaire décocha un tel coup de poing au visage du prêtre que ce dernier en fut assommé. Immédiatement, le tueur se tourna vers Felicia en sortant un poignard glissé dans une attache à sa cheville. Incapable de courir, la jeune femme recula péniblement dans la neige.

— Armand ! cria-t-elle.

Mais le prêtre ne bougeait pas. Elle était seule, sans défense, face à un tueur professionnel.

18.

Leur poursuivant, un homme d'une trentaine d'années au visage impénétrable, s'approchait d'elle, son couteau à la main. Il s'essuya l'arcade sourcilière qui s'était ouverte dans son combat contre Armand. Felicia saisit alors le manche du marteau dans son sac à dos et balaya l'air en face d'elle de toutes ses forces. Un cri de souffrance éclata dans la forêt alors que l'homme s'écroulait dans la neige déjà tachée de son sang. Dans la précipitation, Felicia avait frappé son adversaire au visage.

À terre et transi de douleur, il émit un râle de rage. Felicia leva son bras pour lui assener un autre coup, mais le tueur l'arrêta d'une poigne ferme et lui fit lâcher son arme de fortune. À genoux, il maîtrisa Felicia qui se débattait, puis enroula ses mains autour de sa gorge. Il se mit à serrer si fort que la jeune femme eut la sensation qu'on lui écrasait les cervicales dans un étau. Étouffant, elle essaya encore de frapper de ses bras, de ses jambes, partout où elle pouvait. Mais elle perdait déjà connaissance. Et c'est dans une semi-torpeur qu'elle crut entendre un son fort et sec, juste avant que l'étreinte ne se desserre.

Elle vit alors le visage d'Armand au-dessus du sien tandis qu'il saisissait le corps de l'assassin pour le tirer vers lui. Il venait de caler le tueur assis contre un tronc d'arbre quand l'homme l'entoura de ses bras pour le faire chuter. Le prêtre para l'attaque avant de dégainer son arme.

— La prochaine fois, je tire, menaça-t-il.

L'autre laissa retomber son menton contre sa poitrine, apparemment épuisé.

— Ça va ? demanda Armand à Felicia, en pointant le pistolet vers le tueur.

Au fur et à mesure que la jeune femme reprenait conscience, elle ressentait la douleur de la strangulation, mais elle parvint à hocher la tête.

Armand se tourna alors vers le tueur, le canon de son arme toujours braqué vers sa tête.

— Pour qui travailles-tu ?

L'homme ne répondit pas. Armand le frappa au visage.

— Pour qui travailles-tu ?

— Je… ne… sais pas.

On entendait la voix du tueur entre deux respirations.

— Mais encore ?

Armand leva le bras, prêt à frapper de nouveau.

— Je n'en sais rien, je ne suis pas payé pour connaître les détails. Juste pour vous éliminer.

— Pourquoi t'a-t-on demandé de nous tuer ?

— Je l'ignore.

Le prêtre rapprocha l'arme du visage du tueur. Felicia détourna les yeux.

— Une femme… C'est une femme qui me donnait les ordres ! lâcha-t-il.

— Quelle femme ?

— Je ne connais rien d'elle, je ne l'ai même jamais vue. On s'est simplement parlé au téléphone.

— Donne-moi ton portable.

Le tueur fouilla dans sa poche intérieure et en sortit un smartphone qu'il tendit à Armand.

— Ton code de déverrouillage, demanda le prêtre.

— 2805.

Armand tapa les chiffres sur l'écran et accéda au contenu du téléphone.

— Vous ne trouverez pas son numéro, elle appelle toujours en masqué, souffla le tueur en dodelinant de la tête.

Armand fit défiler l'historique et y repéra effectivement trois appels anonymes. Il voulut chercher dans les e-mails, mais le téléphone n'y donnait pas accès.

Il tapa *69 sur le clavier.

— Que fais-tu ? lui demanda Felicia.

— C'est un code pour rappeler le dernier numéro, même s'il est masqué.

Armand passa le portable en haut-parleur, et une voix de robot annonça que le numéro n'était pas attribué. Le prêtre raccrocha en glissant l'appareil dans sa poche.

— Cette femme qui t'a engagé, quel âge lui donnerais-tu, compte tenu de sa voix ?

— Je sais pas, plus de quarante ans peut-être.

— Sa façon de s'exprimer ?

— Sèche, autoritaire, répondit aussitôt le tueur.

— Militaire ? demanda Armand.

— Oui, c'est ça, un ton militaire, acquiesça le tueur.

Felicia croisa le regard d'Armand. Ils s'étaient compris.

— Et donc, elle ne t'a jamais dit pourquoi elle nous en voulait ?

— Non, jamais. Les appels étaient très courts. Elle me donnait les ordres, et je devais l'informer de mes progrès.

— Autre chose ?

Le tueur fit « non » de la tête.

— Autre chose ? lui cria Armand dans l'oreille.

L'homme restait mutique. Armand leva le bras et assena un violent coup de poing au visage de l'assassin, qui perdit connaissance. Felicia ferma les yeux au moment du choc.

— Tu t'es battue comme une lionne, lui dit Armand en fouillant les poches de leur poursuivant.

La jeune femme cligna des yeux. Elle adossa sa tête au tronc en savourant l'air qui passait de nouveau dans sa gorge.

— Penses-tu que d'autres hommes de main, comme celui-ci, vont nous poursuivre ? demanda-t-elle.

— C'est probable… Profitons du temps que l'on a pour nous rendre chez le directeur de l'ITCS. À ce propos, regarde ce que je viens de trouver dans la poche intérieure du blouson de notre ami.

Armand brandit une photo sur laquelle Felicia reconnut le visage de David Vermont.

— Au moins, on sait que c'est bien la même personne qui en avait après Adhemar et ses amis et qui en a après nous. Tu peux marcher ?

Felicia parvint à se redresser sur une jambe.

— J'ai besoin que tu m'aides même si, je suis désolée de te le dire, tu n'es pas en très bon état non plus.

— On s'en sort plutôt bien, vu ce qu'on vient d'affronter, la rassura Armand en l'invitant à passer son bras autour de son cou.

— Je ne pense pas que ce soit foulé, dit-elle en regardant sa cheville. Ça devrait rapidement se remettre en place.

Ils retraversèrent la forêt en sens inverse et, une fois devant les voitures accidentées, Armand fit le tour de celle de leur poursuivant pour prendre la plaque d'immatriculation en photo. Puis il entra dans le véhicule. Felicia l'attendait dehors en surveillant les alentours.

— J'ai trouvé autre chose dans la boîte à gants, lança le prêtre.

Il ressortit avec deux clichés en main, qu'il tendit à sa coéquipière.

La première photo avait, semble-t-il, été découpée dans un journal. On y voyait Armand un peu plus jeune, la mine sombre.

— À quelle occasion as-tu été photographié ?

— Une enquête de la police des polices. Je n'ai pas spécialement envie d'en reparler.

Felicia se demanda ce qui pouvait le mettre si mal à l'aise. Elle respecta néanmoins sa réserve et regarda la seconde photo : c'était elle, en pleine conférence. Sans doute une capture d'écran, si on se fiait à la médiocre définition du cliché.

— Ça fait froid dans le dos, de savoir nos portraits entre les mains d'un tueur. Comme si nous n'étions que de simples cibles.

— Oui, c'est déroutant. Il est temps d'y aller, abrégea Armand. La police risque de ne pas tarder à arriver.

Ils remontèrent dans leur voiture. Tout l'arrière était cabossé et le pare-chocs, arraché, mais lorsque Armand mit le contact, le SUV démarra. Felicia allongea sa jambe sur le tableau de bord tandis que le prêtre les conduisait vers le domicile du directeur de l'ITCS.

Ils longèrent la forêt pendant quelques kilomètres avant de prendre une route bordée de résidences donnant sur de vastes jardins. La jeune experte en art les regardait sans les voir. Sa gorge lui faisait encore mal, et elle ne parvenait pas à oublier que, quelques minutes auparavant, elle avait bien failli mourir. Pourrait-elle un jour faire fi de cette terreur ?

— As-tu souvent été confronté à ce genre de situation quand tu étais policier ? questionna-t-elle.

— C'est-à-dire ?

— Des moments où tu as failli perdre la vie.

— Ça m'est arrivé, oui… Tu veux savoir si on finit par ne plus y penser ?

Felicia se contenta de hocher la tête.

— Oui, ça finit par passer. Ça met un peu de temps, mais ça passe.

Felicia ignorait si Armand lui avait donné cette réponse pour la rassurer ou parce que c'était la vérité. Mais elle préféra ne pas creuser la question.

— On y est, annonça Armand.

Ils s'arrêtèrent devant une maison dont tous les volets étaient fermés. Armand sortit tout seul et sonna deux fois. Aucune réponse. Il revint à la voiture.

— Il faut qu'on aille voir à l'intérieur…

Le prêtre ouvrit la portière, et Felicia descendit à son tour du SUV. Sa cheville allait déjà un peu mieux, mais elle boitait légèrement. Armand l'aida à enjamber le portail, qui était assez bas. Puis ils se dirigèrent vers la porte d'entrée. Armand enfonça la poignée et la porte s'ouvrit, révélant des traces d'effraction. Il dégaina son arme dans la foulée et poussa le battant avec le canon.

Ils franchirent le seuil en vitesse pour ne pas se faire repérer par les voisins et refermèrent la porte derrière eux. Armand appuya sur un interrupteur et un plafonnier inonda le vestibule de sa lumière blanche, révélant un capharnaüm. Les tiroirs de la console avaient été vidés par terre, les morceaux d'un vase brisé jonchaient le sol et une chaise avait même été éventrée. Ils enjambèrent les débris et, sans se séparer, entreprirent d'inspecter chaque pièce de la maison. Tout y avait été retourné et fouillé. Les chambres, la cuisine, la salle de bains, comme le salon, étaient sens dessus dessous. Dans le désordre absolu, deux photos attirèrent l'attention de Felicia. Sur la première, on voyait David Vermont entouré d'Adhemar de Castelmore et des trois autres collectionneurs. Sur la seconde, David Vermont tenait dans ses bras un gros chèque sur lequel se lisait clairement la somme de 1 million de dollars. À ses côtés, un bras passé par-dessus l'épaule du chercheur, un pouce levé pour l'objectif, le milliardaire Everick Dust affichait un grand sourire.

— Cela fait deux fois que l'on tombe sur cet Everick Dust depuis que cette histoire a commencé, remarqua Felicia. Je commence à me demander s'il n'est pas mêlé d'une manière ou d'une autre aux meurtres d'Adhemar et ses amis.

— N'allons pas trop vite en besogne, tempéra Armand. C'est l'armée qui en a après nous, et non une milice privée. Je pense que Dust apparaît souvent parce que nous enquêtons dans son univers : celui des ultrariches.

— Tu as probablement raison. Qu'est-ce qu'il nous reste à fouiller ?

— La cave, suggéra Armand.

— Vas-y, tu me diras comment c'était.

— Je mets ça sur le compte de ta cheville.

— Ou de ma peur, ça m'est bien égal, rétorqua-t-elle.

Felicia garda pour elle ses souvenirs de l'infâme sous-sol où, punie pour une bêtise, elle avait si souvent été enfermée par les bonnes sœurs.

Armand descendit l'escalier, qui grinça sous ses pas, jusqu'à disparaître du champ de vision de Felicia.

— Alors ? lança-t-elle, plus pour entendre la voix du prêtre que pour obtenir une réponse.

Il réapparut en bas des marches.

— Comme le reste de la maison. Tout a été retourné, et il n'y a personne, déclara-t-il en la rejoignant.

Tous deux regagnèrent le salon.

— Alors ? Que fait-on maintenant ? demanda la jeune femme en s'asseyant sur le rebord d'un canapé.

— Un bon point : on n'a pas trouvé la preuve que David Vermont a été tué. Même si le fait qu'il ne donne aucun signe de vie depuis quelques jours n'est pas rassurant…

— Et si David Vermont n'était pas mort, mais *faisait* le mort ? Et s'il avait eu le temps de fuir pour se cacher quelque part ?

— C'est une hypothèse intéressante… Mais où serait-il allé pour avoir une chance d'échapper à ceux qui nous poursuivent ?

— Il faut qu'on trouve ! Il est notre seule chance de sortir vivants de cette affaire !

Felicia avait parlé plus fort qu'elle ne l'aurait souhaité.

— Excuse-moi, dit-elle. Je… J'ai peur, c'est tout. Pas toi ?

— Si, mais j'ai moins à perdre que toi, dans la vie. Tu as quinze ans de moins que moi, tu es brillante, dynamique, tu as le sens de l'humour et, si je peux me permettre, tu n'as pas encore rencontré l'homme de ta vie. Ça forme un beau programme d'existence…

Dans un autre contexte, Felicia aurait répondu qu'elle était ravie d'apprendre que lui avait donc trouvé le sien, sans doute en la personne de Dieu, mais elle était bien trop anxieuse pour que cette plaisanterie franchisse la barrière de ses lèvres.

— Où peut-on chercher ? Tu dois bien avoir une idée. Après tout, c'était ton travail, je ne suis experte qu'en art !

— Je ne sais pas, Felicia… Il a peut-être une résidence secondaire, mais ce ne serait pas très prudent de s'y rendre en espérant échapper à ses poursuivants. Laisse-moi un peu de temps pour réfléchir.

— Armand…

Felicia se leva lentement du canapé. Elle avait le regard fixé sur un point rouge qui venait de s'allumer un mètre au-dessus de la tête du prêtre.

19.

— Armand…, répéta Felicia.

— Oui ?

— Un point rouge, au-dessus de toi.

Le prêtre se figea.

— Que vois-tu d'autre ?

— Je pense que ça vient d'une caméra. Quelqu'un est en train de nous surveiller.

— Effectivement, répondit une voix d'homme filtrée par un microphone.

Armand fit volte-face, les yeux braqués sur la caméra qui venait de bouger.

— Qui êtes-vous ? lança l'ex-policier.

— Vous êtes chez moi, c'est donc à vous de répondre à cette question.

— Je suis Felicia Duplessis, et voici Armand de Borderive. J'imagine que vous êtes David Vermont. Nous avons absolument besoin de vous parler.

— Felicia Duplessis… Oui ! Votre visage me disait quelque chose. Je vous reconnais, maintenant. Vous êtes venue à l'ITCS pour une conférence, n'est-ce pas ?

— C'est exact.

— Mais que faites-vous chez moi ?

— Vous connaissez Enguerrand de Castelmore ?

— Dites toujours.

— Il nous a engagés pour élucider le mystère de la disparition de son père, Adhemar. En enquêtant, nous avons visiblement dérangé certaines personnes, qui ont essayé de nous tuer. Probablement les mêmes qui sont venues mettre à sac votre demeure.

— C'est en gros ce que j'avais cru comprendre en écoutant vos échanges. Je vous observe depuis tout à l'heure. J'ai l'impression que nous sommes effectivement du même côté de la barrière et que, comme moi, vous êtes traqués.

— Nous avons sans doute le même ennemi, nous devrions nous entraider, enchaîna Armand. Vous connaissez donc Adhemar de Castelmore ?

— Évidemment ! C'est un ami de longue date. J'ai quitté la maison le soir où j'ai fait prévenir Adhemar de la découverte d'une capsule temporelle très spéciale. Alors qu'il était en route pour venir chez moi, il m'a appelé pour me dire que lui et trois autres collectionneurs étaient poursuivis par une voiture et qu'il fallait que je parte me cacher.

— Il vous a sauvé la vie, mais il a perdu la sienne. Tout comme deux de ses amis qui l'accompagnaient, et leur chauffeur, Mike Dorthmoud.

David Vermont ne répondit pas tout de suite.

— C'est abominable… Mais, malheureusement, je m'attendais à cette nouvelle.

— Vous savez également que votre maison a été fouillée.

— Oh… Je ne le sais que trop, les caméras reliées à mon téléphone portable ont filmé les hommes qui se sont introduits chez moi quelques heures après ma fuite.

— Où êtes-vous, actuellement ? demanda Felicia.

— Dans une cabane qui m'appartient et qui se trouve au milieu d'une forêt. Venez m'y rejoindre, vous y serez en sécurité et nous pourrons parler calmement de la meilleure manière de nous entraider. Voici les coordonnées. Notez : 33.817302, – 85.513113. C'est à l'ouest d'Atlanta, dans la forêt de Tagalleda. Garez-vous à côté de la petite chapelle du repos du pèlerin et continuez à pied. Je vous attends. Je crois que nous avons beaucoup de choses à nous dire.

— Juste une chose, intervint Armand. Auriez-vous un véhicule à nous prêter ? Le nôtre a rencontré quelques petits problèmes…

— Je suis parti avec mon pick-up, mais j'ai laissé la petite voiture avec laquelle je me rends à l'université. Les clefs étaient dans un tiroir de la console d'entrée qui est juste derrière vous, vous les trouverez donc par terre… Prenez-les. Je vous attends et, surtout, soyez prudents. J'ignore qui veut notre peau, mais ces personnes ont l'air puissantes.

Le voyant rouge s'éteignit.

Armand et Felicia trouvèrent les clefs parmi les débris au sol, et une vieille Ford Fiesta dans le garage.

— Je vous laisse conduire, annonça la jeune femme, le temps de reposer ma cheville.

Le prêtre entra les coordonnées géographiques dans le GPS, repéra la chapelle du repos du pèlerin à quelques kilomètres et démarra. Ils quittèrent le garage pendant que le portail se refermait automatiquement derrière eux. Ils suivirent la petite route de Mill Creek pendant quelques kilomètres, puis rejoignirent une voie plus large qui conduisait vers l'ouest d'Atlanta.

À la place du passager, Felicia se sentait à la fois épuisée et nerveuse. Son corps ne demandait qu'à se laisser aller au repos, mais son esprit était dans un tel état d'alerte qu'il lui était impossible de relâcher sa vigilance.

— À quoi penses-tu ? l'interrogea Armand en doublant une fourgonnette.

— À beaucoup trop de choses à la fois. Mais, dans ce chaos mental, il y a une idée qui se distingue. C'est ce concept de capsules temporelles. En me demandant quand a été inventée la première, j'ai repensé aux peintures rupestres. Et si c'étaient elles, les premières capsules ? Depuis qu'on les a découvertes, on ne comprend pas pourquoi les hommes et les femmes de la Préhistoire sont allés si loin au fond des grottes pour peindre. Peut-être voulaient-ils être sûrs que leurs œuvres ne seraient pas abîmées par les intempéries ou dégradées par des ennemis. Tout ça pour qu'un jour lointain on les redécouvre et qu'on puisse les lire comme un témoignage de leur vie. On imagine toujours les humains de cette époque pris par le temps présent, occupés à gérer l'urgence de leur survie, mais peut-être que nos ancêtres avaient déjà la notion d'héritage et de transmission du savoir. Peut-être qu'eux aussi se posaient des questions sur leur futur, sur la vie sur Terre des centaines, voire des milliers d'années après eux. Peut-être qu'eux non plus ne voulaient pas qu'on les oublie et souhaitaient laisser un témoignage de leur existence à ceux qui viendraient longtemps après eux.

— Intéressant, admit Armand. Tu as raison : pourquoi les hommes préhistoriques ne se seraient-ils pas interrogés sur les hommes du futur ?

— En tout cas, si tous ne l'ont pas fait, il me paraît évident qu'au moins quelques-uns ont eu cette réflexion. Et probablement se sont-ils dit : « Il faut qu'on explique à ceux qui viendront après nous comment on vivait, à quoi ressemblaient notre environnement, le monde vivant qui nous entourait, les objets que l'on utilisait. » Les silex taillés que l'on retrouve dans les grottes n'ont peut-être pas été perdus par hasard, mais laissés là dans un but mémoriel.

Armand contrôla son rétroviseur.

— Les grottes ornées seraient donc les premières capsules temporelles de l'humanité, dit-il.

— En tout cas, j'aime l'idée. Je la trouve plausible, et elle comble mon besoin de donner une explication à tout, répondit Felicia en se massant la cheville.

— Tu devrais écrire un livre sur la question, je suis sûr qu'il aurait du succès.

— Je n'en reviens toujours pas de devoir dire ça, mais c'est la triste vérité : *si on survit*, j'y songerai… C'est tellement surréaliste. Il y a une minute, je répondais à une invitation pour expertiser des objets et, la suivante, je me retrouve pourchassée.

— Felicia, déclara Armand en la regardant brièvement avant de reporter son attention sur la route. Je ne sais pas si tu mesures le courage dont tu as fait preuve jusqu'ici. Tu as des nerfs en acier. N'importe quel civil aurait déjà craqué, avec ce que tu as enduré. Fais-toi confiance.

— J'ai eu de la chance. Tout s'est joué à très peu. Je ne suis pas sûre d'être toujours aussi bien servie par le sort.

— Ce n'était pas de la chance, plutôt de la présence d'esprit mêlée à ta pulsion de vie. Tu peux être fière de toi. Et moi, je peux te remercier. Sans toi, je ne serais pas vivant.

— *Idem*… Merci, Armand.

Le prêtre esquissa un sourire sans joie.

— On va devoir s'arrêter bientôt pour prendre de l'essence. Qu'est-ce que je te rapporte à manger ?

— Ce que tu veux, pourvu qu'il y ait un fruit et de l'eau.

Une vingtaine de kilomètres plus tard, ils arrivaient dans une station-service. Le temps qu'Armand fasse le plein et paie à la boutique, Felicia scruta chaque voiture qui s'arrêtait et considéra comme suspecte chaque personne qui regardait dans sa direction. Elle sursauta quand la portière s'ouvrit côté conducteur.

— Deux sandwichs, deux pommes, deux bouteilles d'eau. J'ai fait dans la sobriété, parce qu'il n'est encore que 10 h 30. Tiens, je t'ai trouvé de la crème antidouleur.

— C'est gentil, le remercia Felicia en ouvrant le tube pour s'appliquer une noisette odorante sur la cheville.

— Non, c'est simplement que je n'ai aucune envie d'avoir à te porter.

— Je n'avais pas l'intention de me laisser tomber dans tes bras.

— Content d'entendre que tu as encore du répondant, c'est que tu tiens le coup.

Felicia haussa les épaules.

— On est à au moins deux heures de route de la forêt où se planque David Vermont. Tu peux dormir tranquille, lui proposa Armand.

Elle se laissa glisser sur son siège et s'autorisa à fermer les yeux. Elle craignit un moment de voir ressurgir sous ses paupières chaudes les images du tueur s'acharnant sur elle, mais elle trouva au contraire un abandon apaisant. Était-ce le mouvement de la voiture qui la berçait ou la présence rassurante d'Armand à ses côtés ?

20.

— Felicia…

La jeune experte ouvrit les yeux et ne vit d'abord que du blanc. Elle avait la tête calée contre la fenêtre, et la voiture était arrêtée au milieu de ce qui ressemblait à un champ de neige. Lentement, elle se redressa et aperçut la lisière de la forêt.

— Nous sommes arrivés à la chapelle du repos du pèlerin.

Felicia cligna plusieurs fois des yeux et distingua deux sortes de cabanes blanches juxtaposées, à côté desquelles était planté un panneau marqué d'une croix.

Elle consulta sa montre : 12 h 57.

— On est arrivés plus tard que je ne pensais, expliqua Armand, parce que je me suis arrêté en chemin. Je nous ai acheté des chaussures de marche adaptées à la neige et des parkas. J'espère qu'elles seront à ta taille.

— Comment as-tu payé ?

— En liquide, évidemment. J'en ai toujours une bonne quantité sur moi.

Felicia prit la paire de chaussures qu'Armand lui tendait.

— Je fais bien du 37, bravo.

— Je t'ai emprunté une de tes bottines pendant que tu dormais.

— Et je ne me suis même pas réveillée ?

— Non, tu as marmonné quelque chose comme : « Suis pas Cendrillon… »

Felicia sourit.

— Comment va ta cheville ? reprit Armand.

— Mieux, je crois.

Ils enfilèrent chacun leur paire de chaussures de marche et sortirent dans le froid pour revêtir leur manteau.

— Le GPS indique une dizaine de kilomètres jusqu'à la cabane de David Vermont, déclara Armand.

— Allons-y.

Armand enjamba un tronc d'arbre et se mit en marche sur un sentier neigeux qui serpentait à travers la forêt. Felicia le suivait de près, profitant de sa trace pour moins se fatiguer. Tout autour d'eux, les arbres se dressaient en sentinelles de gel. Aux extrémités des branches, des gouttelettes perlaient le long de pics de glace.

En dehors de leur souffle et du bruit de leurs pas dans la poudreuse, rien ne pouvait laisser imaginer que des êtres vivants peuplaient ces bois. Au-dessus de leurs têtes régnait un ciel inerte et grisâtre qui se découpait entre les cimes squelettiques des arbres. Lui seul était témoin de la progression de ces deux êtres solitaires.

Ils évoluèrent ainsi entre résignation et espoir pendant près de deux heures et demie. Jusqu'à ce qu'Armand s'arrête.

— Tu as une sacrée forme, pour une experte en art, dit-il, le visage noyé dans les panaches de buée qui sortaient de sa bouche.

— Tu fatigues ?

— Pas du tout, je voulais faire un petit *check* pour être sûr qu'on allait dans la bonne direction.

Il jeta un œil à l'écran de son téléphone.

— Si la technologie ne nous trompe pas, on devrait être à moins de un kilomètre.

Ils reprirent leur marche sans échanger un mot, gardant leur oxygène pour leurs poumons. Ils virent en même temps se dessiner les contours d'une cabane en rondins de bois, d'où s'effilochaient des lambeaux de fumée par une petite cheminée.

— Reste là, ordonna Armand. Je vais d'abord y aller seul.

— Je devrais peut-être me présenter en premier, il me connaît, rétorqua Felicia.

— Depuis que cette enquête a commencé, je ne fais plus confiance à personne, à part toi. J'y vais armé et je te fais signe si tout me semble sécurisé.

Felicia observa Armand dérouler ses pas dans la neige aussi discrètement que possible, en direction du chalet. Il la contourna, et la jeune femme patienta quelques secondes avant qu'il ne réapparaisse pour lui faire signe de venir.

Elle fit le tour de la cabane jusqu'à se retrouver à côté d'Armand devant la porte d'entrée. Dans l'encadrement attendait un homme de petite taille aux cheveux blancs en bataille. Il semblait inquiet, et dans son regard transparaissait la vivacité de celui qui guette.

— Mme Duplessis et…

— Armand de Borderive, anticipa le prêtre.

— Je vous en prie, entrez. Merci à vous d'être venus jusqu'ici.

La jeune experte franchit le seuil et pénétra dans une pièce meublée d'une table en bois entourée de quatre chaises. Devant une cheminée en pierre était étalé un épais tapis en laine. La lueur orangée des flammes se reflétait sur les rondins de bois qui faisaient office de murs et de plafond. Une porte intérieure devait donner sur une petite chambre. David Vermont s'assura qu'ils n'avaient pas été suivis puis referma la porte à clef.

— Quelle tragédie, souffla-t-il. Asseyez-vous, je vais nous préparer des tisanes.

Il ramassa une marmite calée contre la cheminée, et dans laquelle on entendit le clapotis d'un liquide, puis il la suspendit au-dessus des flammes avant de venir s'asseoir à table, où Felicia et Armand avaient déjà pris place.

Il les regarda l'un et l'autre d'un air grave.

— Adhemar et moi étions de très bons amis, vous savez. Nous partagions tous les deux l'amour pour la mémoire de l'humanité. Lui, à travers ses collections d'objets anciens, moi, à travers mes capsules temporelles. C'est une passion qui nous unit depuis nos années d'université. J'étais également très proche de George Cunningham, de Simon Delander et d'Edgar Fallow. Cela me désespère de savoir qu'ils ne sont plus là.

— Edgar Fallow n'est peut-être pas mort, précisa Felicia. Nous n'avons pas retrouvé son corps.

— Ah bon ? Mais que s'est-il passé au juste ?

— Ils sont morts dans un accident de voiture, très probablement provoqué par ceux qui les poursuivaient.

Sans doute les mêmes personnes qui ont cherché à nous tuer et qui sont venues chez vous, raconta Armand.

David Vermont hocha la tête d'un air pensif.

— Mais vous êtes experte en art, pas détective privée. Pourquoi êtes-vous mêlée à cette histoire ?

— Armand est un ancien inspecteur de police. En ce qui me concerne, Enguerrand de Castelmore m'a appelée pour analyser des objets que son père et ses amis ont laissés derrière eux avant de quitter le manoir dans la précipitation. Il espérait trouver ainsi un indice sur l'endroit où Adhemar et ses invités s'étaient rendus.

— Je vois.

Soudain, des coups résonnèrent contre la porte de la cabane. Armand se mit aussitôt debout, mais David Vermont leva la main.

— Ne vous inquiétez pas, dit-il d'un ton qui se voulait rassurant.

— Qui est-ce ? demanda Felicia.

— Maintenant que j'en sais un peu plus sur vous, je vous dois la vérité, lui répondit le vieil homme.

Puis il parla d'une voix plus forte.

— C'est bon, tu peux entrer !

La porte s'ouvrit, et un homme chaudement habillé apparut, du petit bois sous le bras. Le nouveau venu retira son bonnet, et Felicia ouvrit de grands yeux incrédules.

— Edgar Fallow, souffla-t-elle.

— Désolé si je vous ai fait peur, commença-t-il. Ce n'était pas mon intention.

— Que faites-vous ici ? s'étonna Armand, les bras écartés en signe d'incompréhension.

— Je vais vous expliquer, répondit Edgar Fallow en déposant sa brassée de bois mort près de la cheminée.

— Mon jeune ami n'a rien à voir avec ceux qui en ont après nous. Vous pouvez vous rasseoir sans crainte, voulut les rasséréner David Vermont.

Armand et Felicia regagnèrent leur place, sans quitter des yeux l'homme qu'ils avaient cru à l'origine des crimes. Ce dernier retira sa parka et s'assit à son tour sur une chaise en bois. Il massa un instant ses tempes et leva vers ses interlocuteurs un regard voilé. Felicia y décela un lourd chagrin.

— J'étais avec Adhemar, Simon et George quand notre voiture a été percutée par un véhicule.

Edgar fit une pause pour prendre une profonde inspiration, puis fit mine de sourire. Mais il ne pouvait dissimuler aux yeux attentifs de Felicia que ses lèvres tremblaient.

— Il était évident, reprit-il, que le choc était intentionnel et qu'il s'agissait d'une tentative de meurtre. Le Hummer a crevé les fourrés du bord de la route puis a fait plusieurs tonneaux. À l'intérieur de l'habitacle, c'était le chaos. Quand le véhicule s'est finalement stabilisé, j'étais encore vivant et sans blessure majeure. En revanche, mes compagnons avaient déjà perdu la vie. Comme nous n'avions pas été percutés par hasard, j'ai tout de suite cherché à m'extraire de la carcasse. Une fois dehors, j'ai entendu des bruits approcher. J'ai couru à travers la forêt aussi loin et aussi longtemps que possible. Mon entraînement au survivalisme m'a probablement sauvé. Les assassins ne m'ont pas retrouvé.

Edgar Fallow frotta son pantalon pour chasser quelques flocons de neige.

— Je savais, à ce moment-là, que je ne pouvais plus retourner chez moi ou aller chez un ami proche. J'aurais pu me rendre dans un commissariat, mais je n'étais pas sûr que la police puisse me protéger. Je me suis alors souvenu de la cabane de David, perdue dans la forêt. Et j'ai décidé d'y aller. Heureusement, j'avais un peu d'argent sur moi, beaucoup d'endurance, et donc de bonnes notions de survie en milieu hostile. Je vous passe les détails, mais j'ai fini par arriver ici. David avait suivi le conseil d'Adhemar et était déjà là.

— Qui, selon vous, a essayé de vous assassiner ? demanda Felicia.

— Aucune certitude, mais probablement des gens qui ne voulaient pas que nous découvrions le contenu de la capsule que David avait retrouvée.

— Quand nous étions sur le site de l'accident, l'armée est venue et a également essayé de nous supprimer, révéla Felicia

— L'armée ? Ça remonterait si haut ? s'étonna David Vermont.

— Apparemment. Jusqu'à une femme, sans doute une militaire. Mais on n'en sait pas plus, répondit Armand.

— Pour tout vous dire, monsieur Fallow, on vous a cru la tête pensante des meurtres d'Adhemar, George et…

Felicia s'arrêta, soudain envahie par une vague de malaise au souvenir des quatre corps découverts dans la carcasse de la voiture. Armand lui posa une main sur le bras.

— Je comprends votre émoi, madame Duplessis. Cette vision me hantera longtemps.

Et, comme mus par un commun accord, tous se turent quelques instants, en mémoire des quatre victimes.

— Cette tragédie nous affecte tous. Et nous devons identifier les coupables avant qu'ils ne nous retrouvent, déclara Armand. Pour cela, nous avons besoin d'éclaircir certains points. Maintenant que nous avons le récit assez précis de ce qui s'est passé du côté d'Adhemar, nous voudrions savoir ce qui vous est arrivé à vous, monsieur Vermont.

Le vieil homme dut s'éclaircir la voix à trois reprises avant d'être en mesure de parler.

— Oui, bien sûr. Bon, avant toute chose, il faut savoir que, avant d'occuper le poste de directeur de l'ITCS, je travaillais pour le département de la Sécurité intérieure. Je sais donc que, lorsque des personnes commencent à avoir de très grosses responsabilités, il est assez commun de les mettre sur écoute. Ces derniers temps, je ne cessais donc de dire à Adhemar qu'avec sa fondation, sa collection privée et sa fortune, il entrait dans les critères de la mise sous surveillance. Évidemment, fier comme il était, il ne voulait rien entendre, arguant qu'il n'avait rien à cacher et que personne ne l'intimidait. Bref, tout ça pour vous expliquer que, le soir où j'ai trouvé la capsule, je n'ai pas appelé Adhemar, mais j'ai fait envoyer un messager, Mike Dorthmoud. Un jeune homme dévoué et promis à un si bel avenir… Dans cette histoire, c'est lui qui a le plus perdu.

David Vermont suspendit son flot de paroles, avant de reprendre.

— J'ai donc envoyé Mike directement chez Adhemar afin de le prévenir de la trouvaille, que nous attendions depuis des années. Or, dans la voiture qui le conduisait jusqu'au siège de l'ITCS, Adhemar n'a pas pu s'empêcher de m'appeler pour que je lui en dise plus au sujet de ma découverte. Même si j'ai répondu de manière floue à ses questions, c'est à ce moment que nos ennemis ont décidé de passer à l'offensive et d'éliminer Adhemar, qui a eu le temps de me prévenir qu'ils étaient poursuivis.

— Adhemar était donc bien sur écoute..., lâcha Felicia.

— Oui. Et même sous surveillance, pour qu'un véhicule puisse intervenir si vite afin de provoquer l'accident, répondit David Vermont.

— Mais pourquoi des gens tueraient-ils pour une simple histoire de capsule temporelle ? relança Armand.

— Il n'y a qu'une explication : le contenu de cette capsule leur fait peur.

— Pourquoi ? Que renferme-t-elle ? rebondit aussitôt Felicia.

David Vermont se leva pour retourner près du feu. Il attrapa une louche posée contre une pierre et la plongea dans la marmite pour en verser le contenu dans une tasse. Il répéta l'opération trois fois et apporta à Felicia, Armand et Edgar des mugs fumants dans lesquels ils plongèrent chacun un sachet d'herbes. Puis le vieil homme posa ses deux mains à plat sur la table en bois.

— Avant de vous répondre, j'ai besoin de vous raconter les choses dans l'ordre, afin que vous disposiez de tous les éléments qui pourraient nous sortir de cette situation.

Armand tendit une main pour l'inviter à poursuivre.

— Il y a de cela une vingtaine d'années, j'ai reçu personnellement à l'ITCS, dont je venais de prendre la tête, une lettre étrange, anonyme. Son auteur m'y expliquait que, en 1961, lui et son petit groupe d'amis, qu'ils avaient baptisé « les Sentinelles », avaient fait une découverte décisive pour l'avenir de l'humanité.

Felicia se redressa, mais se retint d'intervenir et se radossa contre sa chaise pour laisser David Vermont s'exprimer à son rythme.

— Apparemment, ces Sentinelles avaient fait une percée scientifique révolutionnaire, mais qu'elles estimaient alors trop sensible pour être dévoilée. En pleine guerre froide, le monde leur paraissait trop instable. Il existait un très gros risque que les deux blocs se disputent la paternité de la découverte et aillent jusqu'à déclencher une troisième guerre mondiale pour se l'approprier. Néanmoins, ces Sentinelles pensaient que leur découverte devrait un jour ou l'autre être rendue publique, et décidèrent que le hasard déciderait de la date de cette révélation. Elles l'enterrèrent donc dans une capsule temporelle, en espérant qu'elle serait retrouvée à une époque plus propice. La lettre n'indiquait évidemment pas où était enterrée la capsule. Son auteur souhaitait uniquement que l'ITCS en recense l'existence. Afin qu'elle puisse être identifiée, il précisait que la capsule était marquée de l'inscription « 1961 : RÉVÉLATION ».

Dans la cabane, on n'entendit plus que le crépitement du feu dans la cheminée. Felicia se mordit la lèvre pour s'efforcer de se taire, mais son impatience prit le dessus.

— Et forcément, en tant que principal donateur de l'ITCS, Adhemar de Castelmore était au courant de l'existence de cette capsule hors du commun, n'est-ce pas ?

— Oui, lui et ses plus proches amis attendaient sa découverte depuis des années.

— « Le moment est arrivé », murmura Felicia. C'est la phrase qu'Adhemar a prononcée lorsque votre messager lui a dit au creux de l'oreille que la capsule avait été trouvée.

Edgar Fallow posa sa tasse sur la table.

— Cet instant fut un coup de tonnerre, précisa-t-il. Je me souviendrai toujours de la décharge électrique qui m'a parcouru le corps. J'ai croisé le regard de mes amis : tous étaient comme moi, stupéfaits. Sans réfléchir, nous avons interrompu notre repas et suivi le messager de David. Dans la voiture, on s'est mis à échafauder toutes sortes d'hypothèses, plus folles les unes que les autres…

— Comment cette capsule a-t-elle été retrouvée ? demanda Felicia.

— Il y a quelques jours, un homme d'une soixantaine d'années vivant dans l'Ohio a contacté l'ITCS pour prévenir qu'il avait déterré une capsule dans le fond de son jardin. Il l'a fait parvenir à l'institut, et j'y ai découvert avec stupeur la mention « 1961 : RÉVÉLATION ». Je l'ai ouverte, et j'ai immédiatement fait prévenir Adhemar de ma découverte. Par prudence, je n'ai pas fait enregistrer cette capsule dans notre banque de données.

— Qu'y avait-il à l'intérieur ? interrogea Felicia, qui, trépignant d'impatience, avait bien du mal à tenir en place.

David Vermont se leva et alla dans un coin de la pièce. Il souleva un sac qui semblait lourd et le rapporta à table. Il l'ouvrit et en sortit une plaque métallique carrée d'environ vingt centimètres de côté, qu'il tourna vers Felicia et Armand.

Une seule annotation y était gravée : « 2h 31m, 89° 15′. »

— Ça ressemble à des coordonnées, dit Armand.

— Oui, des coordonnées, mais pas sur Terre. Elles désignent un endroit situé dans le ciel, précisa le directeur de l'ITCS. C'est exactement ce que nous attendions.

— Pourquoi ? s'enquit Felicia.

— Parce que ce n'est pas pour rien que ceux qui ont façonné cette capsule se faisaient appeler les Sentinelles. Ils participaient au SETI.

— Qu'est-ce que c'est ? le pressa l'experte en art.

David Vermont entoura sa tasse de ses mains. Felicia remarqua qu'elles s'étaient soudain mises à trembler légèrement.

— Search for Extra-Terrestrial Intelligence. Le programme de recherche sur la vie extraterrestre intelligente.

21.

Face aux visages incrédules de Felicia et Armand, David Vermont sembla consulter Edgar du regard avant de reprendre la parole.

— Je savais que vous seriez décontenancés, dit-il. Et pourtant, je vous assure que le SETI existe bel et bien, depuis 1960, même. Il est basé en Californie, à l'université de Berkeley, au Berkeley SETI Research Center (BSRC). Sa mission est d'utiliser toute une série de télescopes et d'antennes pour essayer de détecter la présence de civilisations extraterrestres. Afin de répondre à la grande question : sommes-nous seuls dans l'Univers ?

— Mais à quoi correspondent ces coordonnées ? demanda Armand. À un endroit du ciel où un ovni a été vu ? À la position d'une planète habitée ? Que peut-on espérer trouver à cet endroit ?

— La seule façon de le savoir, c'est d'attendre qu'Arthur Blake, le directeur actuel du SETI, me réponde, répliqua le directeur de l'ITCS.

— Vous lui avez fait part de la découverte de ces coordonnées issues de la capsule ? s'étonna Felicia.

— À la demande d'Adhemar, qui était très écouté au sein du SETI : il finançait largement l'organisme.

— Comment les lui avez-vous transmises ? questionna Armand.

— J'ai acheté un téléphone jetable, je l'ai appelé chez lui et il m'a rappelé d'un portable sécurisé.

— Et vous avez parlé de tout ça au téléphone lorsque Adhemar était en route pour vous rejoindre à l'ITCS ?

— Oui et non. On avait prévu depuis longtemps une procédure en cas de découverte de la capsule. Alors il a simplement eu à me dire : « Tu sais ce que tu as à faire. » Ceux qui nous espionnaient n'ont donc pas pu savoir que les coordonnées avaient été communiquées au SETI.

— Mais, lors de votre conversation, avez-vous transmis les coordonnées ?

— Non, j'ai simplement dit à Adhemar que la capsule contenait une plaque avec des coordonnées.

— Et que vous a dit Arthur Blake quand vous lui avez décrit votre découverte ?

— Qu'il avait besoin d'un peu de temps pour réfléchir à ce qu'il allait faire. Depuis, je n'ai plus aucune nouvelle. J'ai essayé de le rappeler, sans succès.

Armand hocha la tête d'un air entendu, les mains jointes sous le menton.

— Récapitulons. Vous faites prévenir Adhemar pour lui annoncer la découverte de la capsule de 1961, commença-t-il en désignant David Vermont.

— Or, par un moyen que nous ignorons pour le moment, cette femme, *a priori* une militaire, a appris l'existence de cette capsule et la convoitait, comme vous, poursuivit Felicia. Comme elle savait que vous seriez les premiers informés en cas de découverte, elle a pris les devants et a mis sur écoute les personnes les plus influentes de l'ITCS. À savoir vous et votre principal donateur, Adhemar. Lorsque celui-ci vous a appelé de la voiture pour en savoir plus, elle a compris ce qui se passait et, pour une raison qui reste encore à déterminer, elle a immédiatement envoyé des tueurs pour vous éliminer tous les deux.

— C'est à ce moment-là que nous entrons en scène, enchaîna Armand. Nous découvrons le site de l'accident et, lorsque Enguerrand de Castelmore appelle la police locale, c'est l'armée qui débarque. Comment est-ce possible ?

— La militaire est très probablement à l'origine de l'accident, et elle savait qu'il serait découvert tôt ou tard. Elle a donc fait en sorte que la police l'informe de tout signalement. Rien de bien compliqué lorsqu'on dispose de l'autorité de l'État. Car c'est bien cela qu'il faut retenir. Si l'armée est mêlée à cette affaire, c'est que le gouvernement est dans la boucle.

— Mais avec quels objectifs ? s'inquiéta Felicia. Personnellement, j'en vois deux. Le premier : éviter à tout prix que la capsule de 1961 soit étudiée par d'autres personnes qu'eux.

— D'où la chasse à l'homme dont nous sommes victimes : ils doivent supposer que nous connaissons le contenu de la capsule, intervint Armand.

— Et le second, reprit Felicia : l'armée, ou uniquement cette femme, veut apprendre ce que la capsule contient, d'où le cambriolage de votre domicile, David. Mais pourquoi cette femme qui nous poursuit est-elle prête à nous faire tuer pour arriver à ses fins ?

Felicia leva un doigt pour signifier à Armand qu'elle n'avait pas fini de parler.

— Veut-elle éviter qu'une découverte sur la vie extraterrestre ne soit rendue publique pour des raisons de sécurité nationale ? Nourrit-elle des velléités secrètes d'entrer en contact avec une autre civilisation ?

— Dans tous les cas, intervint David Vermont, jusqu'à maintenant, l'armée n'a pas pu mettre la main sur les coordonnées célestes qu'abrite la capsule. Et cette femme nous traquera tant qu'elle ne les aura pas récupérées.

— Donc, la seule question qui vaille pour le moment est : comment se sort-on de ce piège infernal ? se désola Felicia.

La porte de la cabane trembla sous l'effet d'une rafale de vent, et des flocons vinrent se coller aux carreaux. Dans la cheminée, on entendit un sifflement et les flammes vacillèrent. Armand se leva de sa chaise, marcha de long en large dans le chalet et déclara :

— Je crois que notre seule chance est désormais d'exposer tout ce qu'on sait et tout ce qu'on a découvert par voie de presse, afin quc la vérité éclate, qu'une enquête officielle soit diligentée et que les personnes qui veulent nous éliminer soient arrêtées. Si on continue à fuir, elles finiront par nous rattraper.

Felicia se pinça les lèvres.

— Tu penses qu'on nous croira ? demanda-t-elle, dubitative.

— C'est une bonne question. Je pense qu'il faut demander conseil. Je connais une journaliste, Stefany Kavanagh, qui avait l'habitude de suivre certaines de mes affaires et à qui je refilais pas mal de scoops, à l'époque où j'étais policier. Il faut lui poser la question.

— Tu lui fais confiance ?

— Je la connais bien. Elle aime enquêter sur les institutions et les puissants, elle n'a pas peur de s'attaquer à plus gros qu'elle, elle sera sensible à notre situation.

— Mais avec cette histoire de recherche extraterrestre, tu ne crois pas qu'elle va nous prendre pour des illuminés ?

— C'est une journaliste pointilleusc mais aussi très ouverte. Je vais l'appeler pour lui proposer une rencontre.

David Vermont, qui était resté silencieux et immobile pendant tout l'échange, se leva pour attiser les braises.

— Juste une question, monsieur de Borderive, si vous le permettez.

— Oui ?

— Sur quels sujets votre journaliste a-t-elle déjà écrit ?

— C'est elle qui a révélé le scandale des eaux en bouteille polluées et celui des maltraitances en EHPAD. Elle a aussi mis au jour le réseau de trafic de drogue au sein du précédent gouvernement.

— Quel palmarès, commenta Edgar. C'est effectivement une femme qui n'a pas peur de se faire des ennemis parmi les personnes les plus influentes, y compris au niveau de l'État…

— Mais, si ma mémoire est bonne, ajouta David, si scandaleuses toutes ces affaires soient-elles, il n'y a jamais eu de meurtre avéré. Avec notre histoire, nous entrons dans une autre catégorie.

— Vous avez raison, acquiesça Armand. Mais je ne connais aucun autre journaliste aussi bien armé pour notre affaire et à même de mesurer son ampleur. Elle nous dira franchement si elle le sent ou pas. Si elle accepte de couvrir notre histoire, je vous garantis qu'elle ira jusqu'au bout.

Edgar Fallow joua un moment avec l'anse de sa tasse en regardant droit devant lui.

— En la mettant dans la confidence, s'inquiéta le collectionneur, nous l'exposons au même danger que nous. Et je ne veux pas avoir la mort de cette journaliste sur la conscience. Vous imaginez, s'il lui arrive quoi que ce soit à cause de nous ?

— Nous ne ferons rien à l'insu de Stefany. Elle connaît les risques de son métier. Si elle juge que c'est trop dangereux pour elle, elle refusera.

— Edgar, intervint David. Cela semble une bonne solution pour essayer de nous sortir de ce guêpier. Sans un écho médiatique, nous n'y parviendrons pas… Mettre cette journaliste dans la confidence me semble, disons, un risque nécessaire et mesuré.

Le collectionneur hocha la tête d'un air entendu.

— Oui, tu as raison.

— Bien, je l'appelle, déclara Armand en sortant de la cabane.

Felicia se leva et tendit ses paumes vers le feu.

— Vous tenez le coup, avec toutes ces épreuves ? lui demanda David Vermont.

— Oui, grâce à Armand…

— Vu de l'extérieur, vous formez un beau duo.

— Armand veille sur moi et, moi, je fais ce que je peux pour veiller sur lui. Je suppose que c'est grâce à ça qu'on est encore vivants tous les deux. Sans compter que, en tant qu'ancien flic, Armand sait se défendre…

— Felicia, on a rendez-vous à 20 heures sur le pont qui enjambe le lac de Piedmont Park à Atlanta, annonça Armand en rentrant dans la cabane.

Puis il se tourna vers David Vermont.

— Permettez-vous que l'on emporte la plaque métallique ? Il me faut une preuve concrète.

— Je crois qu'elle est plus en sécurité ici, avec nous…

— Oui, c'est juste, dit Felicia. Photographions-la. De toute façon, cette journaliste croira à son authenticité si elle te connaît si bien, Armand.

— OK, abdiqua-t-il en saisissant son téléphone pour prendre plusieurs clichés de la plaque.

— Monsieur Fallow, glissa Felicia. Je suis très curieuse et, lorsqu'il me manque une réponse à une question, cela a tendance à virer à l'obsession.

— Je ne voudrais pas être la source d'un tel phénomène. Je vous écoute.

— Chez Adhemar, nous avons retrouvé les objets que vous aviez apportés pour la réunion. Quel était le thème de votre soirée et à quoi correspondent ces objets ?

Le collectionneur hocha pensivement la tête avant de répondre.

— Le thème était l'exploration spatiale, expliqua-t-il. Le casque audio est celui que portait Neil Armstrong lorsqu'il a prononcé la fameuse phrase : « Un petit pas pour l'homme, un grand pas pour l'humanité. » La pierre est un échantillon de roche lunaire rapporté par la même célèbre mission Apollo 11. Quant au marteau, il a servi à rejouer l'expérience de Galilée lors de la mission Apollo 15. Laquelle démontre qu'en l'absence d'atmosphère, une plume et un marteau tombent à la même vitesse dans le vide. La démonstration a été filmée sur la Lune, et l'on voit le commandant David Scott déclarer : « Galilée avait raison ! »

Felicia hocha la tête, songeuse. Si ce marteau avait l'air si neuf, c'était donc parce qu'il n'avait été utilisé que pour cette expérience. Même déduction pour le casque audio, précieusement conservé dès le retour de Neil Armstrong sur Terre.

— Merci beaucoup. Et le document codé, de quoi s'agit-il ?

Felicia tira de son sac à dos la fameuse feuille.

Edgar Fallow fronça les sourcils.

— Je n'ai jamais vu ce document. Où l'avez-vous trouvé ?

— Dans une cache de la table sur laquelle vous avez dîné, à l'endroit où Adhemar devait être assis.

— Mon pauvre ami. Il n'aura pas eu le temps de nous le présenter… Je suis désolé, je ne peux pas vous aider. La seule chose que l'on puisse en dire, c'est que cette suite de chiffres et de lettres a forcément un rapport avec l'exploration spatiale…

— Je vous remercie, vous m'avez aidée à dénouer quelques crispations intellectuelles.

Felicia rangea la feuille dans son sac. Puis elle releva la fermeture éclair de sa parka jusqu'au cou avant d'ouvrir la porte de la cabane.

— Merci pour tout, monsieur Vermont. On se retrouvera, je l'espère, une fois que toute cette affaire sera terminée. Monsieur Fallow, bon courage.

— C'est bête à dire, répondit le collectionneur, mais soyez excessivement prudents. Cette femme qui en a après nous dispose de ressources telles que le danger peut surgir n'importe où et n'importe quand.

Felicia laissa Armand passer et adressa un petit signe de la main à David Vermont et à Edgar Fallow avant de refermer la porte derrière elle.

Pendant deux heures et demie, ils évoluèrent de nouveau dans le froid et la neige, jusqu'à leur véhicule. Sur le chemin vers Atlanta, ils s'arrêtèrent pour acheter à boire et à manger et reprirent aussitôt la route. Ils arrivèrent un peu avant 20 heures au parking de Piedmont Park.

La nuit tombée, le vent s'était levé dans la capitale géorgienne, décollant du sol des flocons dont l'humidité glaciale frigorifiait les visages de Felicia et Armand. Ces derniers avançaient le buste légèrement penché en avant, les mains enfoncées dans les poches, les épaules crispées et les yeux remplis de larmes. L'immense parc était désert, comme endormi sous une pellicule farineuse éclairée par la lumière orangée des lampadaires.

— Le pont est juste là, annonça Armand dès qu'il eut distingué la construction qui enjambait le vaste lac gelé.

— Je ne vois personne, observa Felicia.

— On est en avance.

Ils marchèrent jusqu'à la moitié du pont et s'adossèrent à la rambarde. Au loin, sur les eaux glacées, on distinguait la guirlande d'un kiosque à colonnade dressé sur des pilotis prisonniers du gel. Au-delà encore, une barrière touffue d'arbres délimitait une première ligne d'horizon, derrière laquelle se dressait le scintillement des gratte-ciel du centre d'affaires. Comme si la ville, du haut de ses immeubles à l'architecture minérale, voulait rappeler à la nature qu'elle n'était que tolérée, limitée dans un espace clos.

Cette vue rappela à Felicia celle de son appartement. Cet appartement qu'elle avait l'impression d'avoir quitté depuis des semaines alors que cela faisait à peine quarante-huit heures. Elle pensa alors à son amie Camilla. Elle aurait eu tant besoin de ses paroles énergiques et rassurantes.

— La voilà, prévint soudain Armand, la tirant de ses pensées.

Felicia vit arriver une femme vêtue d'un anorak et d'un bonnet d'où dépassaient des mèches blondes. Elle estima qu'elle devait avoir une quarantaine d'années. Les pommettes hautes, les yeux légèrement en amande, elle affichait un regard franc qui lui donnait beaucoup de charme.

— Bonjour, lança-t-elle à Felicia. Je suis Stefany Kavanagh, mais Armand a dû vous parler de moi.

Prise au dépourvu, Felicia se contenta de sourire et de hocher la tête en se demandant ce que la journaliste sous-entendait.

— Salut, Stef, dit Armand. Merci d'être venue.

— J'espère que ton histoire mérite que je vienne me cailler ici.

— Tu n'as jamais entendu un truc pareil.

Et le prêtre raconta tout ce qui leur était arrivé depuis l'invitation d'Enguerrand de Castelmore jusqu'à leur conversation avec David Vermont et Edgar Fallow, dans la cabane perdue au milieu de la forêt. Pour appuyer son propos, il lui montra les photos de la plaque des coordonnées.

Stefany Kavanagh s'adossa à son tour à la rambarde du pont en regardant attentivement le téléphone du prêtre.

— Bon, si je résume, on est face à une conspiration visant à l'appropriation et au contrôle d'une information qui pourrait nous en dire plus sur la vie extraterrestre. Et, pour le prouver, vous avez cette plaque qui a été enterrée dans les années 1960 par un groupe qui se faisait appeler les Sentinelles.

— Il y a aussi l'accident de voiture d'Adhemar de Castelmore et ses amis, le témoignage du directeur de l'ITCS, cette militaire qui serait derrière tout cela… Ah, j'ai oublié de te le dire, on a aussi le numéro d'immatriculation de la voiture du type qui nous est rentré dedans et qui a ensuite essayé de nous tuer.

— OK, admettons que tout cela soit vérifiable. Je ne peux pas publier votre histoire en l'état.

— Pourquoi ? s'enquit Felicia.

— D'une part, parce que vous n'avez pas l'identité précise de ceux qui sont à vos trousses. Une femme militaire, c'est bien trop vague. D'autre part, parce qu'il me manque « la fin », si je puis m'exprimer ainsi. Que désignent ces coordonnées ? On n'en sait rien pour l'instant. Je dois le savoir pour bâtir un article solide. Trouvez-moi ces deux infos, et on fait la une. Après ça, vous pouvez être sûrs que votre affaire sera reprise dans toute la presse et que votre calvaire pourra prendre fin.

— Mais notre témoignage, à Armand et moi, ne vous suffit pas ?

— C'est costaud, ce que vous dénoncez. Mais si vous ne voulez pas qu'on vous taxe d'illuminés, des sources fiables confirmant vos propos sont primordiales.

On doit donc frapper fort, avec toutes les preuves en main. L'écho sera si puissant que la Justice ne pourra pas laisser l'affaire pourrir. Imaginez le titre : « Meurtres et intimidations : le gouvernement tente de dissimuler les preuves d'une vie extraterrestre ».

Armand posa une main sur l'épaule de la journaliste.

— Tu vas nous aider ?

— Je vais recouper tout ce que tu m'as raconté, creuser sur Adhemar et ses connexions, voir ce que je trouve comme lien entre cette militaire et le SETI et essayer de mieux cerner ces Sentinelles qui ont identifié un signal en 1961. Bref, je vais faire mon boulot. De votre côté, vous devez me rapporter au moins une preuve irréfutable de l'identité de cette femme, et une autre sur ce que révèle cette plaque.

— Après ça, tu publies ?

— Oui. Car si ce que vous me dites est vrai, ce sera énorme. Transmets-moi les photos de la plaque métallique et essayez de me donner régulièrement des nouvelles.

La journaliste embrassa le prêtre sur une joue. Felicia remarqua qu'elle lui serrait brièvement l'épaule. Puis Stefany se tourna vers elle pour lui tendre la main.

— Prenez bien soin l'un de l'autre.

Et elle s'éloigna.

Felicia regarda Armand.

— Des preuves sur l'identité de la militaire… Comment trouver une chose pareille sans se faire tuer ?

— Commençons plutôt par la seconde partie de notre mission : découvrir à quoi correspondent ces coordonnées. Où mènent-elles ? Que révèlent-elles ?

— Il n'y a qu'une seule personne capable de nous aider. C'est Arthur Blake, le directeur du SETI…

— Qui n'a jamais recontacté David Vermont.

— Option un : notre ennemi l'a tué après avoir récupéré auprès de lui les coordonnées. Option deux : Arthur Blake fait le mort parce qu'il a flairé le danger.

— Ce serait trop risqué de lui téléphoner. On ne pourra en être sûrs qu'en nous rendant sur place, assena Armand. On y va.

22.

— Trente-six heures, déclara Armand une fois au volant de la Ford Fiesta. C'est le temps qu'on met en voiture pour rejoindre l'université de Berkeley. Il faut traverser tous les États-Unis d'est en ouest jusqu'à la Californie.

— J'imagine que, si on n'envisage pas l'avion, c'est par crainte des contrôles d'identité ?

— Oui, on a vu que nos ennemis étaient capables de court-circuiter la police et de mettre à peu près n'importe qui sur écoute. Mieux vaut être prudents.

— Et trente-six heures, c'est sans s'arrêter, c'est bien ça ?

— Oui, on peut y arriver. On conduit chacun dix-huit heures découpées en trois tranches de six heures. Pendant ce temps, l'autre dort.

Felicia massa ses yeux fermés.

— On pourrait faire des pauses, mais chaque minute qui passe est une minute de plus que l'on donne à nos ennemis pour nous retrouver, argumenta Armand.

— Mais comment pourraient-ils nous localiser ?

— Peut-être ont-ils accès à la reconnaissance faciale dans les rues, peut-être ont-ils fait passer notre signalement aux patrouilles de police… On peut tout imaginer.

Felicia se sentant complètement dépassée, elle se rangea donc à l'avis d'Armand.

— OK, admit-elle, va pour trente-six heures de route non-stop. Qui commence ?

Le prêtre regarda sa montre.

— Il est à peu près 21 heures. Comment te sens-tu ? En forme ou fatiguée ?

— Commence, je prendrai le relais.

Armand démarra pour quitter l'État de Géorgie, direction l'Alabama. Felicia chercha le sommeil, en vain. Une multitude d'idées tournoyaient sous son crâne.

— Une civilisation extraterrestre, lança-t-elle soudain, au bout d'une heure de trajet. C'est peut-être ça qu'on est en train de chercher. J'ai peine à y croire.

— Pas mieux, approuva Armand en jetant un coup œil dans le rétroviseur.

— Toi qui travailles dans le secteur, si je puis dire, quelle est la position de l'Église sur cette question ? On a évolué, depuis que Giordano Bruno a été brûlé pour avoir dit qu'il existait d'autres êtres que nous dans l'Univers ?

— Oui, il y a eu un concile sur ce sujet. Et l'Église admet désormais qu'il puisse exister des vies extraterrestres au motif que l'on ne peut limiter la création divine.

— Intéressants, ces arrangements avec la logique. Et toi, tu crois en Dieu ? Ma question peut paraître déplacée, comme tu es prêtre, mais j'ai l'impression que tu as embrassé cette voie davantage par opportunisme que par conviction.

Armand doubla un peu nerveusement une voiture et se rabattit sur la file de droite avant de répondre.

— Je doute parfois d'un Dieu comme force immanente et infinie, mais j'aime bien le personnage de Jésus. Je le trouve à la fois très fort dans son message et très attachant dans son vécu.

— Et donc, tu es certain de son existence ? Les Évangiles ont tous été écrits entre cinquante et cent ans après sa mort, par des personnes qui n'ont jamais été des témoins directs et qui avaient, avant le souci de l'authenticité, un message à faire passer. Il n'existe aucun document purement historique qui affirme l'existence du Jésus qui nous est présenté dans le Nouveau Testament…

— Eh bien, détrompe-toi, répondit Armand en décollant son index du volant. Comme toi, j'ai longtemps cru ça, avant de lire l'ouvrage d'un historien qui a passé au crible toutes les sources historiques non chrétiennes sur l'existence de Jésus. Parmi elles, j'ai été frappé par une citation de Tacite, un historien romain de l'Antiquité. Je la connais par cœur tellement elle m'a marqué. Vers l'an 115, Tacite décrit l'incendie de Rome par Néron en 64. J'ouvre les guillemets : « Néron produisit des inculpés et livra aux tourments les plus raffinés des gens, détestés pour leurs turpitudes, que la foule appelait chrétiens. Ce nom leur vient de "Christ" que, sous le principat de Tibère, le procurateur Ponce Pilate avait livré au supplice. »

Felicia fixa Armand, qui continuait à conduire avec calme. Ce qu'il venait de lui révéler la perturbait.

Parce qu'elle adorait ces contacts directs avec la grande Histoire, mais aussi parce que cela remettait en cause ses certitudes. Trop confuse pour parler, elle reporta son attention sur les lumières hypnotiques des phares qu'ils croisaient.

— C'est troublant, ce que tu viens de m'apprendre, finit par confier Felicia alors qu'ils empruntaient un petit pont recouvert d'une charpente.

— Il existe d'autres sources écrites, mais celle-ci est la moins sujette à caution.

— Je commence à comprendre… Quand tu as demandé une relique à Enguerrand de Castelmore en guise de paiement, tu avais quelque chose en tête, en lien avec Jésus.

— Dans mes rêves les plus fous, oui… Et toi, raconte-moi un peu ce que tu souhaites rapporter de la collection Castelmore quand, il faut l'espérer, tout cela sera fini.

Felicia cala son bras sur l'accoudoir et déposa son menton dans le creux de sa main, l'air rêveur.

— Puisqu'on est sur les routes, j'aimerais que la première malle construite par Louis Vuitton en fasse partie.

— Par goût du luxe ? Cela m'étonne de toi.

— Non, parce que, avant de devenir l'empire que l'on connaît, Louis Vuitton, c'est l'histoire d'un gamin français de quatorze ans, fils de meunier, qui un jour quitte son Jura natal à pied avec un simple baluchon sur l'épaule et l'envie de faire quelque chose de nouveau avec ses dix doigts.

— Je l'ignorais. Intéressant.

Encouragée par Armand, Felicia lui raconta pendant une heure toute la vie de ce jeune garçon, jusqu'à l'accomplissement de sa destinée. Souvent, elle guetta un signe d'ennui chez le prêtre, mais pas une fois il ne manifesta de lassitude. Au contraire, il la relançait, lui posait des questions. Et la jeune femme adorait ça.

— Donc, c'est noté pour la malle Vuitton. Mais quoi d'autre ? l'incita-t-il à poursuivre.

— Peut-être les cailloux que le Grec Démosthène mettait dans sa bouche pour s'entraîner à bien articuler. Tu imagines tenir entre tes doigts ces petites pierres qui ont façonné l'éloquence du plus grand orateur de la Grèce antique ? Ce serait fabuleux, non ?

— Ton histoire fait en effet saliver.

Felicia sourit.

— Démosthène est même allé jusqu'à se construire une salle d'études souterraine dans laquelle il répétait durant des mois ses discours. Et, pour s'empêcher d'en sortir avant d'être prêt, il se rasait la tête d'un seul côté. Tant que ses cheveux n'avaient pas repoussé, il déclamait encore et encore dans la solitude de sa cave !

— Tu n'as jamais voulu être prof, avant d'être experte en art ?

— Je vois ce que tu veux dire, mais je n'aime pas tellement répéter toujours la même chose… Contrairement à Démosthène, dit-elle.

— Tu pourrais devenir la seule professeure qui donne des cours uniques… Ça serait ta particularité !

— J'y songerai mais, pour le moment, je préférerais rester dans l'expertise ou devenir conservatrice de musée.

— Je me demande si tu ne ferais pas mieux de devenir conservatrice de sommeil, si tu dois conduire ensuite.

— Oui, tu as raison. Mais je n'arrive pas à dormir assise, je vais sur la banquette arrière.

Felicia détacha sa ceinture et passa à l'arrière pour s'allonger. Elle ferma les yeux.

— Ah si, j'aimerais aussi avoir le clairon de l'armistice de 1918 qu'ont entendu tous ces hommes terrés dans les tranchées depuis quatre ans. Ce coup de clairon annonçait pour eux la fin du cauchemar. Sais-tu qu'il a failli ne jamais être sonné ?

— Ah oui, pourquoi ?

— L'état-major ne savait pas où était le soldat qui avait le clairon. On le cherche partout et on finit par le retrouver vivant, mais dans un trou d'obus. On le ramène au QG, et le capitaine lui dit : « Soldat, vous allez devoir sonner le cessez-le-feu. » Mais le soldat répond : « Mon capitaine, je ne peux pas, ça fait tellement longtemps qu'on est là que j'ai oublié la mélodie. » Le capitaine fredonne l'air, le soldat se souvient, mais il ne sait plus où il a mis l'embouchure de son instrument. Il fouille dans sa musette, dans ses poches, et la retrouve finalement, obstruée de tabac. Il la nettoie, puis astique son clairon. On lui donne un quart de vin pour le remonter et lui humecter les lèvres. Et, à 11 heures pile, le 11 novembre, il sort de sa cachette et joue les notes du cessez-le-feu. J'adore les coulisses rocambolesques de l'Histoire.

— C'est passionnant. Dis-moi, c'est avec ce genre d'histoires que tu endormiras tes enfants, plus tard ?

— Oh, pourquoi pas. Tu sais, si tu y regardes bien, les contes de fées sont également très violents, à leur manière. Allez, je dors.

Felicia ferma les yeux mais, au bout de dix minutes, malgré ses paupières closes, elle perçut un défilé de lumières. Elle se redressa sur la banquette et n'en revint pas. La nature vaste et glacée avait laissé place à une rue illuminée d'une multitude d'enseignes multicolores aux tonalités criardes, qui invitaient ici à entrer dans un saloon, là-bas à déguster un poulet rôti, un peu plus loin à assister à un spectacle de danse sur table.

— Où est-on ? demanda-t-elle.

— Memphis. Tu conduis dans trois heures, tu ferais mieux de dormir.

Felicia se recoucha.

— Au fait, merci de m'avoir écoutée, Armand. Ça m'a fait du bien de parler un peu d'autre chose.

— Je me suis régalé.

Felicia ferma de nouveau les yeux, attendant que les couleurs acidulées des enseignes cessent de danser devant sa rétine. Et, petit à petit, son corps se détendit jusqu'à ce qu'elle s'endorme.

Il lui sembla se réveiller presque aussitôt, éblouie par les néons d'une station essence.

— Armand ?

Pas de réponse. Elle se redressa sur la banquette et vit le prêtre sortir de la boutique, un gobelet fumant dans la main. En le voyant arriver, Felicia prit conscience d'une chose à laquelle elle n'avait pas prêté attention : elle se sentait en insécurité quand il n'était pas là. Était-ce parce qu'ils avaient échappé au danger ensemble ? Parce qu'elle avait pu parler avec lui de sa passion comme elle ne l'avait jamais fait avec personne ? Ou parce qu'elle revivait inconsciemment le traumatisme d'abandon de sa petite enfance ? Elle ne savait plus très bien.

En revanche, elle était certaine d'une chose : il existait entre eux une solidarité d'une force rare.

— Tiens, un café qui vaut au moins celui du motel.

— Merci, dit-elle en s'étirant.

Elle sortit de la voiture, plaça le gobelet sur le toit de la voiture et fit quelques assouplissements. Puis elle avala le breuvage fumant d'une traite. Elle se plaça ensuite derrière le volant et, alors que le prêtre s'était installé sur le siège passager, ils reprirent leur route vers Berkeley.

— Comment l'as-tu rencontrée, cette Stefany Kavanagh ? demanda Felicia en essayant de prendre un air désinvolte.

Elle avait remarqué les discrets gestes d'affection de la journaliste à l'égard d'Armand et voulait en savoir plus.

— Oh, c'est une vieille histoire. Il y a des années, j'ai été appelé sur une scène de braquage. Quand j'ai débarqué, elle était déjà là. Le braquage avait mal tourné, il y avait un mort. Je l'ai engueulée, lui disant qu'elle n'avait pas le droit d'être ici et que, en plus, c'était irrespectueux pour la victime. Elle m'a rétorqué : « La victime aimerait probablement que je vous dise que, étant arrivée avant les flics, j'ai vu le coupable prendre la fuite. » On a arrêté le tueur grâce à elle, et c'est ainsi qu'on a sympathisé.

Armand tapota un instant l'accoudoir de sa portière.

— À tel point qu'on a fini par se marier et avoir deux enfants.

Sans pour autant lâcher le volant, Felicia se tourna vers Armand, interloquée.

— C'est ta femme, qu'on a vue tout à l'heure ?

— Mon ex-femme, oui.

— Et quand comptais-tu me le dire ?

— Je n'en sais rien. Pourquoi ? C'est important ?

— Oui et non.

Felicia doubla une voiture.

— Non, parce que cette information n'a aucun rapport avec notre enquête, et oui, parce que… parce que…

Elle allait dire « parce que cette information me permet de mieux te connaître », mais elle se retint.

— Et as-tu d'autres secrets du même genre dont tu penses qu'il serait bon de m'informer ?

Armand joua nerveusement avec la chevalière qu'il portait à l'auriculaire.

— Il y a peut-être une chose…, commença-t-il.

— Dis-moi, l'encouragea Felicia.

— Eh bien, je ne me suis pas engagé dans la voie de la prêtrise pour les raisons matérielles que je t'ai données.

Felicia perçut son émotion au timbre tremblotant de sa voix.

— Tu es en train de m'expliquer que tout ce que tu m'as raconté sur tes petits trafics dans la police et ta radiation était faux ?

— Je n'ai jamais trafiqué ou détourné de saisies. La raison pour laquelle j'ai quitté les Stups pour entrer dans les ordres est… beaucoup plus profonde.

Felicia ne répondit rien, pendue aux lèvres d'Armand.

— Un jour, mon coéquipier et moi avons arrêté des types qui avaient monté un gros trafic de fentanyl. Cet opioïde fait des ravages, ça tue des gamins et même des mères de famille, qui prennent ce truc parce qu'elles sont au bout du rouleau. Ça faisait deux ans qu'on était sur le coup, c'était vraiment une grosse opération. J'avais promis à mon indic de lui donner un peu de la marchandise saisie, ce que mon coéquipier, Melvin, désapprouvait. Mais je devais tenir parole. Alors, juste après l'arrestation, j'ai laissé Melvin seul pour surveiller les trois gars, et je suis allé piocher de la dope avec mon indic dans une autre pièce. Et j'ai entendu des bruits de lutte et deux coups de feu. Le temps que je débarque, les types avaient fui et Melvin gisait au sol, abattu de deux balles.

Du coin de l'œil, Felicia vit qu'Armand regardait droit devant lui, dans le vide. Ses yeux s'étaient voilés.

— Quelle que soit la façon dont on retourne la situation, Melvin est mort à cause de moi. Sa femme et ses deux enfants sont seuls à cause de moi.

Le prêtre fixait maintenant sa chevalière d'un air absent.

— Au début, j'ai essayé de reprendre une vie normale, avec ma femme et mes deux enfants, mais cette histoire me hantait. Stefany m'a soutenu longtemps, avant de craquer. Elle n'en pouvait plus de ma culpabilité permanente. Un jour où on s'était encore disputés à cause de ça, je suis sorti, j'ai marché pendant près de deux heures. Je suis passé devant une église, je suis entré. J'ignore pourquoi, puisque je n'allais jamais à la messe. Je me suis assis sur un banc, j'étais seul, et il s'est passé quelque chose d'incroyable : pour la première fois depuis des mois, ce poids insupportable de la culpabilité s'est allégé. Il n'a pas disparu, mais j'ai senti que, un jour, je parviendrais à me pardonner. Cette possibilité presque miraculeuse qui s'offrait à moi m'a fait me sentir chez moi, dans cette église. Comme si

Jésus m'avait fait une place à ses côtés pour commencer une nouvelle vie. C'était si fort, Felicia… que ça ne m'a jamais quitté. J'en ai parlé à Stefany et à mes enfants, et nous avons organisé nos vies en fonction de ma récente vocation. Je n'ai jamais regretté mon choix.

La voix d'Armand mourut dans l'habitacle feutré de la voiture. Felicia ne s'attendait pas à une confession si lourde et ne sut quoi dire dans un premier temps. Elle avait le sentiment que la culpabilité d'Armand était probablement aussi forte que le sentiment d'abandon qui la tourmentait.

— Et alors ? finit-elle par se risquer. Après toutes ces années, as-tu réussi à te pardonner ?

Felicia décela de la reconnaissance dans les yeux d'Armand.

— Au début, on pense qu'oublier, c'est pardonner, mais c'est plus compliqué…

— Tu t'en veux donc toujours ?

— Oui, mais ce n'est plus une souffrance, juste un fait. Cette foi qui est née en moi m'apaise et me permet d'envisager la vie avec sérénité.

— Je suis heureuse de t'entendre dire tout ça…

Le prêtre hocha la tête.

— Maintenant, si tu le permets, je vais essayer de dormir, Felicia.

— Oui, bien sûr.

Felicia se concentra pleinement sur la route, même si son esprit ne pouvait s'empêcher de penser à quel point cela devait être difficile de vivre avec un tel sentiment de culpabilité. À son réveil, Armand ne fit aucune allusion à leur conversation et prit la place du conducteur pour laisser Felicia se reposer.

En se relayant régulièrement, ils traversèrent l'Arkansas, l'Oklahoma, le Nouveau-Mexique, et ils arrivèrent en Arizona au petit matin du deuxième jour.

C'était Felicia qui conduisait, en cette aube naissante. Devant elle, la route s'élançait toute droite en une interminable traînée noire à travers un désert de roches ocre et de touffes d'herbes jaunies. Dans cette immensité aride aux teintes orangées, seul tranchait le vert des cactus qui se dressaient comme autant de petites antennes jaillies de la sécheresse du sol. À l'horizon, des montagnes rouges aux flancs rectangulaires saillaient comme des termitières à moitié écroulées.

La traversée de l'État leur parut interminable avant qu'ils ne rejoignent enfin la frontière californienne et remontent vers le nord en direction de l'université de Berkeley.

Mais, bientôt, l'océan fut en vue et ils aperçurent au loin les piliers du Golden Gate qui semblaient vouloir se hisser sur la pointe de leur socle pour dépasser le brouillard qui les enveloppait. Ils franchirent l'immense pont, passant sous les arches de métal géantes qu'ils n'avaient fait que deviner de loin, et, une heure plus tard, c'est épuisés qu'ils se garèrent devant la faculté abritant le SETI.

23.

Une fois descendus de voiture, ils franchirent un portail métallique de couleur verte, orné en son milieu d'un médaillon, et passèrent sur un pont débouchant sur le campus. Une foule d'étudiants se pressait sur les chemins qui desservaient plusieurs bâtiments, dont le plus important ressemblait à un temple grec muni de ses colonnes et d'un chapiteau. Derrière ce Parthénon moderne en pierre blanche se dressait une tour carrée terminée par un toit en pointe rappelant le clocher d'une église.

Armand arrêta un étudiant, qui lui indiqua un grand bâtiment de facture plus classique. Ils y entrèrent en se frayant un chemin parmi les élèves et trouvèrent un comptoir d'accueil derrière lequel se tenait un homme plongé dans un livre.

— Bonjour, nous sommes à la recherche d'Arthur Blake, annonça Felicia.

— Vous venez pour la conférence sur la vie extraterrestre ? s'enquit le réceptionniste au visage avenant.

— Non, nous devons le voir pour une question bien particulière.

— Dans ce cas, je vous conseille d'assister à la conférence et d'aller le trouver à la fin.

— Et où se déroule-t-elle ? demanda Armand.

— Dans le grand amphithéâtre. Vous retournez sur vos pas, et vous prenez en face dans le hall d'entrée. L'amphi est au bout du couloir.

Felicia et le prêtre le remercièrent et filèrent dans la direction indiquée. Ils poussèrent discrètement les portes à double battant et pénétrèrent dans la salle de conférences. Pourtant habituée à ce type d'endroits, Felicia fut impressionnée par l'immensité du lieu rempli de spectateurs face à un seul homme, sur une estrade, en contrebas. Il avait le crâne dégarni, mais deux touffes de cheveux blancs virevoltaient de chaque côté de sa tête. Des gestes rapides et expressifs accompagnaient chacune de ses paroles.

— À ce jour, soyons honnêtes, il n'y a que sur Terre qu'il existe une biosphère. Mais, et c'est un grand « mais », nous explorons très sérieusement la possibilité que la vie se soit développée sur Mars par le passé. Car, après toutes les missions que nous y avons menées, nous savons que la planète rouge était habitable au début de son histoire pour des organismes simples. Tout était réuni pour qu'il s'y trouve de l'eau liquide, des sources de carbone et des nutriments nécessaires à la vie.

Arthur Blake considéra son auditoire avant de poursuivre.

— Mais ce qu'il y a de plus intéressant, c'est que l'eau liquide existait à la surface de Mars environ cent millions d'années avant qu'elle n'arrive sur Terre. Autrement dit, si la vie est apparue sur Mars, elle est apparue avant de naître sur Terre ! Vous comprenez où je veux en venir…

Felicia et Armand s'étaient assis sur les marches de l'amphithéâtre, et la jeune experte en art oublia quelques instants le maelström dans lequel ils étaient plongés pour redevenir une simple étudiante, captivée par le cours de son professeur.

— Or, reprit Arthur Blake, nous avons des preuves irréfutables que des roches martiennes ont atterri sur notre planète sous forme de météorites dans un passé lointain. Celles-ci pouvaient contenir des molécules organiques, et même des organismes primitifs qui auraient trouvé sur Terre un environnement favorable pour se développer et évoluer jusqu'à nos jours. La vie sur Terre provient peut-être de Mars ! Autrement dit, nous sommes peut-être ces Martiens que nous cherchons absolument à découvrir depuis tant d'années. Et si un jour l'homme posait le pied sur la planète rouge, il ne ferait alors que rentrer à la maison, revenir à ses origines…

Des applaudissements s'élevèrent dans la salle, visiblement enthousiasmée par les hypothèses d'Arthur Blake.

— Mais revenons au présent. Où la vie pourrait-elle actuellement exister ailleurs que sur Terre ? Réponse : sur des exoplanètes, c'est-à-dire en dehors de notre système solaire. Certaines sont très hostiles, notamment celles où il pleut du fer, du verre liquide, des rubis, des saphirs ou des diamants. Même si je vois dans les yeux de certains que cela ne leur semble pas si terrible que ça… D'autres, parmi ces planètes, ont un profil beaucoup plus intéressant.

Le directeur du SETI balaya la salle du regard.

— Savez-vous, reprit-il, que, depuis des années, le télescope Kepler sillonne l'espace et nous envoie des données permettant d'affirmer que, dans notre seule galaxie, il y a des milliards de planètes de type terrestre qui pourraient se situer dans la zone habitable d'étoiles semblables au Soleil ? Cela signifie qu'elles ne sont pas trop loin de leur étoile, donc il n'y fait pas trop froid, et pas trop près, alors il n'y fait pas trop chaud. À présent, soyons modestes. Si une planète sur un milliard avait développé un type de vie complexe et intelligent, notre galaxie pourrait être peuplée d'une dizaine de civilisations avancées. Et comme il y aurait deux billions de galaxies dans l'univers observable, le nombre de planètes pouvant abriter la vie pourrait être comparable au nombre de grains de sable de toutes les plages de la planète. Penser que nous sommes seuls dans l'Univers est une absurdité statistique !

Felicia croisa le regard d'Armand qui surveillait le public et les issues de l'amphithéâtre.

— Mais alors, pourquoi n'avons-nous toujours aucun contact ? demanda Arthur Blake.

Il laissa sa question faire son chemin dans l'esprit des spectateurs avant de poursuivre.

— On peut proposer plusieurs réponses ou, disons, plusieurs scénarios. Petit *a*, chaque civilisation se serait autodétruite avant tout contact. Petit *b*, ces civilisations ne sont pas tellement plus anciennes que nous et n'ont pas encore les moyens technologiques de nous faire connaître leur existence. En petit *c*, nous avons l'« hypothèse du zoo », formulée en 1973 par l'astronome américain John A. Ball. Pour lui, il existerait de nombreuses civilisations extraterrestres très avancées, mais ces dernières ne voudraient tout simplement pas entrer en contact avec l'espèce humaine, qu'elles considéreraient comme pas assez développée pour être digne d'intérêt. Je sais, ça file un coup à l'amour-propre, mais c'est ainsi, nous sommes peut-être l'une des espèces les plus intelligentes sur Terre, mais l'une des plus bêtes à l'échelle de l'Univers.

Des rires, notamment d'approbation, s'élevèrent dans le public.

— Autre théorie intéressante, enchaîna Arthur Blake. Un contact a déjà eu lieu, et nous n'en avons pas eu conscience. À ce titre, il est intéressant de rappeler que, selon un rapport du Pentagone de 2021, plus de cent quarante phénomènes aériens observés depuis 2004 par des pilotes d'avion de ligne, ou des pilotes militaires, restent inexpliqués. Vingt et un d'entre eux pourraient démontrer l'existence de capacités technologiques inconnues des États-Unis, dont des objets se déplaçant sans systèmes de propulsion visibles ou par accélération rapide. Ce même rapport estime que ces phénomènes aériens dépassent les capacités technologiques de la Russie, de la Chine et de toute nation terrestre. Et ce sont des propos officiels…

Le directeur du SETI hocha la tête, comme s'il approuvait l'étonnement de ses auditeurs.

— Certes, reprit-il, ces phénomènes inexpliqués ne prouvent en rien l'existence d'extraterrestres, mais ils nous confrontent à nos propres limites et nous ramènent à la question de départ : sommes-nous suffisamment avancés, technologiquement parlant, pour détecter et reconnaître une présence extraterrestre ? D'ailleurs, certains scientifiques pensent que l'Univers dans lequel nous vivons serait une création extraterrestre. Que les lois de la physique qui régissent notre quotidien ou la danse des planètes seraient la production d'une civilisation avancée, grande architecte de notre océan cosmique. En résumé, il n'y aurait rien à chercher, puisque nous serions nous-mêmes des créatures fabriquées par une pensée extraterrestre.

À l'image du reste de l'assistance, Felicia laissa son regard planer dans le vide en réfléchissant aux paroles d'Arthur Blake. Elle le fit avec d'autant plus d'insouciance qu'elle sentait à ses côtés la présence rassurante et vigilante d'Armand.

— Et, enfin, voici l'une de mes hypothèses préférées, parce que personne n'y pense jamais. Nous partons chaque fois du principe que la vie n'aurait cessé de tendre vers plus de progrès, plus de technologie. Mais peut-être que certaines espèces n'ont pas opté pour la voie du « progrès » prétendument inéluctable, mais pour celle de l'équilibre. Une fois atteinte une harmonie avec leur environnement, ces espèces auraient décidé de ne pas en vouloir plus. Elles seraient encore au stade que l'on qualifie de « préhistorique », non par contrainte, mais par choix, et donc totalement incapables de capter nos messages ou d'en envoyer.

Felicia, qui passait sa vie à étudier l'évolution des objets façonnés par l'humain, trouva cette possibilité intellectuellement stimulante.

Le directeur du SETI repoussa une sacoche et s'assit sur le coin d'une table.

— Imaginez que, un jour, nous captions ce signal tant attendu. Imaginez que, un jour, nous ayons la certitude d'avoir reçu un message d'une civilisation extraterrestre. Quelles seront les réactions des gens dans le monde quand nous l'annoncerons ? Risque-t-on des troubles sociaux ? Des mouvements de panique ? Des remises en cause existentielles ? Des afflux de patients pris d'angoisse dans les hôpitaux ? Des églises saturées ? Des replis dans des bunkers ? Réfléchissez bien à la façon dont vous réagiriez si on vous annonçait aujourd'hui que nous avons la preuve évidente de l'existence d'une vie extraterrestre…

Un silence pensif se répandit dans l'amphithéâtre. Felicia observa les visages songeurs en se disant qu'Armand et elle avaient peut-être de quoi bientôt confronter l'humanité à l'existence d'une civilisation issue du fin fond du cosmos.

— Alors ? demanda Arthur Blake. Seriez-vous bouleversé au point de tout arrêter pour ne consacrer votre temps qu'à cette question ? Ou cette nouvelle vous occuperait-elle l'esprit quelques heures avant que vous ne retourniez à votre quotidien, comme si de rien n'était ? Il est amusant de penser qu'une telle révélation ne changerait probablement pas le cours de notre existence… Nous aurions toujours besoin de manger, de boire, de dormir, de nous occuper de nos enfants ou de nos parents, toujours envie de voyager, de communiquer, de créer, de nous divertir. Les guerres ne s'arrêteraient même pas, les crimes non plus. Certains saisiraient là l'occasion de gagner de l'argent ou un peu plus de pouvoir. D'ailleurs, je terminerai cette conférence sur cette notion. Qui aurait le pouvoir de communiquer avec ces extraterrestres ? Pensez-vous que les autorités mondiales se sont déjà préparées à une telle éventualité et, si oui, d'après vous, qu'ont-elles décidé ? Qui prendra la parole ? Pour dire quoi ? Dans quelle langue ? Au nom de qui ? Je vais répondre à ces questions en trois mots : rien n'est prévu.

Un murmure d'étonnement électrisa l'assemblée.

— Il n'existe aucun accord ou protocole international concernant une rencontre entre l'humanité et une intelligence extraterrestre. La seule recommandation officielle provient du groupe de recherche d'intelligence extraterrestre de l'Académie internationale d'astronautique qui, en 2010, a déclaré : « En cas de détection de signaux provenant d'une vie extraterrestre intelligente, nous recommandons de créer un forum de coordination internationale par l'intermédiaire des Nations unies et de son Comité des utilisations pacifiques de l'espace extra-atmosphérique. » En bref, on commencera à se demander s'il faut prendre de l'élan quand on sera au pied du mur. Imaginez le désordre que cela engendrera. Chaque pays voudra sans doute être le premier à parler, quitte à écraser son voisin, dans le but de transmettre un message représentatif de sa culture, mais certainement pas de l'humanité entière. Ce sera un capharnaüm généralisé, qui donnera de nous une belle première image à cette civilisation éloignée…

Quelques rires éclatèrent çà et là. Felicia, elle, ne riait pas. Elle serra juste un peu plus fort son sac à dos contre elle.

— Il est passionnant de voir comment la recherche extraterrestre nous renvoie finalement à nous-mêmes, en nous obligeant à nous interroger sur ce qui fonde notre humanité. Qu'est-ce qui nous rassemble, nous identifie, nous unit ? Comment tous parler d'une même voix ? Comment trouver un message avec lequel tout le monde, au sens propre, soit d'accord ? Autant de questions qui me font dire que la vie extraterrestre est un moyen pour l'humanité de se connaître elle-même. Merci à vous tous.

Une salve d'applaudissements retentit, tandis que Felicia et Armand descendaient l'escalier pour rejoindre Arthur Blake. En quelques secondes, ils furent sur l'estrade déjà bondée de personnes interpellant le directeur.

Armand tenta de passer en force, mais plusieurs auditeurs s'offusquèrent et le repoussèrent.

— Laisse-moi essayer, dit Felicia.

Elle sortit de son sac à dos un calepin et un crayon. Puis elle se faufila dans la foule, l'air contrariée.

— Excusez-moi ! Je suis la secrétaire du professeur Blake. Pardon ! Merci. C'est urgent.

Il lui fallut moins d'une minute pour parvenir jusqu'au directeur du SETI.

— Monsieur Blake, dit-elle. J'ai un message urgent de la part de M. de Castelmore.

Arthur Blake, qui regardait ailleurs, cessa aussitôt de parler à son interlocuteur et se tourna vers Felicia.

— Veuillez m'excuser, mesdames et messieurs, j'apprécie énormément votre enthousiasme, mais une affaire urgente m'appelle. N'hésitez pas à m'écrire à mon adresse e-mail, qui se trouve sur le site du SETI.

Alors que les spectateurs soupiraient de déception, il se rapprocha de Felicia.

— Suivez-moi, dit-il.

Ils quittèrent l'amphithéâtre, rejoignirent un couloir qui desservait plusieurs salles de classe. Arthur Blake se retourna soudain en regardant Armand d'un air interrogateur.

— Il est avec moi, dit Felicia.

Le directeur du SETI inspecta minutieusement une salle pour s'assurer qu'elle était vide et referma la porte derrière ses deux visiteurs.

— C'est quoi, ce message ? s'enquit-il avec méfiance.

— Adhemar de Castelmore et deux de ses amis ont été assassinés, lança Armand.

— Quoi ?

— Un accident de voiture… provoqué.

— Mais qui êtes-vous ?

Armand et Felicia résumèrent en quelques mots la raison de leur présence et donnèrent plus de détails sur les circonstances de la mort des trois collectionneurs et de leur chauffeur.

Arthur Blake tira une chaise pour s'asseoir. Il était blême.

— C'est épouvantable. Je m'inquiétais de ne plus avoir de nouvelles d'Adhemar depuis le coup de téléphone de David.

— C'est justement David Vermont qui nous envoie, reprit Armand. Avez-vous pu déterminer à quoi correspondaient les coordonnées « 2h 31m, 89° 15′ » ?

Le directeur du SETI secoua la tête, comme pour chasser son accablement.

— Malheureusement, je ne peux rien en faire, soupira-t-il.

— Pourquoi ?

— Les coordonnées dont on parle indiquent un point non pas sur la Terre, mais dans l'espace, comme vous l'avez probablement compris. Or, pour capter un éventuel signal en provenance de cette direction, il nous faudrait réorienter l'une de nos antennes…

— Et ce n'est pas justement ce que vous attendez depuis des années au SETI ? Pourquoi ne le faites-vous pas ? s'offusqua Felicia.

Arthur Blake regarda encore une fois autour de lui, fouillant la pièce du regard.

— Parce que je suis surveillé, confessa-t-il. C'est d'ailleurs pour cette raison que j'ai rappelé David d'un portable connu de moi seul.

— Qui vous surveille ? l'interrogea Armand.

— Quand je suis devenu directeur du SETI, Helen Dewolf, qui m'avait précédé à ce poste, et sous la direction de laquelle j'avais travaillé pendant des années, est venue me voir dans mon bureau. Elle m'a expliqué qu'elle allait travailler pour une unité du Pentagone dédiée à la recherche de vie extraterrestre et que le SETI serait inféodé à son département. Si, un jour, le SETI captait un signal provenant d'une autre civilisation, je serais dans l'obligation de lui transmettre toutes les informations afin qu'elle reprenne le dossier.

Felicia songea immédiatement à la « femme militaire ». Elle croisa le regard d'Armand et comprit qu'il avait fait le même rapprochement.

— Lui avez-vous parlé de l'existence de la capsule de 1961 ?

— Effectivement. Adhemar de Castelmore m'avait fait part de l'existence de cette capsule enterrée par des anciens du SETI, les Sentinelles, dont lui avait parlé David Vermont. Et comme on ne pouvait exclure que cette capsule contienne des informations sur un message extraterrestre, j'en ai parlé ce jour-là à mon ancienne supérieure. Très vite, je me suis rendu compte de mon erreur…

— Comment a-t-elle réagi ?

— Elle m'a ordonné de la tenir informée en priorité si on venait à la découvrir. Mais comme elle ne me faisait probablement pas confiance, je suis à peu près certain qu'elle m'a mis sur écoute, sans doute comme les autres membres de l'ITCS. C'est du moins ce que je suppose.

— Cela éclaire une part d'ombre de notre enquête, dit Felicia. Lorsque David Vermont vous a récemment donné les coordonnées contenues dans la capsule, les avez-vous transférées à votre ancienne directrice ?

— Non, évidemment que non ! Je me suis renseigné sur Helen, après cette étrange conversation. Elle n'est pas, comme je le croyais, une simple scientifique passionnée. Des chercheurs spécialisés en astronomie ou en astrophysique m'ont confié qu'elle avait intégré le Pentagone grâce à des appuis peu recommandables, mais, malheureusement, je n'en sais pas plus sur ce point. Ma seule certitude, désormais, c'est que je dois me méfier d'elle, et je m'efforce de lui fournir le moins d'informations possible.

— Alors, qu'avez-vous fait lorsque vous avez eu les coordonnées en main ?

— Rien. Je suis face à un dilemme. Si je commande la réorientation d'une de nos antennes selon ces coordonnées, l'unité du Pentagone dirigée par Helen, qui surveille étroitement le SETI, sera immédiatement mise au courant d'une manœuvre inhabituelle, puisque les antennes ne nous appartiennent pas mais sont la propriété de l'État.

— Attendez, intervint Armand. Vous êtes en train de nous dire que vous allez garder ces coordonnées spatiales cachées toute votre vie sans jamais les utiliser ? C'est insensé !

Arthur Blake leva les deux mains.

— Si je les garde secrètes, je prive l'humanité d'une potentielle découverte de vie extraterrestre, c'est vrai. Mais si je les révèle, Helen s'en empare, sans doute dans un but inavouable, et je trahis la pensée d'un ami. Que voulez-vous que je fasse ?

Le directeur du SETI secoua la tête de dépit avant de reprendre.

— Si j'ai bien compris votre implication dans cette histoire, vous avez besoin de savoir ce qu'indiquent les coordonnées afin que votre journaliste puisse rédiger un article retentissant…

— En effet, confirma Armand. Nous devons aussi lui fournir des preuves de l'identité de ceux qui sont à nos trousses. Et, à ce titre, ce que vous venez de nous dire sur cette Helen Dewolf nous intéresse.

— Vous pensez que c'est elle qui vous traque et qui est derrière la mort d'Adhemar ?

— Un des tueurs qui nous ont poursuivis nous a avoué travailler pour une femme à l'autorité toute militaire. Helen Dewolf correspond au profil, il me semble. Comment se comportait-elle quand elle dirigeait le SETI ?

— Elle était très investie. À tel point que toute sa vie était dédiée au SETI. En contrepartie, elle attendait de nous le même dévouement. Ceux qui ne suivaient pas la cadence étaient sévèrement réprimandés, puis rapidement licenciés s'ils ne se montraient pas à la hauteur.

— En toute franchise, commença Felicia, pensez-vous qu'elle ait pu orchestrer la mort d'Adhemar et engagé des tueurs pour nous éliminer ?

— Comme je vous l'ai dit, elle était exigeante et despotique, mais de là à faire assassiner des gens... À l'époque où elle était encore en fonction ici, je vous aurais assuré que c'était inimaginable. Mais, aujourd'hui, je ne saurais vous dire...

— J'ai trouvé sur Internet la photo d'une Helen Dewolf, déclara Armand en montrant son écran. C'est bien elle ?

On y voyait le portrait d'une femme très fine, de petite taille, les cheveux coupés court, les lèvres minces, portant un collier muni d'un lourd pendentif. Elle avait le regard porté au loin.

— Oui, c'est elle, même si le cliché commence à dater. Elle doit avoir maintenant une cinquantaine d'années.

Felicia fit défiler d'autres photos sans rien trouver d'intéressant. Elle allait arrêter lorsque l'une d'elles attira son attention. On y voyait Helen Dewolf bien plus jeune, à moitié cachée par un autre personnage qui occupait le devant de la scène.

— Regardez ! s'exclama Felicia. Elle est en compagnie d'Everick Dust, le milliardaire.

— Encore lui..., souffla Armand.

— Je ne savais pas qu'elle connaissait cet homme, commenta Arthur Blake.

— Quand nous étions mariés, Stefany a longtemps enquêté sur Dust. Je l'appelle pour voir si elle peut établir une connexion entre eux.

Armand mit son téléphone sur haut-parleur. On décrocha après deux sonneries.

— Oui, Armand ?

— Je suis au SETI avec son directeur, Arthur Blake. On a probablement identifié la femme qui nous fait suivre et veut notre peau. Il s'agirait d'une certaine Helen Dewolf, ancienne directrice du SETI, aujourd'hui responsable d'une unité du Pentagone dédiée à la recherche de vie extraterrestre. On a trouvé une photo d'elle avec Everick Dust. Qu'est-ce que ces deux-là peuvent avoir en commun, selon toi ? Pour info, tu es sur haut-parleur.

— Je n'ai jamais entendu parler d'elle, mais si elle travaillait en tant que directrice du SETI, j'ai peut-être un début d'explication. Tous les deux sont passionnés par la recherche et la conquête spatiales.

— J'ignorais que Dust s'intéressait à tout ça.

— Normal, il n'en parle jamais. Il a pourtant donné une interview en 1998, dans laquelle il évoquait son envie d'entreprendre un projet spatial de grande envergure. Il l'a fait supprimer depuis, mais je l'avais retrouvée grâce à un pirate qui avait fouillé les archives de la chaîne de télévision où elle avait été diffusée à l'époque. Je ne sais pas pourquoi il a ensuite fait en sorte d'étouffer ces déclarations de jeunesse. Est-ce parce qu'il a jugé qu'elles pourraient nuire à son image ? Ou parce qu'il comptait poursuivre le projet en sous-marin ? Je n'ai pas la réponse. En tout cas, voilà le lien que je peux établir entre Dust et votre Dewolf.

— Merci beaucoup, Stef. Tu sais que le temps est compté. Je dois te laisser. Prends soin de toi, on se rappelle très vite, dit Armand en raccrochant.

Puis il se tourna vers Felicia et Arthur Blake.

— Alors, qu'en pensez-vous ? demanda-t-il.

— Qu'Helen Dewolf soit connectée ou non à Dust, se lança Felicia, je ne vois qu'elle pour commander ceux qui ont tué Adhemar et qui nous traquent. Elle travaille pour le Pentagone, qui est lié à l'armée, et donc aux deux militaires qui ont été missionnés pour nous exécuter.

— Il nous faut des preuves, ajouta Armand. La seule façon de les obtenir serait de la faire avouer, mais je n'ai pas la moindre idée d'un plan pour y parvenir. Il faut mettre de côté cette piste et nous concentrer sur ce qui est à notre portée. À savoir : à quoi correspondent les coordonnées de la capsule.

— Je suis d'accord avec toi, approuva Felicia. Monsieur Blake, il n'existe donc pas une seule antenne que vous pourriez réorienter sans que le Pentagone s'en rende compte ?

Arthur Blake frotta ses deux touffes de cheveux.

— Laissez-moi réfléchir… Il y aurait bien une solution… Mais c'est un pari risqué…

— Dites-nous tout, monsieur Blake, le pressa Armand.

— Il existe un réseau de soixante-quatre antennes disposées les unes à côté des autres… Si l'une d'entre elles bougeait, parmi toutes, on pourrait croire à un problème technique et non à une manipulation humaine… Mais il faudrait aller sur place.

— Où se trouvent-elles ? s'enquit Felicia.

Le directeur du SETI leva les sourcils, l'air embarrassé.

— C'est loin…

— Où ? insista-t-elle.

— Dans le parc national de Meerkat, en Afrique du Sud.

Felicia croisa le regard écarquillé d'Armand.

— Et vous nous aideriez à réorienter l'une de ces antennes ? demanda la jeune experte refusant de se laisser décourager.

— On peut essayer, mais vous aurez besoin d'un ordinateur portable puissant, d'un câble Ethernet catégorie 8, d'une bande passante de 1 gigahertz avec chaîne de classe I pour un débit de 40 gigabits, un câble coaxial UHF et de tournevis.

— À part les tournevis, je ne comprends rien à ce jargon, mais il me semble que l'on ne trouvera jamais ce matériel sans aide, remarqua Felicia.

— Je peux vous le fournir. Laissez-moi une demi-journée pour tout rassembler, répondit Arthur Blake.

— Une fois équipés, que devra-t-on faire ? demanda Armand.

— Allez-y de nuit, ce sera plus facile de vous approcher du site, qui est gardé. Quand vous serez au pied d'une des antennes, n'importe laquelle, appelez-moi, et je vous guiderai.

— Pourvu que votre idée porte ses fruits…, murmura Felicia.

Arthur Blake, les yeux dans le vague, rêvant sans doute aux étoiles, déclara comme pour lui-même :

— J'espère qu'on entendra quelque chose d'au moins aussi puissant que le signal Wow…

Felicia se figea.

— Pardon ? dit-elle. Vous avez dit… « le signal Wow » ?

— Oui, c'est du langage de spécialiste pour parler de…

— De ça ? demanda la jeune femme en sortant de son sac à dos la feuille marquée de l'exclamation et de la séquence « 6EQUJ5 ».

Arthur Blake sursauta.

— Ne me dites pas que c'est l'original ?

— On n'en est pas sûrs, mais c'est fort probable.

— Où l'avez-vous eu ?

— Nous l'avons trouvé chez Adhemar de Castelmore. Qu'est-ce que c'est ?

— Je me demande comment Adhemar se l'est procuré… Nous l'avions perdu. Eh bien, vous tenez dans vos mains le trophée du SETI et l'un des plus grands mystères de l'humanité.

— C'est-à-dire ? À quoi correspondent ces lettres et ces chiffres ?

— Cette séquence est la transcription d'un signal radio exceptionnellement puissant en provenance de l'espace et capté le 15 août 1977 par l'un des radiotélescopes de l'université de l'Ohio.

— D'où venait-il ? renchérit Felicia.

— On n'a jamais pu en expliquer l'origine. Il a duré soixante-douze secondes et a ensuite disparu sans qu'on puisse le retrouver.

— En quoi est-il si particulier ?

— Je vais tenter de vous expliquer cela simplement. En dirigeant des antennes vers le ciel, on capte toutes sortes d'ondes qui, rassemblées, finissent par former un bruit diffus de l'espace. Aussi, tous les jours depuis des dizaines d'années, les antennes du SETI captent une espèce de bruit de fond qui oscille entre les valeurs 2 et 3. Dès qu'on dépasse 5, on est au-delà de la normalité. Et quand on arrive à 10, on passe aux lettres de l'alphabet. Donc B correspond à 11, C à 12, etc. Et lors de ce fameux signal Wow, on était à 6EQUJ5 ! C'est-à-dire que, dès le départ, il a franchi la barre du 5, puis c'est monté jusqu'à une puissance de U, soit une valeur de 30 ! Qu'est-ce qui a bien pu émettre un signal aussi intense ? Rien de ce que l'on connaît dans l'espace n'est capable d'une telle force. Vous comprenez à présent la valcur de ce document ?

— C'est fascinant, répondit Felicia. Je comprends aussi pourquoi Adhemar de Castelmore voulait ménager un effet de surprise avant de présenter cette feuille à ses amis…

— L'astrophysicien qui était en poste au moment de la réception du signal ne s'y est pas trompé. Il a été tellement surpris par l'intensité de la réception, qui correspondait exactement à ce que l'on pouvait espérer dans le cadre du projet SETI, qu'il l'a entourée au stylo rouge et a noté dans la marge ce commentaire : « Wow !! »

— Merci beaucoup pour ces éclaircissements, monsieur Blake.

— Je vous en prie. Donnez-moi votre numéro de téléphone, que je puisse vous appeler quand j'aurai tout le matériel.

— Il nous faut aussi des faux papiers, dit Armand. On peut être sûrs que l'unité du Pentagone qui nous traque contrôle les frontières. Merci pour votre aide.

Armand et Felicia prirent congé et rejoignirent la sortie de l'université où se trouvait leur voiture, sans jamais cesser de surveiller leurs arrières.

24.

En sortant du SETI, Armand contacta un faussaire d'Atlanta. Cet ancien indic lui donna le nom et le numéro d'une personne capable de lui faire de faux papiers à Los Angeles. Avant de se rendre dans la Cité des Anges, ils retrouvèrent Arthur Blake, qui leur fournit comme promis tout le matériel nécessaire, puis se mirent en route.

— Donnez-nous un numéro où il soit possible de vous appeler en toute sécurité, lui dit Felicia. Afin que vous puissiez nous guider lorsque nous serons sur place.

Arthur Blake tira un stylo de la poche intérieure de sa veste et nota un numéro sur le calepin de Felicia.

Ils saluèrent le directeur du SETI et remontèrent dans leur voiture. En chemin vers Los Angeles, Felicia appela Enguerrand de Castelmore.

— Oui, Felicia, je vous écoute, répondit le fils d'Adhemar. Comment allez-vous ?

— La situation est très tendue, mais nous sommes en vie.

Felicia hésitait sur la façon de présenter les choses. Elle opta pour la voie directe.

— Nous avons retrouvé la trace de David Vermont dans une cabane perdue au milieu de la forêt. Il s'y est réfugié pour échapper aux mêmes personnes qui ont provoqué l'accident de voiture. Edgar Fallow était avec lui.

— Quoi ? Edgar est vivant ?

— Il a réussi à s'extirper de la carcasse de la voiture et s'est rendu à la cabane de David. Il n'est en rien responsable du drame qui a fauché votre père et ses deux amis. Il aurait pu y rester, lui aussi.

— Sa famille va connaître un vrai miracle. Elle a bien de la chance… David vous a-t-il expliqué pourquoi ils avaient quitté le manoir pour se rendre à l'ITCS ?

— Oui, David Vermont leur a fait parvenir un messager, comme votre majordome nous l'a en effet raconté, car une capsule temporelle très particulière avait été retrouvée et transmise à l'ITCS. Elle avait été enterrée dans les années 1960 par un groupe appelé les Sentinelles. David comptait partager la découverte avec votre père et ses amis. Mais, apprenant qu'ils étaient pourchassés, il a fui dans sa cabane en emportant avec lui la fameuse capsule.

— Mon père a perdu la vie pour une capsule temporelle… Sa passion pour sa collection l'aura perdu.

— Enguerrand, je sais bien que rien ne pourra apaiser votre chagrin, mais cette capsule contenait bien plus qu'un objet rare. À l'intérieur se trouvent des coordonnées spatiales qui pourraient peut-être prouver l'existence d'une vie extraterrestre. Nous sommes d'ailleurs allés jusqu'à Berkeley rencontrer Arthur Blake, le directeur du SETI… Vous voyez de quoi il s'agit ?

— Oui, le programme de recherche sur la vie extraterrestre intelligente. Mon père l'a beaucoup financé. J'ai peine à croire tout ce que vous m'expliquez, Felicia…

— Je comprends, cette enquête donne le vertige ! Concernant les responsables de l'accident, nous avons une piste : une certaine Helen Dewolf, ancienne directrice du SETI. Et qui dirige aujourd'hui une unité de recherche extraterrestre au Pentagone.

— Helen Dewolf… Ça ne me dit rien, et je n'ai pas vu non plus son nom dans les papiers de mon père que je suis en train de classer.

— Elle a probablement côtoyé Everick Dust durant sa carrière.

— Le milliardaire ?

— Lui-même. Vous le connaissez ?

— De nom, comme tout le monde, mais mon père a croisé son chemin à quelques reprises.

— Cet homme ne cesse de ressurgir au cours de nos recherches. Armand a mis une journaliste d'investigation sur le coup pour fouiller de ce côté-là.

— Une journaliste ? Vous voulez rendre tout cela public ?

— Nous pensons que c'est la seule façon de briser le cercle infernal dans lequel nous sommes. Mais pour qu'un article ait de l'impact, il nous faut des preuves qui incriminent directement Helen Dewolf et trouver jusqu'où mènent les coordonnées contenues dans la capsule temporelle.

— Oui, je comprends, mais tout cela me paraît très dangereux, Felicia. Bien plus qu'expertiser quelques objets dans le manoir de mon père…

— Oui, mais il n'est pas moins périlleux d'attendre que toute cette histoire se règle par miracle.

— Et où êtes-vous, à présent ?

— En route pour Los Angeles, mais on se prépare à rejoindre l'Afrique du Sud.

— Pardon ? Los Angeles puis… l'Afrique du Sud ? Mais qu'allez-vous faire là-bas ?

— Orienter une antenne vers les coordonnées retrouvées dans la capsule.

— Quel courage vous avez, Felicia. Le père de Borderive et vous avez ma reconnaissance éternelle. Tenez-moi au courant. Autre chose : avez-vous besoin d'argent liquide pour qu'aucun de vos paiements ne puisse être tracé ?

— Je dois admettre que ce ne serait pas du luxe.

— Je vous organise un dépôt de 30 000 dollars à retirer dans une agence de transfert monétaire à Los Angeles.

— Merci beaucoup. Un dernier point : nous avons identifié le thème de la soirée de votre père.

— Ce dernier soir où j'aurais pu le voir encore vivant… Pardonnez-moi, je vous écoute…

— C'était l'exploration spatiale. La séquence « 6EQUJ5 » est la retranscription d'un puissant signal capté par les antennes du SETI en 1977 et dont on n'a jamais identifié l'origine. Le micro-casque est celui *via* lequel Armstrong a prononcé sa célèbre phrase. Le marteau a servi à faire une expérience sur la gravité sur la Lune, et la pierre est justement un échantillon de roche lunaire. Votre père et ses invités avaient encore fait de très belles trouvailles.

— Merci de prendre le temps de m'expliquer tout cela, Felicia, c'est important pour moi de connaître la vérité. Et puis, savoir ce qui passionnait mon père avant de mourir me permet de le faire vivre encore un peu. Surtout, soyez prudents.

— On a appris à l'être. À plus tard.

Une poignée d'heures plus tard, Felicia et Armand retiraient l'argent liquide transmis par Enguerrand et payaient le faussaire pour récupérer leurs nouveaux passeports aux noms de Sandra Killick et d'Esteban Perez.

Ils laissèrent leur voiture dans la rue et prirent un taxi pour l'aéroport où Felicia avait réservé deux billets pour Le Cap. Un point de départ plus proche que Johannesburg pour le parc de Meerkat. Dans les boutiques de leur terminal, ils s'équipèrent de chaussures de marche d'été, de pantalons cargo, de tee-shirts, de casquettes, puis, une fois les contrôles passés sans encombre, ils s'installèrent dans leur siège.

Quand les moteurs se mirent en marche, Felicia remarqua qu'Armand resserrait ses doigts autour de ses accoudoirs en fixant un point droit devant lui. Délicatement, elle approcha sa main et la fit glisser sur la sienne. Sans bouger la tête, le prêtre coula un regard surpris vers la jeune experte. Elle lui sourit, espérant lui apporter un peu de réconfort dans ce moment qui lui était visiblement pénible.

L'avion se positionna en début de piste et les réacteurs montèrent en puissance, jusqu'à ce que l'engin gagne de la vitesse et s'arrache du sol. La main d'Armand se crispa, et Felicia la caressa de la pulpe de son pouce. Elle continua ainsi, sans un mot, pendant toute la durée de l'ascension. Et quand enfin l'appareil se stabilisa, elle sentit Armand se détendre. Elle retira doucement sa main, mais le prêtre la rattrapa et la replaça là où elle était une seconde plus tôt.

— Pourquoi pas, dit Felicia. Mais je risque quand même d'en avoir besoin à un moment ou un autre sur les vingt heures de voyage.

— Je te prêterai la mienne.

Felicia sourit, mais son inquiétude reprit vite le dessus.

— Tu penses vraiment que, en orientant une antenne dans la direction des coordonnées de la capsule, on va parvenir à intercepter un signal… extraterrestre ?

— Je reconnais que j'ai du mal à y croire, mais, comme toi, j'ai entendu ce qu'Arthur Blake a expliqué sur les probabilités d'existence d'une autre forme de vie dans l'Univers… Et je commence à me dire que…

Armand ne termina pas sa phrase.

— Que se passe-t-il ? le relança Felicia.

— Je me pose une question. Si on découvre une civilisation extraterrestre, ces êtres vivants auront-ils aussi des croyances religieuses ? Et lesquelles ? Et essaieront-ils de nous les imposer comme certains d'entre nous essaieront peut-être de leur imposer les nôtres ? Et si on découvrait que ces êtres avaient créé l'Univers, est-ce qu'ils remplaceraient les divinités du monde entier ? Comment réagiraient toutes celles et tous ceux pour qui le monde a été créé par le Dieu de nos grands textes sacrés ?

Felicia regarda Armand avec un mélange d'étonnement et d'admiration. C'était exactement ce qu'elle cherchait chez l'autre : l'audace de la pensée, l'imagination, la mise en mots du champ des possibles, si improbable soit-il.

— Et toi, qu'en penses-tu ? la questionna-t-il.

— J'ai envie d'y croire. Oui, je pense que c'est possible, qu'on est sur le point d'intercepter un signal. Mais je ne sais pas comment je vais réagir…

— Ce dont je suis sûr, c'est qu'on devra être en possession de tous nos moyens. Donc, reposons-nous un peu.

Felicia laissa tomber sa tête sur l'épaule d'Armand et ferma les yeux. Pendant presque une journée entière de voyage, elle se sentit protégée de tout, à l'abri du danger qui pourtant n'avait cessé de peser sur eux.

Quelques minutes avant d'atterrir, émergeant de sa somnolence, elle regarda par le hublot et vit l'océan Atlantique sud lécher de ses longues vagues la côte africaine, et la ville du Cap s'avancer dans la mer. Presque par réflexe, elle reprit la main d'Armand, qui se laissa faire sans sourciller. L'avion entama sa descente et, bientôt, les roues touchèrent terre.

Après avoir atterri et être sortis de l'avion, ils louèrent une Jeep et se préparèrent aux sept heures de route qui les séparaient du parc national de Meerkat, au nord du Cap. Ils achetèrent de l'eau et de quoi manger. Puis ils prirent place dans le 4 × 4 qu'ils avaient loué, Armand derrière le volant, Felicia sur le siège passager.

Ils circulèrent dans la poussière de la ville pendant une petite demi-heure avant de traverser un quartier où les murs des maisons étaient roses, verts, jaunes ou violets, formant un kaléidoscope de couleurs vives frappées par le soleil.

Felicia se laissa bercer par le bruit du moteur et la chaleur qui entrait par la fenêtre entrouverte. Les yeux clos, elle somnola de nouveau jusqu'à ce qu'un nid-de-poule ne la réveille. Elle ouvrit les yeux et fut subjuguée par le spectacle.

À perte de vue s'étendait une terre ocre lardée de broussailles desséchées, tels des coraux terrestres. Il était près de 16 heures, et l'air brûlait. Il faisait si chaud que les pierres qui jonchaient le sol semblaient être les vestiges de rochers fendus par la chaleur ardente. Le souffle désormais incandescent qui entrait par la fenêtre était à peine respirable. Comme si la savane entière n'était qu'à un demi-degré de l'embrasement. Des vapeurs ondoyantes et floues montaient du sol en déformant l'atmosphère.

Felicia se redressa sur son siège et avala une gorgée d'eau avant de tendre la bouteille à Armand.

— Merci, dit-il. Regarde, là…

Felicia ne les vit pas tout de suite, leur pelage se mêlant aux nuances fauves du paysage. Mais, quand l'une des gazelles bougea, la jeune femme prit la mesure du troupeau. Toutes avaient tourné leur tête cornée en direction de la voiture, la suivant de leurs yeux en amande ourlés de noir. Même de loin, on pouvait admirer la finesse du dessin de leur fourrure. Celle du dos était beige, tandis qu'une virgule plus foncée délimitait leur ventre, d'un blanc d'albâtre, qui paraissait aussi doux que du velours.

Un peu plus loin, sur un monticule de terre, dressé sur son arrière-train, les deux pattes avant pendant sur son ventre, la truffe pointue tendue au vent, l'œil vif, un suricate faisait le guet. Sa tête tournait de gauche à droite comme un périscope, et sa vigilance contrastait avec la joyeuse agitation de ses confrères vaquant à leurs occupations autour de lui.

— « *Meerkat* » veut dire « suricate », déclara Armand.

— Tu pourrais être guide, répondit Felicia en mimant une admiration exagérée. Non, vraiment, tu es intarissable !

— Oui, je sais, et encore, je parle moins pour économiser ma salive, aujourd'hui.

Felicia sourit et remercia intérieurement Armand de s'efforcer de faire comme si tout était normal. Ni l'un ni l'autre n'était dupe, mais ces petits moments de complicité volés à la pesanteur de leur nouvelle existence leur étaient essentiels.

— Il nous reste quatre heures de route avant d'arriver aux antennes. On y sera donc pour environ 20 heures. On devra s'arrêter bien avant et attendre la nuit complète pour s'y rendre à pied.

— De nuit, à pied, dans la savane…

— Oui… On devra être très prudents. Mais on n'a pas le choix, si on veut accéder à cette antenne.

Ils poursuivirent la route en silence. Dans le tréfonds de son intime conscience, Felicia sentit que, malgré le stress et la menace qui pesaient sur eux, elle prenait un certain plaisir à voyager aux côtés d'Armand. Elle avait l'impression de le connaître depuis toujours… La pensée fut fugace, bien vite recouverte par ses préoccupations du moment, qu'elle partagea avec Armand.

— Je repensais à ce que Stefany nous a dit à propos d'Everick Dust et du projet spatial auquel il a fait allusion dans l'interview qu'il a voulu supprimer. Comme Helen Dewolf et lui semblent se connaître, sans doute ce projet avait-il un lien avec la vie extraterrestre, non ? Après tout, cette femme était directrice du SETI.

— Sa fortune lui permettrait sans doute, en tout cas, de lancer son propre satellite d'écoute spatiale, répondit le prêtre.

— Je me pose une autre question : Everick Dust et Helen Dewolf se côtoient-ils toujours ? Si c'est le cas, le milliardaire est-il au courant des crimes qu'elle a commis, ou très probablement commis ?

Armand donna un coup de volant pour éviter un nid-de-poule sur la piste de terre.

— Veux-tu suggérer que Dust pourrait être impliqué dans le meurtre des collectionneurs et les tentatives d'assassinat contre David Vermont et nous-mêmes ?

— Cela peut paraître fantasque, admit Felicia, mais imaginons que les coordonnées contenues dans la capsule soient bien cruciales pour la question de la vie extraterrestre. Un type comme Dust, visiblement passionné par la question spatiale, pourrait souhaiter coûte que coûte mettre la main dessus…

— En effet, mais quel intérêt Dewolf aurait-elle à l'informer de l'existence de ces coordonnées ? réfléchit Armand. Il lui aurait promis quelque chose en échange ? Mais quoi ?

— Ce serait une très bonne question si on pouvait d'abord confirmer ces hypothèses… Mais ce ne sont que des théories.

— On verra ce que Stef dégotera sur Dewolf. Peut-être qu'elle établira un lien plus précis avec Dust. Pour le moment, restons concentrés sur notre objectif : que peuvent nous révéler ces fameuses coordonnées ?

Felicia ouvrit un peu plus la fenêtre. Le soleil s'était mis à décliner, et la chaleur cuisante de l'après-midi laissait peu à peu place à une brise tiède, réconfortante.

Quand enfin le soleil disparut à l'horizon après avoir enflammé les terres, la fraîcheur de la nuit envahit l'air. Et ce fut dans la pénombre que leur GPS leur indiqua qu'ils étaient à tout juste deux kilomètres des antennes. Armand ralentit, puis coupa le moteur. Il empoigna une paire de jumelles et regarda droit devant lui avant de les donner à Felicia.

— Elles sont éclairées. Je les vois, dit-elle.

Au beau milieu de ce désert de taillis, à des heures de toute civilisation, des dizaines de paraboles de la taille d'un immeuble de trois étages tendaient leur coupole vers le ciel nocturne. De loin, elles ressemblaient à des oreilles géantes sorties du sol pour que la Terre puisse écouter l'Univers.

25.

Felicia et Armand attendirent encore une heure dans la Jeep, que la nuit soit complète et la lune, levée.

— On y va ? lança le prêtre.

— Oui, on y voit assez pour se déplacer sans lampe-torche.

Felicia sortit du véhicule et fut hypnotisée. Depuis l'intérieur de la voiture, elle avait bien aperçu les étoiles dans le ciel, mais elle n'avait pas pris la mesure du spectacle qui se jouait au-dessus de leur tête. Éparses au bord de l'horizon, les étoiles se faisaient de plus en plus nombreuses au fur et à mesure qu'elles se rapprochaient du centre de la voûte céleste. Jusqu'à s'amasser dans une telle profusion qu'au scintillement blanchâtre se mêlaient d'hypnotiques nappes de couleur bleutée et violette.

— La Voie lactée, murmura Armand.

— C'est la première fois de ma vie que je la vois comme ça, articula Felicia.

C'était également la première fois de sa vie qu'elle prenait conscience de l'Univers de façon aussi physique.

La première fois qu'elle avait l'impression de faire partie de l'infini.

Trop troublée pour se presser, elle demeura au moins cinq minutes à s'enivrer de cette scène et à écouter les émotions qui traversaient son âme. À ses côtés, Armand semblait absorbé dans la même contemplation.

Au loin, le jappement d'un animal les tira tous deux de leur extase. Felicia renoua avec la réalité et se rappela qu'elle foulait le sol de la savane africaine.

Si la nuit avait apporté de la fraîcheur, la terre exhalait encore la chaleur qu'elle avait accumulée pendant la journée. Dans l'air flottaient des parfums d'herbes sèches, de poussière sablonneuse, mais aussi quelque chose de plus entêtant, de presque inquiétant. Felicia mit un peu de temps à se rendre compte qu'il s'agissait de l'odeur du fauve. À l'image des félins, elle était là, insaisissable, comme tapie dans les bosquets grillés par le soleil.

Armand la rejoignit. Un fond diffus de bruits d'insectes emplissait l'atmosphère, parfois troublé par un cri d'animal ou le froissement lointain d'un feuillage.

— Qu'est-ce qu'on entend ? chuchota Felicia. On dirait des branchages arrachés.

— Probablement un éléphant qui se nourrit, la rassura Armand. On avance.

Ils marchaient côte à côte, prudemment, foulant la végétation qui craquait sous leurs pas, les insectes cessant de grésiller à leur approche pour reprendre leur concert une fois qu'ils étaient passés. Parfois, des herbes plus hautes frottaient contre leurs pantalons à hauteur de la taille, leur rappelant que n'importe quelle bête pouvait se mouvoir dans les ombres alentour. Alors ils s'arrêtaient, épiant la vie nocturne pour s'assurer que son pouls ne s'était pas accéléré ou au contraire suspendu de façon anormale. Ils évoluèrent ainsi pendant vingt minutes, jusqu'à ce qu'ils s'accroupissent soudain comme un seul homme : les phares d'une voiture venaient de percer la nuit.

— Les gardiens, souffla Armand.

Le véhicule continua son chemin en tournant autour du champ d'antennes.

Felicia et Armand se redressèrent et, cette fois, accélérèrent le pas.

— On va choisir une parabole qui se trouve au milieu du site, annonça Armand.

Puis il s'empara de la main de Felicia, et tous deux se déplacèrent le buste courbé pour se rapprocher le plus discrètement possible de leur objectif.

Ils atteignirent une première antenne et remarquèrent que, tout autour, la terre de la savane avait été remplacée par un dallage bétonné. Ils contournèrent cet espace un peu trop dégagé en gardant un œil sur les phares de la patrouille qui, pour le moment, était encore loin.

— Cette antenne, là-bas, murmura Armand.

Felicia leva le pouce pour lui signifier son accord et, une poignée de minutes plus tard, ils posaient un genou à terre au pied du pylône de la haute parabole.

Armand sortit l'ordinateur portable de son sac à dos et tendit le téléphone à Felicia.

— Tu appelles Arthur Blake ?

La jeune femme composa le numéro que le directeur du SETI leur avait donné.

On décrocha après deux sonneries.

— Oui ?

La voix était inquiète.

— C'est Felicia, on est au pied d'une des antennes. Que doit-on faire ?

— Vous y êtes donc arrivés… Bon… Donc… Euh…

Felicia sentit qu'Arthur Blake tentait de canaliser son stress.

— Monsieur Blake, je ne pense pas qu'on aura toute la nuit pour agir, je vous écoute.

— OK, alors, sur le pylône, vous allez voir une plaque, à peu près à hauteur du regard. Dévissez-la.

Felicia transmit la consigne à Armand, et le prêtre s'exécuta.

— OK, c'est fait. Et maintenant ?

— Trouvez le port Ethernet et branchez-y le câble relié à votre ordinateur. Fixez le câble coaxial sur l'autre sortie.

Armand obtempéra. Au bout de quelques secondes, une fenêtre s'ouvrit sur l'écran du portable. En haut à gauche, un curseur clignotait, la machine attendant qu'on lui donne une instruction.

— C'est bon ? demanda le directeur du SETI d'une voix fébrile.

— Oui, répondit Felicia.

Les phares de la patrouille se rapprochaient. Elle tapa sur l'épaule d'Armand et désigna le véhicule du menton.

— On continue, chuchota le prêtre.

— Ensuite, que doit-on faire ? demanda Felicia à Arthur Blake.

— Je viens de vous envoyer sur votre téléphone la ligne de code qu'il faut taper pour accéder au moteur de l'antenne.

Felicia montra à Armand le message que le directeur du SETI venait de leur faire parvenir. Il entra les données, puis appuya sur « Entrée ». Deux secondes plus tard, un « clac » retentit, comme si un ressort s'était détendu à l'intérieur du pylône de l'antenne.

— Vous avez dû entendre un bruit, non ? interrogea Arthur Blake.

— Exact ! s'exclama Felicia. Et maintenant ?

Le temps que le directeur du SETI réponde, la voiture de la patrouille semblait s'être arrêtée à une vingtaine de mètres d'eux.

— Entrez les coordonnées spatiales de la capsule !

Armand surveillait par-dessus son épaule l'avancée du ou des gardiens du site.

— Je me charge de faire le guet, lui chuchota Felicia. Tape les coordonnées !

Le prêtre pianota sur le clavier à toute vitesse. Et, dès qu'il eut fini, l'antenne émit un gémissement métallique et commença à se réorienter.

— Hey ! lança une voix en provenance de la voiture. Qui va là ?

Armand rabattit à moitié l'écran du portable et imita Felicia qui venait de se coucher sur le sol. Au-dessus d'eux, l'antenne se stabilisa dans un claquement sec. Au loin, on entendit des pas approcher.

— Il faut y aller…, chuchota Felicia.

— On n'aura pas de seconde chance, répliqua Armand.

Le ventilateur de l'ordinateur portable se mit en marche, alors que l'écran se remplissait d'une longue séquence de lettres à laquelle Felicia ne comprenait rien.

— Reste ici, ordonna Armand en lui tendant l'appareil.

Elle voulut l'arrêter, mais il s'était déjà levé et fonçait droit en direction de la voix qui les avait interpellés.

— Alors ? demanda Arthur Blake dans le téléphone.

Felicia raccrocha sans donner d'explications. Ce n'était pas le moment de discuter. Elle consulta l'écran qui affichait un bloc de texte au bout duquel clignotait un curseur, comme pour indiquer que le téléchargement était achevé. Elle ferma aussitôt l'ordinateur portable. Elle débranchait le câble Ethernet quand elle entendit des bruits de lutte à quelques mètres. Puis Armand réapparut hors des broussailles.

— Je l'ai neutralisé, mais j'ignore pour combien de temps ! cria-t-il en saisissant la main de la jeune femme.

Ils coururent à travers la savane en direction de leur voiture, faisant crisser les épines et les herbes sèches. Leurs yeux scrutaient la nuit éclairée par la pleine lune, et leur souffle haletant se mêlait aux bouffées de chaleur qui provenaient du sol.

— Là ! s'exclama Felicia en devinant la silhouette de leur véhicule.

Armand bondit derrière le volant et démarra en laissant à peine le temps à Felicia de se jeter sur la place du passager. Elle claqua la portière alors que le 4 × 4 était déjà secoué par les chaos de la piste. Le prêtre roulait sans les phares et ne pouvait anticiper les aspérités du chemin.

— Alors, ça a fonctionné ? demanda-t-il.

Felicia rouvrit l'ordinateur portable sur ses genoux et redécouvrit le message capté par l'antenne :

Kmal esyo hum el mœh kos mal ab arva bulb av boxi hav karm caol kurv garu dumv ja-k̥o pele t̥uba wete k̥aλai palhʌ-k̥ʌ na wetä K̥elHä wet̥ei ʕaK̥aK̥kähla śa da a-k̥ʌ eja älä buŕu aw mo me mœ mœho. Minha Kuan mena ompa tor teku puan nanti mena tsuma kati cunga bu raja kila brud mogu nigi kliaha poana gruk muho bodrak aqwa paderl oklaho tosmoa rety kwe uuku agu axko oko hoko yaku aiga ferip plokiu shalik aksa mokal tsimua tuxoia buŕu waka agul terena newari yugom newari skol lipiure ofdorak flafco yeminare boxal dagliarik karmacaol maekwa wetei kum arvabul wetkos esyomid caolcoa mo ma mekmal bure tubok galgadoa iema jako sakahala mi mo agalc kena kolkor temiulk urug cruk...

Décontenancée, elle tourna l’écran vers Armand.

— Je ne connais pas cette langue, s’étonna-t-elle. Alors que j’en ai identifié de nombreuses lors de mes expertises. Ça te dit quelque chose ?

Armand jeta un coup œil.

— On dirait un code.

Felicia composa sans attendre le numéro d’Arthur Blake.

— Ah, enfin ! s’exclama le directeur du SETI. Qu’est-ce qui s’est passé ? Vous avez capté quelque chose ?

— Oui, on a ce qui pourrait ressembler à un texte incompréhensible. Sans doute un message codé.

Felicia patienta une poignée de secondes avant d’entendre la voix d’Arthur Blake.

— Vous avez… vraiment intercepté un message ?

— Oui.

— Mais c'est prodigieux ! Mon Dieu, je n'arrive pas à y croire… Attendez, je m'assois.

Felicia prit le message en photo et l'envoya à Arthur Blake.

— Je viens de l'envoyer sur votre téléphone. Vous l'avez reçu ?

— Oui, attendez, je regarde !

L'attente dura bien une vingtaine de secondes. Puis le directeur reprit la parole.

— C'est brillant !

— Qu'est-ce qui est brillant ? répliqua Felicia.

— La langue dans laquelle le message a été rédigé !

— De quel langage s'agit-il ?

— C'est en langue mère, ou en langue originelle, si vous préférez.

Felicia pensait savoir à quoi le directeur du SETI faisait allusion.

— La langue primordiale des humains, à partir de laquelle seraient nées toutes les langues de tous les peuples ?

— Oui ! Celle-là même qui est née il y a cent mille ans.

Felicia regarda d'un autre œil le texte affiché sur l'écran.

— Mais vous comprenez ce qui est écrit ? demanda-t-elle.

— Non, j'en suis bien incapable. J'ai juste reconnu certaines syllabes parce que, par le passé, nous avons évoqué l'idée d'envoyer un message dans l'espace en langue mère afin de représenter tous les peuples vivant sur Terre.

— Mais connaissez-vous une personne qui pourrait traduire le texte ? demanda Felicia.

— Oui, la seule qui en soit capable : Meredith Brunen, la directrice du projet « Mémoire de l'humanité ».

— Ça me dit quelque chose… S'agit-il du projet d'archivage de tout le savoir humain sur des tablettes d'argile ?

— Oui, c'est bien cela, confirma Arthur.

— Donnez-nous l'e-mail de cette Meredith pour que je puisse lui transmettre tout de suite le message, proposa la jeune femme.

— Aucune chance.

— Pourquoi ?

— Meredith n'a pas d'adresse e-mail, et pas de téléphone non plus. Ni portable ni fixe. Elle déteste tout ce qui touche à la technologie. D'où son projet de graver toute la connaissance de l'espèce humaine sur des supports physiques, et surtout pas par le biais du numérique, voué à l'obsolescence. Pour la joindre, il faut lui envoyer une lettre par la poste… ou aller la voir directement chez elle. Ce qui n'est pas désagréable, car c'est une femme charmante et en qui on peut avoir une confiance absolue. Mais il y a un hic…

— Je vous écoute ?

— Meredith habite en Autriche, au pied des montagnes, juste à côté de l'entrée de la mine de sel de Hallstatt.

— Si j'ai bien compris, nous sommes donc obligés, à présent, de nous rendre en Europe, conclut Felicia.

En guise d'acquiescement, Armand accéléra à plein régime à travers la savane.

26.

Dans le hall de l'aéroport, Armand récupéra les billets d'avion qu'il venait d'acheter et tendit le sien à Felicia. Le décollage était imminent. Ils rejoignirent à la hâte leur porte d'embarquement, montèrent dans l'avion et s'installèrent bientôt sur leur siège, en direction d'abord de Berlin pour une escale, puis de Salzbourg.

— J'ai du mal à prendre conscience que l'on se balade avec un message venu d'une civilisation extra-terrestre, murmura Felicia.

— J'ai l'impression de transporter une relique sacrée, renchérit Armand. Une relique dont la divulgation va changer le monde à tout jamais.

Felicia regarda par le hublot à côté duquel elle était assise. Elle qui vivait pour tenir l'Histoire entre ses mains, elle possédait en ce moment même l'outil d'une potentielle révolution dans la connaissance humaine. Plus qu'historique, le moment serait une rupture épistémologique de la même puissance que lorsque l'homme avait découvert que la Terre n'était pas au centre de l'Univers, ou qu'elle était le résultat d'une évolution et non d'une création. Peut-être que les noms Armand de Borderive et Felicia Duplessis seraient associés à cette découverte pour la postérité. À moins qu'ils n'échouent en cours de route et que le message meure avec eux.

Une hôtesse de l'air lui demanda d'attacher sa ceinture, l'arrachant à ses pensées. Elle s'exécuta, se cala dans son siège et ferma les yeux, réfléchissant à ce qu'une civilisation extraterrestre pouvait souhaiter exprimer et transmettre, dans un texte si long. Les êtres qui la composaient allaient-ils parler d'eux, expliquer qui ils étaient, où ils se trouvaient, comme une invitation à venir les rejoindre ? Expliqueraient-ils ce qu'ils attendaient de nous ? À moins qu'ils ne formulent des menaces ? Ou qu'ils fassent des révélations sur l'histoire de l'humanité ?

Elle s'endormit en ressassant toutes ces hypothèses. Ses suppositions se mêlèrent à ses rêves pour former d'étranges scènes : des extraterrestres se présentaient à elle comme ses parents et l'emmenaient vivre dans une maison où des huissiers ne cessaient de les harceler de pièce en pièce.

Quand elle s'éveilla, il ne restait plus qu'une demi-heure de vol avant Berlin. Felicia en profita pour aller se changer dans les toilettes en prévision de l'hiver qui les attendait en Autriche. Puis elle regagna son siège et encouragea Armand à faire de même.

Quand il revint, ils étaient sur le point d'atterrir. Quinze minutes après que les roues eurent touché terre, ils gagnèrent le hall d'arrivée, changèrent des dollars en euros puis prirent leur second avion qui les mena à Salzbourg en moins d'une heure. Là-bas, ils louèrent une voiture.

Aussitôt les clefs récupérées, ils montèrent dans leur véhicule afin de prendre la direction de Hallstatt.

Cette fois, c'est Felicia qui conduisit. Bien qu'il soit 9 heures du matin, elle dut allumer les phares pour chasser la pénombre brumeuse. Pendant une cinquantaine de kilomètres, elle suivit une route longée de plaines, puis des montagnes s'élevèrent au loin. Les alentours prirent alors des allures de pâturages nappés de neige d'où dépassait parfois le toit d'ardoise d'un chalet. Des forêts de sapins saupoudrés de flocons grimpaient vers les flancs montagneux, et la route longeait le rivage d'un grand lac dans lequel se miraient les sommets enneigés.

Ils poursuivirent le chemin dans ce décor de basse montagne, s'engouffrèrent dans un tunnel et furent éblouis lorsqu'ils en sortirent. Le lac décrivait là un arc de cercle immense cerné par les montagnes. Hallstatt semblait recroquevillé sur une avancée de terre. Les chalets et l'église étaient si proches de l'eau que les quelques lueurs orangées qui émanaient du village se reflétaient à la surface du lac comme des braises.

— On dirait un village enchanté…, s'ébahit Felicia.

— Tu remarqueras que c'est l'église qui éclaire les maisons, commenta le prêtre en adressant un léger sourire à sa coéquipière.

Ils garèrent leur voiture sur un parking : les visiteurs devaient terminer à pied les deux cents mètres qui les séparaient de Hallstatt. À cette heure de la journée, l'endroit était désert. Armand consulta le GPS du téléphone.

— On doit traverser le village, prendre un funiculaire et aller à pied jusqu'à la mine.

— Je te suis, répondit Felicia en ajustant les lanières du sac à dos dans lequel elle avait glissé l'ordinateur portable.

Ils longèrent le lac dont les mouvements de l'eau claire n'émettaient qu'un discret clapotis. Ce bruit cristallin des vaguelettes s'échouant sur le rivage contrastait avec l'écrasante image des sommets qui se noyait dans l'onde. Pas un bateau ne troublait le miroir qui s'étendait au pied du village réfugié sur la berge comme un fagot de bois.

— C'est étrange, dit Felicia. Des fenêtres sont éclairées, mais on dirait que personne ne vit ici.

— Oui, tout paraît abandonné, comme si les habitants avaient tous fui en oubliant d'éteindre la lumière, acquiesça Armand.

Ils traversèrent le village somnolent en écoutant l'écho de leurs pas résonner contre les façades des maisons. Les murs oscillaient du jaune au rosé, dans des teintes pastel, et tranchaient avec le vert vif des vignes vierges s'enroulant autour des balcons en bois de sapin. Une fine bruine se mit à tomber.

Le visage éclairé par les lampadaires qui brillaient malgré le jour, Felicia et Armand finirent par déboucher de l'autre côté du village et virent le bâtiment abritant le funiculaire. Ils payèrent leurs tickets à un employé qui eut l'air surpris de voir des touristes, puis s'élevèrent, dans une cabine blanc et orange fixée sur un rail, vers le sommet de la montagne qui dominait le village. L'ascension dura une dizaine de minutes, au cours desquelles la nature gagnait en démesure. Voyant la vallée rapetisser, Felicia éprouva un peu plus le sentiment d'isolement qui l'oppressait depuis leur arrivée à Hallstatt. Comme s'il avait perçu son malaise, Armand se rapprocha d'elle. La jeune femme pouvait sentir la chaleur de sa main près de la sienne. Un sentiment de réconfort immédiat envahit Felicia, et elle remercia intérieurement Armand d'avoir si vite compris son angoisse.

Le funiculaire émit un claquement métallique.

— On arrive, commenta Armand.

Felicia sortit de sa rêverie aussi vivement que le froid qui entrait dans la cabine, l'air rafraîchissant aussi bien son corps que ses pensées : la température avait baissé de cinq degrés par rapport à la vallée. La jeune femme releva le col de sa parka et emboîta le pas au prêtre. Ils se trouvaient sur un plateau d'où s'élançait un promontoire à moitié suspendu dans le vide, et depuis lequel on était invité à admirer le lac en contrebas.

Felicia et Armand ignorèrent le point de vue et suivirent la direction indiquée par un panneau. Le sentier sillonnait entre les sapins et débouchait sur un espace déboisé où ils identifièrent sans difficulté la mine de Hallstatt. Au-dessus de la bouche d'entrée étaient peints deux marteaux aux manches entrecroisés. Un peu en retrait, à une trentaine de mètres, un modeste chalet recouvert de neige semblait veiller sur les lieux.

— Arthur Blake a dit que la maison de Meredith Brunen se trouvait juste à côté de l'entrée de la mine de sel de Hallstatt. Ça ne peut être que là.

La maison en bois était de plain-pied. De la lumière filtrait depuis l'une des fenêtres habillées de rideaux en dentelle. Armand alla jusqu'à la porte et frappa trois fois.

Felicia et Armand échangèrent un regard.

Quelques secondes plus tard, une vieille dame aux cheveux gris relevés en chignon chaussait ses lunettes pour observer les deux visiteurs en plissant les yeux.

— Bonjour, madame. Je m'appelle Felicia Duplessis, et voici Armand de Borderive.

— Vous venez pour « Mémoire de l'humanité » ?

— Pour tout vous dire, c'est Arthur Blake, le directeur du SETI, qui nous a aiguillés jusqu'à vous.

La vieille dame leva les yeux vers le ciel en pointant son index dans la même direction.

— Arthur Blake, c'est peut-être lui qui fera le premier la connaissance des créatures qui trouveront un jour mes tablettes…

Felicia hésita à lui dire qu'ils étaient justement là pour traduire le texte d'une civilisation extraterrestre. Mais elle ne voulait pas influencer l'archiviste.

— En tout cas, il s'y emploie avec passion, dit la jeune femme.

— Et pourquoi Arthur vous a-t-il orientés vers moi ?

— Nous aurions besoin de votre aide pour traduire un texte écrit en langue originelle.

Meredith Brunen entrouvrit la bouche et resta interloquée.

— Mais… Où l'avez-vous trouvé ? finit-elle par dire.

— C'est une histoire un peu compliquée…, commença Felicia.

— Alors, entrez, et expliquez-moi tout.

Felicia et Armand franchirent le seuil pour découvrir un intérieur envahi par les livres. Des milliers d'ouvrages s'alignaient sur des étagères, et des centaines d'autres jonchaient le sol, rassemblés en piles prêtes à s'écrouler.

— Ne faites pas attention au désordre, s'excusa la vieille dame. Je suis en plein travail… depuis vingt ans, ajouta-t-elle en adressant un sourire malicieux à ses deux visiteurs.

— Vous travaillez seule sur le projet « Mémoire de l'humanité » ?

— Non, je reçois l'aide de nombreux bénévoles soucieux, comme moi, du savoir que nous allons léguer à nos très lointains descendants.

Un jeune homme d'une petite trentaine d'années entra justement par une porte qui donnait sur le couloir.

— Tenez, quand on parle du loup… Voici Wolfgang. Il m'aide depuis deux ans à compiler toutes sortes d'informations.

Le jeune homme salua discrètement les deux invités de Meredith Brunen et sortit de la pièce.

— Mais vous n'êtes pas là pour parler de ma petite entreprise, reprit celle-ci. Montrez-moi donc ce texte. Vous m'avez intriguée.

Ils venaient d'entrer dans ce qui devait faire office de salon, à en juger par les deux canapés dissimulés sous les amas d'ouvrages.

— Allez, ouste ! lança la vieille femme en déplaçant une pile comme elle aurait chassé un chat trop envahissant.

Felicia et Armand se firent également un peu de place.

— Alors, montrez-moi ça ! s'exclama Meredith. Je vous fais peur ou quoi ?

Armand ouvrit l'ordinateur portable sur ses genoux. La vieille femme fit signe à Armand de le lui donner. Elle s'en empara, puis chaussa ses lunettes suspendues à une chaîne autour de son cou. Le nez froncé, la tête légèrement en avant, elle commença à lire.

— Oh, je n'y vois rien, sur ces écrans de malheur ! Wolfgang !

Le jeune assistant entra dans le salon.

— Oui, madame Brunen ?

— Soyez gentil, Wolfgang, imprimez-moi ce texte au nom de mes pauvres yeux.

— Bien sûr.

Armand regarda leur ordinateur partir entre les mains du jeune homme.

— Ayez confiance, Wolfgang est un ange. En attendant, il serait peut-être bon que vous m'en disiez un peu plus sur vous.

Felicia consulta Armand du regard, qui acquiesça d'un signe.

— Oui, peut-être, fit Felicia. Autant être transparents.

Elle se rappelait qu'Arthur Blake lui avait dit qu'ils pouvaient avoir pleinement confiance en elle.

— Armand et moi avons été appelés pour enquêter sur la disparition du célèbre collectionneur Adhemar de Castelmore, et…

— Adhemar ? Que lui est-il arrivé ?

— Vous le connaissez ? s'étonna Felicia.

— Évidemment ! Adhemar me fournit les éditions les plus anciennes et les plus rares de certains livres dont j'ai archivé le contenu dans la mine.

Felicia repensa à la lignée antique de chasseurs de codex dont descendait Adhemar. Le travail qu'il avait accompli pour Meredith était probablement la plus belle façon d'honorer la mémoire de ses ancêtres.

— Répondez-moi, enfin, qu'est-il arrivé à Adhemar ?

— Il a été tué dans un accident de la route de nature criminelle, intervint Armand.

— Mon Dieu…, souffla la vieille dame en portant une main à sa tête.

— Il était avec trois de ses amis, et un homme qui les conduisait. Un seul a survécu.

— Mais pourquoi les a-t-on tués ? Et qui a commis cette atrocité ?

— Adhemar et ses trois camarades s'apprêtaient à prendre connaissance du contenu d'une capsule temporelle de grande valeur, dont ils attendaient la découverte depuis des années.

— Vous voulez parler de la capsule dite « de 1961 » qui a été enterrée par les Sentinelles ?

— Vous la connaissez ? C'est incroyable ! s'étonna Felicia.

— Ce que je fabrique ici n'est rien d'autre qu'une gigantesque capsule temporelle, et je me suis par conséquent bien renseignée sur cette pratique, notamment sur l'ITCS que finançait Adhemar. Celui-ci me parlait souvent des Sentinelles et de leur découverte mystérieuse. C'était comme une obsession. Mon pauvre ami…

— Que vous a-t-il raconté sur eux ?

— Adhemar, qui avait fait des recherches, m'avait expliqué qu'il s'agissait d'un groupe de brillants scientifiques ayant travaillé au SETI et qui auraient, pour une raison inconnue, décidé de quitter l'institution pour former une espèce de confrérie de chercheurs indépendants. Certains collègues avec qui ils ont rompu tout contact sont même allés jusqu'à les accuser de dérive sectaire. Toujours est-il que, un jour, ils ont façonné cette fameuse capsule en y cachant ce qui était pour eux un secret indicible à l'époque.

— Ils sont toujours en vie ? la questionna Felicia.

— S'ils le sont encore, ils doivent être très âgés. Ils avaient déjà une trentaine d'années au début des années 1960.

— Nous avons retrouvé le message caché dans la capsule de 1961, annonça Felicia.

Meredith Brunen la regarda avec un mélange d'étonnement et d'admiration.

— Vous avez réussi ce prodige ?

— D'autres que nous, notamment David Vermont, le directeur de l'ITCS, ont fait le gros du travail. Nous n'avons fait que récolter les fruits de leur investissement.

— Alors, que contenait cette capsule ? les pressa Meredith Brunen.

— Elle abritait des coordonnées spatiales, révéla Armand.

— D'où le lien avec Arthur Blake, murmura la vieille dame.

— Nous avons orienté unc antenne du SETI vers ces coordonnées, et nous sommes parvenus à capter ce texte en langue originelle…

— Vous êtes en train de me dire que ce texte a été envoyé par une civilisation extraterrestre ?

Felicia opina du chef.

Meredith Brunen se laissa tomber contre le dossier du canapé en retirant ses lunettes.

— Vous vous rendez compte de ce que vous m'annoncez ?

— Oui, répondit Armand. Nous faisons mine d'avoir l'air calmes, mais cette découverte nous plonge comme vous dans la stupéfaction.

L'archiviste se frotta l'arête du nez avant de reprendre.

— Et donc, Adhemar n'aura jamais su la vérité sur le contenu de la capsule de 1961 cachée par les Sentinelles.

Felicia et Armand demeurèrent silencieux.

— Mais qui a pu vouloir les tuer ? reprit l'archiviste. Ils ne voulaient faire dc mal à personne. C'était une quête au nom du savoir, rien de plus.

— Une certaine Helen Dewolf semble être derrière tout cela, expliqua Armand.

— Ce nom ne me dit rien.

— Un autre est souvent revenu au cours de nos investigations. Celui d'Everick Dust.

— Everick Dust, opina Meredith Brunen. Comme c'est intéressant…

— Pourquoi ? demanda aussitôt Felicia. Vous le connaissez ?

— Moi, très peu, mais lui me connaissait bien, si j'en crois la proposition qu'il m'a faite.

— Quelle proposition ? renchérit la jeune femme, de plus en plus fébrile.

— Peu de gens savent qui est réellement cet homme et quels projets il finance avec tous ses milliards, répondit Meredith.

Felicia repensa immédiatement à l'interview de jeunesse du milliardaire.

— Poursuivez, je vous prie.

— Eh bien, depuis des années, Everick Dust a acquis la conviction que la Terre serait inhabitable en 2030.

Il a donc entrepris de lancer un programme spatial destiné à coloniser une autre planète avec une poignée d'humains triés sur le volet.

— Dust est venu vous offrir une place parmi ces élus ? reprit Felicia.

— Effectivement. Il est en train de faire construire une arche spatiale capable de transporter cinq cents personnes seulement lors d'un voyage sans retour. Pour avoir le droit de figurer sur la liste des passagers, il faut posséder un talent unique ou être à l'origine d'une découverte qui a fait progresser l'humanité…

— Il vous a choisie en raison de votre connaissance de la langue originelle ?

— Oui. Mais j'ai refusé son invitation. Je lui ai répondu que cette fuite de VIP était lâche, égoïste et contraire au principe même de l'humanité qu'il prétendait vouloir sauver. Et, pour moi, la Terre n'est pas condamnée.

Felicia serra subitement le bras d'Armand.

— Je crois que j'ai compris quelque chose, s'exclama-t-elle. Et si Helen Dewolf désirait faire partie de l'arche de Dust ? Peut-être a-t-elle promis à Dust de lui fournir une preuve de vie extraterrestre en échange de son billet pour l'arche du dernier espoir ? Ça expliquerait pourquoi elle est prête à tout, y compris à tuer, pour récupérer ces coordonnées ! C'est parce qu'elle est terrifiée à l'idée de ne pas pouvoir embarquer !

— Ça se tient, admit Armand. D'autant qu'Arthur Blake nous a bien expliqué qu'elle lui avait expressément demandé de l'informer de toute forme de découverte de vie extraterrestre dès son départ du SETI pour le Pentagone. Pentagone où elle occupe finalement la même fonction qu'au SETI, avec les moyens de l'armée en plus. C'est une quête qu'elle mène depuis des années.

— Je ne connais pas votre Helen Dewolf, mais la preuve de l'existence d'une vie extraterrestre serait tout à fait le genre de présent que Dust accepterait pour ouvrir la porte de son arche…

On toqua à la porte. Felicia sursauta. Armand se tint prêt à se lever.

— Un instant, Wolfgang.

On entendit des pas s'éloigner dans le couloir.

— Permettez-moi de vous poser une question bien plus triviale que celles que nous venons d'aborder. Mais vous m'avez dit tout à l'heure que vous aviez été appelés pour enquêter. Vous êtes donc de la police ?

— Non, pas du tout, répliqua Felicia. Je suis experte en art et Armand est prêtre et ancien policier.

— Quel drôle de duo pour tenter d'élucider la disparition de mon ami… Je pense que ça lui aurait plu !

Felicia raconta une nouvelle fois les circonstances de la demande qu'Enguerrand leur avait faite.

— Je comprends mieux. Pour rester dans les questions très terre à terre mais nécessaires, pensez-vous que votre Helen Dewolf vous ait suivis jusqu'ici ?

— Non. Si c'était le cas, je crois qu'elle ou l'un de ses sbires se seraient déjà manifestés.

Meredith Brunen hocha la tête d'un air pensif.

— Il est temps de voir de plus près le message que vous avez déniché dans les étoiles.

L'archiviste se leva et alla ouvrir la porte.

— Wolfgang, vous pouvez entrer.

L'assistant apparut et tendit une feuille de papier à sa responsable, qui s'en empara avec beaucoup de précautions.

— Si tout ce que vous m'avez raconté est vrai, ce texte est d'une valeur inouïe.

Felicia et Armand se turent, retenant leur souffle.

Les yeux usés de la vieille femme suivaient les lignes du message tandis que sa bouche formait des sons muets. Elle se concentra pendant une dizaine de minutes.

Puis elle scruta longuement Felicia et Armand. Son regard avait changé. Il avait perdu l'espèce de bonhomie qui le caractérisait.

— Je… Je vais essayer de le traduire, balbutia-t-elle, bouleversée. Laissez-moi seule.

Armand et Felicia sortirent du salon et avisèrent une porte ouverte dans le couloir qui donnait sur un bureau, dans lequel régnait le même désordre que dans le reste de la maison.

— Elle a l'air vraiment très perturbée par ce qu'elle vient de lire, fit remarquer Armand.

— Oui, quelque chose l'a remuée, confirma Felicia. Je me demande ce que ce texte raconte… Et, en même temps, il est difficile de concevoir le fait qu'il provienne des étoiles. J'essaie de ne pas le montrer, mais j'ai le vertige, Armand. Un vertige comme aucun objet ne m'en a jamais procuré.

— Ce qui nous fait peur, dans le vertige, ce n'est pas le vide, c'est de sentir qu'on pourrait se laisser aller dans l'abîme.

— Tu as raison, ce mystère m'attire, et je sens que je n'aurai à présent plus de répit avant de l'avoir résolu.

— Et nous le résoudrons. Quelqu'un te tient la main au bord du précipice, Felicia.

Armand sourit à sa compagne d'aventures, et Felicia éprouva de nouveau ce sentiment de bien-être.

— Patience, lui dit Armand.

Felicia s'installa dans le fauteuil du bureau. Elle feuilleta deux livres au sommet d'une pile. L'un parlait de biologie, l'autre d'architecture. Et, sous un amas de carnets noircis d'écritures, elle ramassa une plaquette de présentation de « Mémoire de l'humanité ». Elle la parcourut avant de lever les yeux vers Armand qui s'était adossé au mur, les bras croisés.

— Écoute, je te lis la présentation du projet de Meredith, qui me semble sacrément bien pensé : « La mission principale de "Mémoire de l'humanité" est de stocker les connaissances humaines afin de les préserver de l'oubli. Les données sont inscrites sur des tablettes de céramique, entreposées dans la mine de sel de Hallstatt. Notre dessein est d'assurer la sauvegarde de nos connaissances en réponse aux menaces diverses qui pèsent sur l'humanité : réchauffement climatique, armes de destruction massive. En cas d'effondrement systémique, notre projet pourrait aider les générations suivantes à rebâtir la civilisation et à reconstruire une mémoire collective. La mine de Hallstatt a été choisie parce qu'elle devrait rester en l'état pendant au moins un million d'années. Quant à la céramique, elle a été retenue pour sa résistance à des températures allant jusqu'à 1 200 °C, aux produits chimiques, à l'eau, aux radiations, au magnétisme, à la pression. Autant d'agressions qui anéantiraient une mémoire numérique. »

Felicia s'arrêta quelques instants et reprit.

— « Et quand bien même cette mémoire d'Internet survivrait. Que pourraient en déduire nos lointains descendants ? Partons du principe que ce qui est présent de manière élargie à une époque a beaucoup plus de chances d'être découvert des siècles plus tard. Aussi les archéologues du futur concluraient-ils alors que les humains du XXIe siècle vouaient un culte aux chats, si on se réfère au chiffre astronomique de vidéos de félins sur le Net, et à eux-mêmes, si on compte le nombre de selfies, mais qu'ils n'avaient probablement pas découvert la gravité ni décodé le génome humain, puisque les articles sur ces deux sujets sont bien moins fréquents sur la Toile. »

— J'ai toujours eu une défiance à l'égard des interprétations des historiens sur les traces laissées par les anciennes civilisations, commenta Armand.

— Je te rappelle que c'est un peu mon métier, de faire parler les objets du passé…

— Et je suis sûr que tu le fais mieux que quiconque.

Felicia sourit à Armand avant de reprendre.

— Meredith n'a oublié aucun détail : « Dès qu'un membre rejoint le projet, on lui donne un jeton sur lequel se trouve une carte de l'Europe avec la position de la mine de Hallstatt. Le nouveau membre fait alors la promesse de transmettre à ses descendants cette pièce et sa signification. Le but est de ne jamais oublier l'endroit où se trouve notre mémoire gravée sur tablettes. Tous ses possesseurs sont censés se retrouver tous les cinquante ans, à partir de 2070, pour décider si l'humanité a besoin du contenu des archives du projet ou si celui-ci nécessite des extensions. »

— Je suis fasciné par les personnes, les chercheurs, qui pensent pour nous à la sauvegarde de la mémoire humaine, à la transmission de notre savoir aux générations suivantes. Tout en se projetant sur des centaines de milliers d'années.

Felicia reposait la plaquette sur le fourbi du bureau lorsqu'elle entendit des pas approcher. Elle quitta aussitôt le fauteuil dans lequel elle avait pris place. La silhouette de Meredith Brunen se découpa dans le cadre de la porte. Son teint avait changé, il était plus pâle que tout à l'heure. Ses pupilles miroitaient, comme si elle avait pleuré. Dans la main, elle tenait une feuille remplie de notes.

— Le texte que vous m'avez demandé de traduire, annonça-t-elle. Ce n'est pas ce que vous croyez.

27.

Felicia se rapprocha de la vieille femme.

— Que voulez-vous dire ?

— Le mieux est que vous lisiez ma traduction.

Meredith Brunen tendit à Felicia la feuille qu'elle tenait entre les mains.

Celle-ci se rassit, regarda Armand et lut à voix haute.

— « Nous sommes en l'an 3170. Nous, humains, ne maîtrisons pas encore le voyage dans le temps pour les corps, mais nous sommes capables de faire voyager l'information dans l'espace, en nous servant de l'architecture des univers multiples. Il nous a semblé capital de vous faire parvenir un avertissement, à vous, nos prédécesseurs, afin que vous ne reproduisiez pas les mêmes erreurs que nous. Si nos calculs sont bons, vous êtes entrés dans une époque de crise et nous savons que vous faites face à des enjeux écologiques colossaux. Que vos ressources diminuent et que l'espace disponible pour absorber la croissance démographique se réduit. Toutes ces échéances créent de la tension chez les dirigeants et les peuples. Mais la plus grande erreur serait de relever ces défis en terrorisant les citoyens. En effet, instiller une onde de catastrophisme dans la société entraînerait les esprits à accepter la venue d'un pouvoir autoritaire prétendument capable de vous sauver. L'expérience nous a montré combien les périodes d'anxiété sociale favorisent le désir de soumission à une autorité, si dictatoriale soit-elle. Toutes celles et ceux qui agitent le drapeau de l'effondrement préparent les jeunes générations à une réduction massive de leurs libertés, à l'instauration d'une dictature soi-disant seule capable de nous sauver de la disparition. User de la peur est *a priori* le discours le plus évident pour faire réagir les humains, mais avez-vous besoin de peuples soumis et tremblants ou de citoyens enthousiastes et réfléchis pour relever les défis qui s'annoncent ? La peur ne fait que fabriquer des oppresseurs et des opprimés là où vous auriez besoin d'unité. Elle tétanise le cœur et la raison, là où il faudrait vibrer d'amour et palpiter d'intelligence. Comme l'a dit l'un de nos philosophes, la peur collective favorise l'instinct grégaire et la cruauté envers celles et ceux qui n'appartiennent pas au troupeau. Individuellement, la peur peut sauver du danger, mais, collectivement, elle nous précipite vers lui. La peur ne peut pas être votre arme pour affronter l'avenir. Seul l'enthousiasme doit être votre guide. Méfiez-vous donc de celles et ceux qui, au nom d'une urgence, attisent en vous les braises de la panique. Ils n'allument pas la flamme du phare qui guidera l'humanité, mais déclenchent l'incendie qui la ravagera. »

Felicia redressa la tête, la bouche sèche, si troublée qu'elle en avait presque la vue brouillée, puis reprit.

— « Nous avons dans un premier temps embrassé la peur, et cela nous a conduits à des régimes autoritaires, beaucoup de souffrances, des révoltes, des guerres civiles qui nous ont désunis, appauvris, épuisés. Dans ce chaos social, comment vouliez-vous que nous relevions les défis écologiques ? Nous n'avons fait que nous enfoncer un peu plus. Jusqu'au jour où des voix différentes se sont fait entendre. Des voix conscientes mais mesurées et, surtout, positives. Des voix qui parvenaient à faire en sorte qu'il n'y ait plus de "pour" et de "contre", de "gentils" et de "méchants", mais un projet commun. Et cela a fonctionné. La preuve, en 3170, nous sommes toujours là, sur une Terre apaisée, vivable pour chacun d'entre nous. Mais nous savons que vous êtes sur un chemin de crête et qu'il vous sera malheureusement facile de chuter en faisant les mauvais choix. Aussi, suivez bien notre conseil. Dès à présent, il faut que vous accélériez le développement du projet "3 %" du scientifique Svan Similak. Dès que vous parviendrez à capter notre message dans l'espace, trouvez cet homme et apportez-lui tous les moyens nécessaires pour l'aider à aller au bout de sa vision. C'est un ultime avertissement que l'on vous lance. Votre seule chance de faire perdurer l'humanité pour les millénaires à venir. »

Felicia termina sa lecture en laissant retomber sur sa cuisse la main qui tenait la feuille.

28.

Après quelques secondes de silence, Meredith Brunen laissa échapper un long soupir.

— Vous êtes les dépositaires d'un témoignage capital pour notre avenir, dit-elle. Capital pour assurer notre survie en tant qu'espèce. Qu'allez-vous en faire ?

Felicia regarda Armand. Elle était si bouleversée qu'elle ne trouvait pas les mots pour répondre. Le prêtre se passa la main sur le visage avant de s'asseoir sur un coin du bureau.

— Je… Je ne sais pas, laissez-nous le temps de reprendre nos esprits.

Dans l'intimité de son être, Felicia prenait la mesure de cet avertissement du futur destiné à sauver l'humanité de son autodestruction par la peur. L'événement lui semblait si gigantesque qu'elle eut plusieurs fois le sentiment de perdre pied.

Le visage en étau entre ses mains, Armand semblait confronté à la même prise de conscience. Il finit cependant par redresser la tête.

— Pourquoi nous ont-ils écrit en langue mère ? demanda-t-il à Meredith Brunen.

La vieille dame fronça les sourcils.

— À mon avis, c'est leur langue universelle en 3170. Pour ne pas dire la seule langue qui subsiste.

— Vous voulez dire que l'anglais ou le chinois, par exemple, ne seront plus parlés ?

— Aujourd'hui, sur les sept mille langues parlées dans le monde, il en disparaît une toutes les deux semaines. Ce qui signifie que 90 % des langues vont être oubliées au cours du siècle. Cela ne m'étonne pas que, en 3170, il n'en reste plus qu'une seule. Et, par définition, la langue commune à tous les peuples… la langue mère.

— Et ce Svan Similak ? Vous le connaissez ? reprit Armand.

Meredith Brunen secoua la tête.

— Aucune idée de qui il peut bien s'agir.

Felicia sortit son téléphone et tapa le nom du scientifique dans un moteur de recherche.

— J'ai trouvé quelque chose, annonça-t-elle. C'est un biologiste allemand qui travaille à l'institut Max-Planck, à Leipzig. Mais il n'est fait nulle part mention d'un projet « 3 % ».

— Combien de temps faut-il pour s'y rendre ? demanda le prêtre à Meredith.

— Je dirais environ six heures.

Felicia se leva aussitôt.

Elle prit les mains de la vieille femme entre les siennes et les serra.

— Merci, merci de votre aide… Nous n'oublierons pas ce que vous avez fait ni ce que vous êtes en train de réaliser avec votre « Mémoire de l'humanité ».

— Faites bon usage du savoir qui est désormais en votre possession.

Armand et Felicia saluèrent une dernière fois Meredith Brunen et quittèrent sa maison pour rejoindre le plus rapidement possible leur voiture.

— Je ne parviens pas à mesurer l'ampleur de notre découverte, ni l'inestimable valeur du message qui nous a été transmis, dit Felicia alors qu'ils roulaient sur un pont enjambant un lac. Tout cela me semble irréel…

Concentré sur la route, Armand consulta son rétroviseur.

— J'espère que le monde entendra ces sages paroles envoyées par ceux que nous deviendrons dans une dizaine de siècles. Et que ce texte ne provoquera pas de graves scissions entre les « pour » et les « contre ». Puissent ces mots agir à la fois comme un baume et un souffle sur les âmes humaines.

— On sent l'âme du prêcheur, quand tu parles comme ça, commenta Felicia.

— Je vois une dimension christique dans ce texte, pas toi ?

— Si. Mis à part cette histoire de projet « 3 % »… Qu'est-ce que ça peut être ?

— Forcément un programme scientifique. Mais à quels 3 % fait-il référence ? Je n'en ai aucune idée.

Felicia lança une nouvelle recherche « projet 3 % » sur Internet, mais ne dénicha rien de probant.

— Une fois qu'on aura rencontré Svan Similak, on aura tout ce qu'il faut pour faire publier l'article par Stef, reprit Armand. C'est la dernière ligne droite.

Felicia reporta son attention sur les versants de la vallée qu'ils étaient en train de longer. Elle s'amusa à chercher le moment où les sapins accrochés à la montagne passaient du vert vif au blanc neigeux. Partiellement détendu, son esprit vagabonda, et elle commença à s'imaginer à quoi pourrait ressembler la vie des gens en 3170. Conduiront-ils encore des voitures ? Que mangeront-ils ? Comment les gens communiqueront-ils entre eux ? Y aura-t-il encore des forêts ? Les humains ressembleront-ils à ce qu'ils sont aujourd'hui ? Existera-t-il de nouvelles espèces animales ? Les sentiments auront-ils toujours la même valeur ?

C'est en réfléchissant à toutes ces questions que Felicia passa la suite du trajet.

29.

Ils étaient à une vingtaine de kilomètres de Leipzig lorsque le portable d'Armand sonna.

— C'est Stefany, dit-il avant de se ranger sur le bas-côté.

Il décrocha.

— Stef, je te mets sur haut-parleur pour que Felicia t'entende.

— OK. J'ai pu avancer sur deux points. J'en sais un peu plus sur les Sentinelles, le groupe du SETI qui a fabriqué la capsule de 1961, et j'ai aussi du nouveau sur Dust.

— Vas-y, on t'écoute sur les Sentinelles, répondit Armand.

— Il s'agit d'un groupe de deux astronomes et deux astrophysiciennes qui ont contribué à la fondation du SETI en 1960. Leonard Caplan, Noah Dorset, Emily Silverstein et Carol Vance. Avant de se rencontrer, ils étaient tous mariés et avaient des enfants. Pendant quelque temps, ils ont essayé de combiner vie de famille et écoute du ciel. Et un jour, d'un commun accord, ils ont tout abandonné pour se consacrer exclusivement à la recherche de vie extraterrestre. Du jour au lendemain, ils ont quitté femme, époux, progéniture pour passer tout leur temps ensemble à scruter les appareils d'écoute spatiale. Ils sont alors devenus les Sentinelles, guettant vingt-quatre heures sur vingt-quatre. Jusqu'à une nuit de 1961 où ils ont capté un signal intelligible dans le fond sonore cosmique. Ils ont conclu que le monde n'était pas prêt à connaître l'existence de ce signal et ont décidé d'enterrer les coordonnées du point d'où celui-ci avait été émis dans une capsule temporelle. La suite, vous la connaissez.

— Ils sont toujours en vie ? demanda Armand.

— Aucune idée, mais si c'est le cas, ils doivent être très âgés.

— Peu de chances donc qu'ils apprennent que leurs noms vont probablement rester dans l'Histoire, dit Felicia.

— Et qu'as-tu découvert sur Dust ? enchaîna Armand. Tu voulais peut-être parler de son projet d'arche ?

— Oui… Comment tu le sais ? s'étonna Stefany.

— On vient de rendre visite en Autriche à…

— Vous êtes en Europe ? C'est incroyable…

— Oui, Stef, tout va très vite ces derniers jours. On est en Allemagne, maintenant, en direction de Leipzig. Nous sommes donc allés voir en Autriche la spécialiste mondiale de la langue originelle, Meredith Brunen, qui nous a tout expliqué.

— Meredith Brunen, Meredith Brunen, répéta la journaliste, qui semblait chercher quelque chose en même temps. Oui, je l'ai. Elle est effectivement sur la liste des personnes que Dust veut faire venir sur son arche.

— Tu as réussi à trouver cette liste ?

— Oui, auprès d'un repenti des prophéties de Dust. Un ancien chercheur qui a travaillé sur les plans de l'arche à une époque. J'ignore ce que cette femme a pu vous en dire, mais voici ce que j'ai trouvé : Dust a pour ambition de sauver l'humanité de l'extinction en embarquant cinq cents individus sur une arche, qui voyagera jusque vers Mars ou une autre planète potentiellement habitable. Là-bas, les heureux élus auront pour mission de mettre en place une nouvelle humanité. Dans la tête de Dust, pour éviter que cette nouvelle civilisation commette les mêmes erreurs que la précédente, il faut qu'elle soit constituée uniquement de gens suprêmement intelligents ayant participé à l'approfondissement du savoir humain. Pour embarquer, il faut être soit un grand scientifique ou un ingénieur de talent, soit un immense artiste, ou encore un philosophe de haut vol. Et si vous n'êtes rien de tout ça, vous pouvez encore monter dans l'arche à condition de contribuer à une découverte majeure.

— C'est ce qu'Helen Dewolf essaie de faire en mettant la main sur la preuve d'une vie extraterrestre.

— Très probablement, en effet. D'autant que j'ai trouvé de fortes accointances entre Dust et Dewolf. C'est lui qui a œuvré pour qu'elle obtienne son poste au Pentagone après son départ du SETI. Il mise sur cette femme depuis longtemps. Elle doit donc se sentir très redevable à son égard.

— Tu crois que c'est lui qui tire les ficelles de notre traque, plus que Dewolf elle-même ?

— Difficile à dire. D'après mes recherches, Dust n'est ni un assassin ni un partisan de la violence pour parvenir à ses fins. Cela dit, on raconte dans les milieux autorisés qu'il n'est pas regardant sur les agissements de ses collaborateurs, tant qu'il ne risque pas d'être directement inquiété.

— Autrement dit, Dewolf peut tuer, il ne l'en empêchera pas…

— J'ai une petite devinette pour vous deux : qui d'autre s'est vu proposer de monter sur l'arche de Dust ?

Felicia répondit sans réfléchir.

— Adhemar ?

— Exact. Adhemar de Castelmore a reçu une invitation pour embarquer dans le vaisseau de la dernière chance. De ce que j'ai appris auprès d'autres collectionneurs, Dust était fasciné par la lignée Castelmore, descendante des chasseurs de codex de la bibliothèque d'Alexandrie. Et il admirait avec convoitise la collection vertigineuse d'objets historiques. Adhemar n'aurait pas manqué d'emporter quelques spécimens sur l'arche.

— C'est une connexion pertinente, en effet. Sais-tu si Castelmore a accepté la proposition ?

— Non, je ne sais pas.

— Autre chose ? relança Armand.

— Oui, j'ai pu interroger un ancien associé de Dust qui a monté une entreprise d'exploitation de minerai dans l'espace pour faire concurrence au milliardaire. Comme il est prêt à tout pour déstabiliser son concurrent, il a accepté de me parler. Il m'a dévoilé l'une des méthodes de Dust pour essayer de mener à bien son projet d'humanité 2.0 : il place des informateurs auprès de ceux dont il juge le travail utile à son projet. C'est un peu vague, parce que je n'ai les noms ni des espions ni de ceux qui sont surveillés. Et vous, qu'avez-vous trouvé d'autre depuis notre dernière conversation ?

— On a récupéré le message spatial.

— Incroyable… Et alors ? questionna la journaliste avec empressement.

Armand marqua une pause et Felicia vit qu'il avait, comme elle, encore du mal à prendre la mesure de leur découverte.

— Ce n'est pas réellement un message extraterrestre.

— Mais de qui alors ?

— De nous… dans mille cent quarante-six ans.

Silence à l'autre bout de la ligne.

— Tu plaisantes ?

— Non.

— Tu veux dire, un message envoyé par l'humanité du futur jusqu'à nous ?

— Oui.

— Mais c'est encore plus fou…

— Je t'envoie la traduction que Meredith Brunen a faite du texte en langue originelle.

— Avec tous ces éléments rassemblés, je pense que nous pouvons publier quelque chose qui tienne la route.

— Pas tout à fait, Stef. Le message fait référence à un projet appelé « 3 % », censé sauver l'humanité, sans préciser de quoi il s'agit. C'est ce qu'on s'apprête à découvrir avec Felicia. Dès qu'on en sait plus, on t'envoie toutes les informations.

— D'accord… Mais quelle histoire, mon Dieu, ça va être énorme !

— On se tient au courant.

— Bon courage à vous deux.

Armand raccrocha. Et au moment où il redémarrait, le portable de Felicia sonna.

Elle montra l'écran à Armand. C'était le numéro d'Enguerrand.

— Allô ?

— C'est Enguerrand. Felicia, je souhaitais vous prévenir qu'une certaine Camilla a appelé au manoir. Elle cherchait à vous joindre et s'inquiétait de ne pas avoir de nouvelles.

— C'est une amie très proche. Que lui avez-vous dit ?

— Comme j'ignorais à qui j'avais affaire et que le silence est la clef de la prudence, je lui ai raconté que vous étiez bien venue au manoir, mais que vous l'aviez quitté le lendemain matin de votre expertise.

— Qu'a-t-elle répondu ?

— Qu'elle appelait la police pour signaler votre disparition.

Felicia sentit comme une petite chaleur dans sa poitrine à l'idée que son amie se soucie d'elle. Et elle fut encore plus émue en songeant qu'elle ne reverrait peut-être jamais Camilla si toute cette histoire finissait mal.

— Merci, Enguerrand.

— Je suis désolé de vous voler un peu de temps : êtes-vous parvenus à capter un signal grâce aux coordonnées contenues dans la capsule temporelle qui intéressait tant mon père ?

— Oui…

— Incroyable !

— C'est assez long à vous expliquer, mais ce message nous a conduits jusqu'en Europe. Nous devons interroger un scientifique qui va nous aider à le comprendre.

— C'est insensé… Felicia, je ne sais que dire…

— Enguerrand, je vous promets de tout vous raconter en détail, mais nous sommes sur le point d'arriver.

— Oui, bien sûr, Felicia. Bonne chance.

— À bientôt.

Felicia raccrocha.

Peu après, ils se garèrent face à l'institut Max-Planck, grand bâtiment en verre qui laissait entrevoir l'intérieur des bureaux où les lampes luttaient contre la grisaille. Situé à l'écart de la ville, le complexe scientifique était entouré d'herbe et d'arbres recouverts par la neige.

— On y va ? demanda Felicia, la main sur la poignée de la portière.

Armand approuva en silence et sortit de la voiture.

Ils se présentèrent à l'entrée de l'institut. Un agent de sécurité s'approcha et leur demanda ce qu'ils voulaient.

— Nous sommes des journalistes américains du *New York Times*, annonça Felicia. Nous venons pour interviewer Svan Similak dans le cadre d'un article sur les dix scientifiques les plus prometteurs de la décennie.

— Vos papiers d'identité, s'il vous plaît.

Felicia et Armand tendirent leurs faux passeports.

— Attendez là, je vais le prévenir, dit l'agent.

— Précisez-lui que nous souhaitons surtout le questionner sur son projet « 3 % »…, ajouta la jeune femme.

Le gardien hocha la tête et décrocha son téléphone. S'ensuivit une discussion qui sembla agacer l'agent de sécurité. Il finit néanmoins par raccrocher.

— Vous pouvez aller le voir dans son bureau. Troisième étage, à droite en sortant de l'ascenseur, au numéro 304. Prenez ces badges visiteurs. Vous me les rendrez tout à l'heure, et je vous restituerai vos passeports.

Felicia et Armand accrochèrent les badges et prirent la direction de l'ascenseur.

— Tu as toujours ton arme ? chuchota Felicia.

— J'ai vu qu'il n'y avait pas de portique de sécurité, alors je l'ai gardée sur moi.

Arrivés au troisième étage, ils s'engagèrent à droite et croisèrent un homme et une femme en pleine discussion, qui ne prêtèrent guère attention à eux.

— Le 304, c'est là, annonça Felicia.

Elle enclencha la fonction « Enregistrement » de son téléphone afin d'avoir une trace de leur entretien pour la journaliste. Puis elle frappa.

— Entrez.

Ils franchirent le seuil d'une pièce dont les étagères murales étaient recouvertes d'ossements, à première vue humains. Aux murs étaient accrochées des illustrations d'hélices d'ADN, dont l'une formait une arche au-dessus d'une porte qui se trouvait dans le fond.

Debout derrière un bureau, un homme doté d'une barbe et d'une queue-de-cheval basse les regardait. Ou plutôt les dévisageait, comme s'il était en train d'examiner deux êtres venus d'une autre planète.

— Bon Dieu, mais qui êtes-vous ? dit-il.

— Felicia Duplessis et Armand de Borderive, répondit Felicia. Nous… Pardonnez-moi, je ne sais pas par où commencer.

Svan Similak la scruta, une main plaquée sur son front.

— Comment êtes-vous au courant du… projet « 3 % » ? Je n'en ai jamais parlé à personne, et ce nom n'existe que depuis quelques semaines dans ma tête. Uniquement dans ma tête !

— Je pense que l'on vous doit quelques explications, qui vous mettront en confiance, admit la jeune femme.

Le biologiste les invita à prendre place sur les deux chaises face à son bureau. Felicia se lança.

— Avant toute chose, ce que nous allons vous exposer va vous paraître fou ou absurde, mais chaque élément de cette histoire est pourtant vrai.

— Allez-y, racontez-moi.

Elle ne manqua aucun détail de leur enquête depuis leur arrivée dans le manoir, afin que le scientifique n'ait pas l'impression qu'on lui cachait certains points. Plus elle avançait dans ses explications, plus le visage de Svan Similak se décomposait sous l'effet de la surprise, et sans doute de l'effroi. Quand Felicia raconta leur arrivée dans le champ de paraboles en Afrique du Sud, elle proposa à Armand de poursuivre.

— En pointant l'antenne sur les coordonnées spatiales contenues dans la capsule temporelle, poursuivit-il, nous avons capté un message. Au départ, nous avons cru qu'il était d'origine extraterrestre, mais, en réalité, c'est l'humanité du futur qui l'a rédigé et fait voyager dans le temps jusqu'à nous. Un avertissement lancé par des êtres de l'avenir à leurs frères et sœurs du passé pour les aider à faire perdurer la civilisation humaine. Le message était écrit en langue originelle. Aussi l'avons-nous fait traduire par une spécialiste. L'un des paragraphes de ce texte fait référence à vous et votre projet.

Felicia prit la traduction de Meredith entre ses doigts et lut à voix haute.

— « Dès à présent, il faut que vous accélériez le développement du projet "3 %" du scientifique Svan Similak. Dès que vous parviendrez à capter notre message dans l'espace, trouvez cet homme et apportez-lui tous les moyens nécessaires pour l'aider à aller au bout de sa vision. C'est un ultime avertissement que l'on vous lance. Votre seule chance de faire perdurer l'humanité pour les millénaires à venir. »

Quand elle eut terminé, le scientifique caressa trois fois sa barbe, sans prononcer un mot, les yeux ronds d'incrédulité.

— Je peux voir ce texte ?

Felicia lui tendit le document, qu'il lut avec attention avant de se laisser tomber contre le dossier de sa chaise.

— J'ai peine à croire ce que vous m'avez raconté… Et ce qui me paraît le plus fou, c'est cette femme du Pentagone qui aurait envoyé des tueurs à vos trousses pour récupérer ce message avant vous ! C'est bien cela ?

— Oui, et notre seule façon de nous en sortir vivants est d'exposer toute cette affaire au grand jour, précisa Felicia. Afin que le département de la Justice se sente obligé de diligenter une enquête et fasse arrêter Helen Dewolf. Mais la journaliste qui nous aide dans cette enquête a besoin d'éléments solides, notamment la nature de votre projet « 3 % ». Pour résumer, notre vie est entre vos mains, monsieur Similak.

Le scientifique se leva et regarda par la fenêtre pendant une longue minute avant de se retourner.

— OK, OK… Bon… Je vais tenter de vous expliquer mon idée des 3 %.

L'homme considéra ses deux visiteurs avec insistance.

— L'homme de Néandertal, ça vous dit quelque chose ?

Felicia connaissait évidemment cet hominidé d'apparence très proche d'*Homo sapiens*, mais qui avait disparu de la surface de la Terre.

— Oui, répondit-elle.

— Eh bien, Néandertal est une créature très intéressante, et peut-être la clef de notre survie.

Felicia regarda Armand, qui n'avait pas l'air de comprendre non plus où le biologiste voulait en venir.

— Nous sommes perdus.

Svan Similak fixa ses deux interlocuteurs.

— D'après vous, depuis combien de temps l'homme moderne, dit *Sapiens*, existe-t-il ?

— Entre deux cent mille et trois cent mille ans, répliqua Felicia qui, en bonne historienne de l'art, connaissait évidemment ces dates.

— Exact. Les plus vieilles traces remontent à trois cent mille ans. Savez-vous combien de temps Néandertal a vécu ?

— Probablement un peu plus, si vous posez la question, répondit Armand.

Le biologiste sourit de cette façon qu'ont les professeurs face à l'ignorance de leurs élèves.

— « Un peu », c'est légèrement sous-estimé. Néandertal a vécu sur Terre pendant quatre cent mille ans. Cent mille ans de plus que *Sapiens*… C'est considérable. Et Néandertal était loin de se comporter comme une espèce d'animal sauvage ! Non, on sait aujourd'hui qu'il taillait des outils d'une grande finesse, qu'il enterrait ses morts et qu'il était doué de parole. À part son allure un peu plus trapue que la nôtre et ses arcades sourcilières saillantes, il ressemblait presque à *Sapiens*. Et quand je dis « presque », ce n'est pas pour rabaisser Néandertal, mais pour signifier qu'il existait malgré tout une différence considérable entre *Sapiens* et lui. Une différence concernant la psyché de ces deux êtres. Ou, pour être plus précis, leur rapport au monde.

Felicia commençait à trouver l'approche de ce scientifique intéressante, mais elle ne comprenait toujours pas ce qu'il cherchait à leur dire.

— C'est-à-dire ? le pressa-t-elle.

— Contrairement à *Sapiens*, Néandertal n'avait pas la volonté de transformer le monde selon ses désirs. Il n'avait pas ce rapport de dépendance au progrès. Il a été capable de prendre conscience du fait qu'il possédait ce qu'il lui fallait pour bien vivre, que ce n'était pas la peine de vouloir plus. Imaginez dans quel état seront l'humanité et la Terre dans cent mille ans ? Et comparez cette image avec ce que Néandertal en a fait…

— Vous voulez dire que Néandertal était davantage respectueux de son environnement que ne l'est *Sapiens* ? s'enquit Felicia.

— Je ne sais pas si on peut parler de « respect », car cela signifierait qu'il avait l'intention d'en faire autre chose et qu'il s'est refréné. Non, je pense que ce n'était tout simplement pas dans son ADN de vouloir devenir maître et possesseur de la nature, pour reprendre les mots de Descartes.

— Qu'est-ce qui vous permet d'affirmer ça ? insista Armand.

Svan Similak contourna son bureau et prit entre ses mains un silex qui reposait sur l'une de ses étagères.

— La clef de l'explication réside dans la différence entre son artisanat et celui de *Sapiens*. Chez *Sapiens*, les pierres taillées sont de très belle facture, bien pensées, mais, quand vous en avez vu une dizaine, vous avez vu les mille autres qui suivront. Parce que *Sapiens* a très rapidement standardisé son artisanat, taillant toujours ses silex de la même manière. Quand vous observez un silex taillé de Néandertal, vous pouvez être sûr qu'il ne ressemblera à aucun autre. Chaque pièce est unique, même si elle a la même fonction. Là où *Sapiens* a déjà posé les bases de l'industrialisation par l'uniformisation, Néandertal a, pendant quatre cent mille ans, pratiqué l'artisanat, pour ne pas dire l'art. Là où *Sapiens* a très vite aligné des ouvriers, Néandertal a laissé s'exprimer des artistes. Là où *Sapiens* a mis en place des soldats capables de fabriquer des armes en série, Néandertal ne s'est jamais intéressé à la production à la chaîne. Jamais il n'a mis en place cette systématisation de la technique qui a permis à *Sapiens* de dominer la nature et de conquérir le monde.

— Tout ce que vous dites est très intéressant, mais comment cela prend-il forme dans votre projet « 3 % » ? demanda Felicia.

— Comme vous le savez sans doute, Néandertal et *Sapiens* ont cohabité pendant dix mille ans, jusqu'à ce que Néandertal disparaisse complètement. Mais ce que peu de gens savent, c'est que ces deux espèces d'hominidés se sont mélangées et qu'elles ont eu des enfants ensemble. Si bien que, aujourd'hui, vous, moi et toutes les populations actuelles, sauf celles originaires d'Afrique, nous possédons en moyenne 3 % d'ADN de Néandertal en nous. Le séquençage qui a permis d'obtenir ces résultats a eu lieu ici même, à l'institut Max-Planck.

Felicia eut l'impression de sentir soudain les centaines de milliers d'années de parenté avec Néandertal courir dans ses veines. C'était à la fois grisant et déstabilisant.

— C'est ça, le projet « 3 % » ? insista-t-elle pour couper court aux pensées qui risquaient de l'emmener trop loin. Connaître la proportion d'ADN néandertalien présent dans le génome humain ?

Svan Similak caressa un crâne sur son bureau avant de répondre.

— Non, comme je vous l'ai dit, le projet « 3 % » n'est pour l'instant qu'à l'état de réflexion. Mais je pense que c'est la seule façon de sauver l'humanité de son autodestruction. Quoi qu'on fasse, quoi qu'on dise, *Sapiens* n'est pas programmé pour freiner sa croissance ou le progrès. C'est ainsi qu'il a survécu pendant des centaines de milliers d'années, en industrialisant la nature. La domination exponentielle de son environnement est dans ses gènes. Il ne sait pas agir autrement. Or, ce modèle de croissance n'est plus viable à moyen terme. Mais malgré tous ses efforts pour essayer de ralentir, l'homme n'y parvient pas, et ce n'est pas vraiment sa faute, parce qu'une fois encore, ce n'est pas dans sa nature profonde, ce n'est pas inscrit dans ses schémas de survie.

— Alors que Néandertal, lui, saurait arrêter le progrès avant qu'il ne soit trop tard…, souffla Felicia.

— Oui. Puisqu'il l'a déjà fait.

— Vous voulez sauver la Terre en remplaçant *Sapiens* par Néandertal ?

— Non, pas tout à fait, sourit le scientifique. Néandertal serait perdu, dans notre monde. En revanche, on peut et on doit augmenter la part de l'ADN néandertalien en nous. Si l'homme ne peut pas changer, alors il faut changer l'homme.

Felicia tenait à être certaine d'avoir bien compris la folle idée que Svan Similak venait de leur présenter.

— Vous voudriez augmenter le pourcentage d'ADN néandertalien que l'on a en nous ?

— Oui.

— Mais comment feriez-vous une chose pareille ?

— Avec des volontaires qui accepteraient que je remplace au moins 10 % de leur ADN de *Sapiens* par de l'ADN de Néandertal. En intervenant notamment sur les gènes de la formation du cerveau. La même opération devrait également être réalisée sur des embryons dont les parents voudraient que leur enfant participe à la naissance d'une nouvelle humanité. Une humanité dont les comportements innés deviendraient compatibles avec une préservation de notre environnement sur le très long terme !

Felicia était à la fois fascinée et effrayée par la radicalité du projet de manipulation génétique du biologiste. Si elle en comprenait l'ambition, elle ne pouvait adhérer à cette entreprise de modification de l'espèce humaine. Ce qu'elle se garda bien de dire à Svan Similak.

— Accepteriez-vous de confirmer à notre contact journaliste que vous travaillez effectivement sur un projet baptisé « 3 % » et d'en donner quelques détails ?

Le biologiste se gratta l'arrière de la tête et lissa nerveusement sa queue-de-cheval.

— Je ne sais pas, c'est encore confidentiel, et cela reste une idée très fragile. L'exposer comme ça… au grand jour…

— La femme qui suit notre affaire s'appelle Stefany Kavanagh. C'est une journaliste d'investigation expérimentée. Être cité par elle est un gage de sérieux qui attirerait immédiatement des investisseurs pour votre projet.

Felicia sentait que le scientifique était tenté, mais il hésitait.

— Laissez-moi un peu de temps pour réfléchir.

— Malheureusement, nous n'avons plus le loisir d'attendre, insista Armand. Et je crains que, bientôt, le danger vous rattrape également. Les personnes qui nous traquent sont prêtes à tout pour arriver à leurs fins.

— Écoutez, laissez-moi jusqu'à demain matin.

Felicia ouvrit la bouche pour parler mais, au même moment, on entendit frapper à la porte.

Svan Similak fronça les sourcils : il ne s'attendait apparemment pas à recevoir de la visite.

— Qui est-ce ? demanda-t-il à haute voix.

— Helen Dewolf, directrice du service d'exploration spatiale du Pentagone.

Felicia regarda Armand, qui lui fit signe de foncer vers la porte au fond de la pièce. Puis le prêtre s'adressa avec empressement au scientifique.

— Vous ne nous avez jamais vus.

Et il rejoignit Felicia dans ce qui ressemblait à un laboratoire. De multiples étagères rassemblaient tubes à essais, ossements, silex et flacons remplis de liquides colorés. Ordinateurs et microscopes encombraient des tables. Ils refermèrent délicatement derrière eux et se turent pour tenter d'écouter la conversation dans le bureau du scientifique.

30.

— Professeur Similak ? demanda Helen Dewolf.

— Lui-même, répondit le scientifique. Mais je n'ai pas le souvenir que nous avions rendez-vous.

Felicia estima que le chercheur faisait preuve de beaucoup de sang-froid. Sa voix était claire et son ton, assuré. Rien ne pouvait laisser penser qu'il jouait un double jeu.

— En effet, mais je viens de loin pour vous faire une proposition qui va vous surprendre, et fortement vous intéresser.

— Attendez… Vous travaillez au Pentagone… Je peux voir un document officiel qui le prouve ?

— Volontiers.

Pendant quelques secondes, Felicia et Armand n'entendirent plus rien d'autre que la rumeur de la rue qui parvenait jusqu'à eux.

— Très bien, dit Svan Similak. Qu'est-ce qui me vaut la visite d'un émissaire du Pentagone ?

— Notre service de veille scientifique m'a appris que vous travailliez sur un programme inédit baptisé « 3 % ». Nous sommes toujours à la recherche de percées scientifiques audacieuses, et nous avons à cœur de leur accorder les financements dont elles ont besoin. Pourriez-vous m'en dire plus ?

— Ce projet n'est encore qu'à l'état d'ébauche, je préfère ne pas en parler pour le moment.

— Vous savez comme moi que, si prestigieux soit-il, l'institut Max-Planck ne dispose pas des fonds suffisants pour mener à bien vos recherches. Vous comptez donc renoncer à la vision qui vous anime ?

— Je préfère encore renoncer à une découverte plutôt que de la mettre au service d'un bras armé comme le vôtre.

Bonne réponse, songea Felicia.

— J'ai pourtant mieux à vous proposer qu'un simple financement.

— C'est-à-dire ?

Felicia n'entendit plus un bruit pendant quelques instants, puis Helen Dewolf reprit.

— En tant qu'homme de science, vous n'êtes pas sans connaître l'état de haute dégradation de notre planète. En hauts lieux bien informés, nous savons que la situation est bien plus alarmante que ce qui est communiqué au grand public. Mais, pour éviter la panique, on amoindrit l'urgence et on repousse de plusieurs années la catastrophe. Or, celle-ci est en réalité programmée pour 2030. Cette année-là, un désastre ravagera la planète.

— Comment arrivez-vous à cette conclusion ?

— Écoutez-moi bien, monsieur Similak. Plusieurs agences gouvernementales du monde entier ont passé en revue des milliers de données météorologiques, sociales, militaires, agricoles, sanitaires, économiques et écologiques. Toutes sont arrivées à la même conclusion : la fin de notre monde aura lieu en 2030 par une conjonction de multiples facteurs, conduisant à une telle raréfaction des ressources vitales que les pays qui la possèdent en viendront à user de l'arme nucléaire dans une destruction mutuelle. Le pronostic semble peut-être alarmiste, mais le commun des mortels sous-estime les tensions alimentaires qui vont s'accroître de façon exponentielle au cours des dix prochaines années.

— Imaginons que vous disiez vrai, que proposez-vous ?

— Nous, les gens informés, avons deux options : un, continuer de vivre comme si de rien n'était ; deux, trouver une solution pour sauver notre civilisation.

— J'imagine que vous avez opté pour la seconde, sinon vous ne seriez pas là. Je vous écoute.

— Everick Dust, ce nom vous dit quelque chose ?

— Bien sûr.

— En plus d'être multimilliardaire, Everick Dust est aussi un visionnaire : voilà des années qu'il met au point une solution pour sauver l'humanité de l'apocalypse.

— Celui qui veut nous coller une puce dans le cerveau à tous aurait trouvé une solution pour… tous nous sauver ?

— « Tous », pas tout à fait, mais sauver l'humanité, oui. Fort de son expertise dans le lancement de fusées et la mise en orbite de satellites, il a fait construire une navette spatiale pouvant accueillir cinq cents personnes. Cette arche, transportant les individus les plus brillants de notre époque, aura pour mission de voyager jusqu'à la planète Mars ou une autre plus lointaine afin de la « terraformer », autrement dit d'y mettre en place les conditions végétales pour qu'apparaissent une atmosphère et de l'oxygène. Une fois cette planète habitable par l'homme, il sera possible d'y établir une colonie. Portée par les cerveaux les plus géniaux de l'espèce humaine, cette colonie créera une seconde Terre et y fondera les bases d'une nouvelle civilisation. Une civilisation composée uniquement d'êtres suprêmement intelligents et qui ne reproduiront donc pas les erreurs commises par l'espèce humaine au cours de son évolution. À terme, quand la Terre, la véritable, notre planète bleue, sera redevenue habitable, cette humanité améliorée reviendra la peupler.

— C'est très intéressant, dit Svan Similak. Une espèce de *reset* dopé à l'intelligence. Très intéressant…

— Everick Dust serait sans aucun doute prêt à vous réserver une place dans son arche. Pourvu que vous lui ouvriez les secrets de votre projet « 3 % », monsieur Similak.

— Je vois. Mais il y a un problème.

— Lequel ?

— Je ne crois pas à la viabilité de votre projet.

— Pourquoi ?

— Parce que l'intelligence n'empêche pas la violence. Le savoir n'empêche pas la haine. La science n'empêche pas la guerre. La connaissance n'empêche pas la convoitise. L'expertise n'empêche pas la jalousie. De grands esprits ne font pas forcément de bons humains. Votre société prétendument améliorée finira par se briser.

— J'en doute, monsieur Similak.

— Nous ne savons pas dire exactement aujourd'hui ce qui fait qu'une société est plus équilibrée qu'une autre. Mais, si dysfonctionnelle soit-elle, je pense que notre humanité n'a jamais été aussi bonne qu'aujourd'hui. La sélection naturelle a fait son travail en deux cent mille ans, ne permettant qu'aux êtres capables de vivre en société de survivre. Et donc, forcément, aux plus dociles. Parce que je ne sais pas si vous vous rendez compte du niveau de souplesse qu'il nous faut pour vivre tous ensemble, les uns avec les autres, sans nous entretuer en permanence. Et c'est encore plus vrai pour celles et ceux qui travaillent en entreprise ; l'entreprise n'est rien d'autre que la continuité moderne des groupes de chasseurs qui devaient collaborer pour atteindre un objectif commun vital pour le groupe. Nos contemporains sont donc la version la plus affinée et la plus pacifique possible de *Sapiens*. Les individus génétiquement belliqueux, agressifs, asociaux, violents ont été éliminés par le processus évolutif. Évidemment, il en reste quelques-uns, mais ils sont devenus de plus en plus minoritaires au cours des millénaires. Tout ça pour vous dire que la société humaine prise dans son ensemble est finalement équilibrée. En sélectionnant uniquement certains individus pour votre humanité améliorée, vous serez incapable de recréer cet équilibre que la nature a mis des millénaires à façonner. Et votre petite civilisation censée sauver l'espèce humaine s'effondrera.

Felicia se tourna vers Armand pour lui parler en chuchotant.

— Il affirme le contraire de ce qu'il nous a expliqué pour justifier l'augmentation de la part de Néandertal en nous…

— Je crois surtout qu'il n'aime pas l'idée élitiste qu'essaie de lui vendre Dewolf…

— Chut ! Elle parle de nouveau…

— Je vois que vous êtes très optimiste concernant la nature humaine, monsieur Similak.

— Pas forcément. *Sapiens* a besoin d'un coup de pouce pour surmonter les défis qui se dressent devant lui. Mais je ne pense pas que seul un petit groupe d'individus, qui se disent « supérieurs », doive devenir la fondation d'une nouvelle humanité. Au contraire : c'est toute l'humanité qui doit trouver en elle la force de surmonter la crise qui s'annonce. J'irai même plus loin : c'est en surmontant cette crise que l'humanité deviendra encore meilleure. C'est en la fuyant comme vous le proposez qu'elle passera à côté de son plus grand saut évolutif.

Felicia et Armand n'entendirent plus rien. Puis Helen Dewolf reprit la parole. Sa voix jusqu'ici avenante se mua en une onde cassante et menaçante.

— J'ai cru que vous aimeriez mettre votre chère épouse et vos adorables enfants à l'abri sur l'arche. Le monde peut être si cruel parfois…

— Pas eux…

— Alors suivez-moi bien sagement jusqu'à ma voiture et, sur le chemin, vous m'expliquerez ce qu'il en est du projet « 3 % ». Votre témoignage sera mon ticket d'entrée dans l'arche. Je vais donc veiller étroitement sur vous.

Felicia regarda Armand.

— On ne peut pas la laisser l'emmener, on ne sait pas ce qu'elle va faire de lui ! Et c'est notre faute si Dewolf est là !

Le prêtre se plaça devant la porte qui les séparait du bureau de Svan Similak et l'ouvrit à la volée.

31.

Armand braqua son arme droit devant lui en visant Helen Dewolf. Mais il fut pris au dépourvu par la vitesse à laquelle elle dégaina son propre pistolet pour lui tirer dessus. Le temps qu'il plonge à terre, une balle s'était déjà logée dans son bras gauche. Dans l'encadrement de la porte, Felicia avait assisté à la scène avec sidération. Après avoir vu Svan Similak se précipiter vers la porte de sortie de son bureau, elle s'accroupit près d'Armand qui gisait à ses pieds, le visage crispé, une main serrant sa blessure ensanglantée.

— Cours ! lui cria-t-il.

La jeune femme se releva et sprinta vers une porte qu'ils n'avaient pas encore ouverte. En passant près d'un chariot dans la pièce suivante, elle attrapa à la volée une hache préhistorique munie d'un gros silex en guise de lame. Arrivée devant une nouvelle porte, elle l'ouvrit mais n'en franchit pas le seuil. Au lieu de cela, elle se cacha derrière une armoire, le manche de la hache fermement serré dans sa main droite.

Par-dessus le tambour du sang battant à ses oreilles, elle entendit quelqu'un accourir. Helen Dewolf apparut au coin de l'armoire. Felicia frappa de toutes ses forces. Dans un craquement sinistre, la pierre taillée percuta le tibia de son ennemie, qui chuta sur le linoléum en hurlant de douleur. Felicia aurait voulu la désarmer d'un coup de pied, mais son adversaire parvint à faire feu. Deux balles la frôlèrent dans un sifflement, des ustensiles en verre rangés sur les étagères volèrent en éclats.

Felicia avisa la porte qu'elle avait laissée entrouverte et courut dans sa direction. Un nouveau tir fit sauter une charnière. Felicia comprit qu'en suivant cette direction, elle serait pile dans la ligne de mire d'Helen Dewolf. Au dernier moment, elle renonça à passer par la porte et s'orienta vers l'autre côté de la pièce. Les balles frappèrent loin d'elle. Elle se mit à l'abri derrière un bahut regroupant des ustensiles de laboratoire et surveilla leur poursuivante d'un coup d'œil rapide. Helen Dewolf s'appuyait sur une table pour tenter de se lever.

Un peu plus loin, elle aperçut furtivement Armand, qui avait posé une épaule sur le chambranle de la porte séparant le bureau de Svan Similak et le laboratoire. Il avait l'air mal en point, et sa main non armée était crispée sur son épaule blessée. Il allait intervenir, Felicia devait faire diversion. Aussitôt, elle saisit un silex et deux tubes à essais qui traînaient sur le meuble derrière lequel elle était cachée. Elle lança le silex, un coup de feu répondit aussitôt. Sans attendre, Felicia projeta un tube à essais, puis un autre. Elle achevait de lancer le dernier projectile quand elle vit Armand surgir dans le dos d'Helen Dewolf.

— C'est terminé ! lâcha-t-il en imprimant le canon de son arme sur la tête de leur adversaire.

Cette dernière leva aussitôt les mains en lâchant son pistolet. Felicia se redressa, ramassa l'arme d'Helen Dewolf et le rejoignit. Le prêtre se laissa glisser contre le mur, une grimace de douleur peinte sur le visage.

— Pourquoi avez-vous fait ça ? demanda Helen Dewolf. Le message que nous avons reçu du futur prouve que l'humanité a survécu à la catastrophe qui nous attend. Et si elle a survécu, c'est grâce à l'arche de Dust qui a sauvé cinq cents personnes pour partir dans l'espace et revenir peupler la Terre de nouveau habitable. Pourquoi chercher à nuire à ce projet ?

Tout en tenant leur ennemie en respect, Felicia s'adressa à Armand.

— Comment te sens-tu ?

— Ça va aller, répondit le prêtre. Ça fait mal, mais ce n'est pas vital.

— Si vous vous posez en défenseurs de la vie et du bien, alors laissez-moi partir et n'empêchez pas Dust de mener jusqu'au bout son idée d'arche, reprit Helen Dewolf.

— Et si nous aussi, nous voulions rejoindre l'arche ? suggéra Felicia. Et si ma meilleure amie voulait rejoindre l'arche ? Et si mes voisins voulaient rejoindre l'arche ? Et si… ?

— Vous n'irez pas ! la coupa Helen Dewolf en regardant son sang s'écouler entre ses doigts. Vous n'avez pas le niveau. Si vous aimez l'humanité, laissez-moi vivre afin que j'entre dans l'arche en donnant à Dust les détails du projet « 3 % ». Je saurai comment fonder les bases de notre nouvelle civilisation et faire perdurer l'humanité sur une autre planète. C'est une question d'intelligence, madame Duplessis. Vous ne faites pas le poids avec ceux qui appartiennent à ma catégorie.

— Everick Dust n'a donc aucun critère de sélection moral pour choisir ses pionniers de la nouvelle ère humaine ?

— Quand la finalité est morale, en l'occurrence sauver l'espèce humaine, les moyens pour y parvenir doivent s'arranger avec la réalité. Mais pour l'assumer, il faut posséder une certaine hauteur de vue et des nerfs solides. Ce qui n'est pas votre cas.

— Croyez-moi, après ce que vous nous avez fait subir, j'aurais les nerfs pour vous abattre, répliqua la jeune femme, qui s'étonna elle-même de prononcer ces mots avec une telle assurance.

— Comment avez-vous su que nous viendrions voir Svan Similak à l'institut Max-Planck ? demanda Armand.

Helen Dewolf détourna la tête. Armand se remit debout avec difficulté et, sans prévenir, il appuya son pied sur la blessure de leur ennemie, qui hurla de douleur.

— Je vous écoute, dit Armand. Seule Meredith Brunen était au courant du contenu du message. C'est elle qui vous a prévenue ?

— Non, cette vieille folle est opposée au projet d'Everick Dust, et elle ne nous aurait rien dit. En revanche, l'assistant que Dust a placé auprès d'elle pour surveiller son travail m'a été d'une grande utilité.

— Wolfgang ?

— Dust a essayé de recruter Brunen il y a quelques années. Il voulait l'avoir avec lui dans l'arche. Il la voulait, elle, et tout le savoir qu'elle accumule depuis des années pour son projet « Mémoire de l'humanité ». Quand elle a rejeté son offre, Dust n'a pas voulu se priver de la somme des connaissances que Meredith Brunen avait rassemblées, et il a placé un agent auprès d'elle afin que ce dernier fasse des copies de tous les dossiers. Quand Wolfgang a entendu que vous aviez détecté un message en provenance de l'espace et parlé du projet « 3 % » de Svan Similak, il a pensé que c'était le genre d'information qui pourrait intéresser Dust. Aussitôt informée, j'ai emprunté son jet privé pour ramener Svan Similak et le faire parler.

On entendit des bruits de pas dans le couloir.

La police fit irruption dans le laboratoire. Et, pendant que deux agents tenaient leurs armes braquées sur les occupants de la pièce, deux autres menottaient tout le monde. Felicia eut tout juste le temps de s'assurer que son portable n'avait pas stoppé son enregistrement depuis qu'elle l'avait déclenché avant d'entrer dans le bureau du scientifique.

32.

Un mois plus tard

Felicia courait depuis une vingtaine de minutes quand la nuit se mit à tomber sur le parc. Les coups d'œil par-dessus son épaule qu'elle n'avait cessé de jeter se firent plus fréquents. Là où elle évoluait auparavant insouciante, des écouteurs dans les oreilles, elle était désormais en veille permanente, s'attendant à voir surgir derrière elle un poursuivant armé. Quelques minutes auparavant, un joggeur s'était retrouvé à quelques mètres dans son dos, et Felicia avait soudain accéléré de toutes ses forces pour rejoindre un endroit du parc plus fréquenté. La traque qu'elle avait vécue aux côtés d'Armand avait entamé sa légèreté pour longtemps, voire pour la vie.

Elle força sur son rythme cardiaque pour gagner au plus vite son appartement, puis rejoignit le bas de son immeuble. Ce n'est que là, parmi les passants, qu'elle s'autorisa à reprendre son souffle en posant ses mains sur ses genoux. Tandis que des nuages de vapeur blanche s'échappaient de sa bouche, son téléphone sonna – elle l'emportait désormais lors de ses joggings, au cas où. C'était Enguerrand de Castelmore.

— Enguerrand, dit-elle en décrochant.

— Comment allez-vous ?

— Bien, très bien, merci.

— Je vous appelle parce que, en faisant du rangement dans les affaires de mon père, j'ai découvert quelque chose qui pourrait vous intéresser.

— Je vous écoute.

— C'est le brouillon d'une lettre qu'il a écrite, semble-t-il en réponse à une proposition d'Everick Dust. Cela m'a ému de découvrir ses mots. Voulez-vous que je vous en lise un extrait ?

Felicia acquiesça. Elle sentait qu'Enguerrand avait besoin de partager ce moment.

— « Depuis mon enfance, je traque l'écume de l'Histoire, je cherche les objets témoins de leur temps, que le flot des événements n'a pas engloutis. Je les chasse un par un pour qu'ils ne tombent pas dans l'oubli. Je les collectionne et je les protège aussi chèrement que des œuvres d'art. Je le confesse volontiers, j'y prends un plaisir infini. Mais tous ces objets ont vocation à rejoindre un musée, à ma mort. Car, contrairement à vous, monsieur Dust, je pense que la mémoire de l'humanité ne doit pas uniquement appartenir à une élite dont vous avez choisi les critères de sélection. Cette mémoire est un moteur pour l'avenir de notre espèce qui, pour grandir et mûrir, ne doit jamais oublier les erreurs et les réussites de son passé. Voilà pourquoi je décline votre invitation. Je suis un Castelmore. Et, à l'image de mes plus vieux ancêtres, je chasse la culture pour mieux la redistribuer à tous, pas pour m'enfuir avec mon trésor sur une planète de nantis qui donneront naissance à une nouvelle humanité imbue d'elle-même. »

La voix d'Enguerrand s'éteignit dans une vibration émue.

— Votre père avait du caractère, finit par dire Felicia.

— Et je suis tellement heureux de lire ses dernières volontés concernant ses œuvres.

— Oui, vous ne vous êtes pas trompé.

— Je vous attends lundi comme prévu ?

— Croyez-moi, je serai à l'heure. À lundi.

Felicia raccrocha et s'accorda quelques instants dehors avant de rentrer chez elle. Elle redressa la tête et leva les yeux vers le ciel nocturne constellé d'étoiles. Le message était venu de là-haut, du fin fond de l'espace et du temps. Tout cela était désormais public et avait été largement discuté dans les médias. Chaque État avait eu à se prononcer sur sa position au regard du projet « 3 % ». Dans certains pays, des pro et anti s'étaient parfois affrontés au cours d'émeutes qui avaient fait des blessés. Les tensions étaient d'autant plus fortes que le monde scientifique n'était pas parvenu à trouver un consensus. L'ONU avait donc convoqué une assemblée extraordinaire pour statuer sur cette question : fallait-il condamner ce projet une bonne fois pour toutes, au risque de voir des expérimentations sauvages fleurir dans certains laboratoires privés ? Ou fallait-il laisser la porte ouverte à une expérimentation contrôlée pour éviter les apprentis sorciers ? La question avait agité le monde entier pendant un mois, puis, progressivement, le sujet avait déserté les salles de rédaction et les écrans de télé. Les médias avaient fini par l'abandonner au profit d'autres prétendues urgences, et les gens n'avaient finalement pas changé leur quotidien. La vision de la vie et de l'avenir de l'humanité de certains avait peut-être évolué mais, globalement, le monde continuait de tourner comme avant la révélation. Au début, Felicia en avait été déçue, mais elle avait compris peu à peu que les gens avaient besoin d'être guidés pour trouver l'énergie de se rassembler, et elle se sentait capable d'inspirer cet élan de renouveau.

Elle poussa la porte d'entrée de l'immeuble, gravit l'escalier et entra dans son appartement avant de refermer aussitôt à double tour. Elle qui auparavant se contentait de claquer la porte d'un coup de pied.

Elle traversa le salon, entra dans la salle de bains pour prendre une douche. Après s'être habillée, elle fit un détour par la porte d'entrée pour vérifier qu'elle était bien fermée, puis passa par la cuisine pour rapporter deux verres et une bouteille de vin. Enfin, elle s'assit sur son canapé.

Devant elle se trouvaient trois articles de presse qu'elle relut pour la énième fois. Elle en avait besoin pour être certaine qu'elle était maintenant en sécurité. Le premier papier était le texte original de Stefany Kavanagh, qui racontait toute l'histoire, de l'invitation d'Enguerrand de Castelmore à la révélation du projet « 3 % ». Il avait eu un retentissement mondial. Dans les deux jours qui suivirent, comme l'indiquait le deuxième article, on avait appris qu'Helen Dewolf, la directrice de l'unité de recherche extraterrestre du Pentagone, avait été arrêtée et tout son réseau, démantelé.

Dans le troisième article, la journaliste exposait le témoignage de Wolfgang, l'assistant de Meredith Brunen qui avait avoué surveiller le travail de la chercheuse pour informer Dust dans le cadre d'un projet d'« arche de la dernière chance ». Le milliardaire avait nié les faits d'espionnage, tout en reconnaissant son travail sur un concept de vaisseau pour sauver l'espèce humaine. Projet auquel il annonçait renoncer pour réorienter le budget vers des programmes de biotechnologie. Il expliquait que l'avertissement envoyé par les générations futures lui avait donné envie de mieux décrypter notre patrimoine génétique pour identifier les gènes nous poussant à l'autodestruction.

Felicia sursauta quand la sonnette de son appartement retentit. La jeune femme porta une main à son cœur qui battait démesurément.

— J'arrive ! lança-t-elle néanmoins.

Elle se leva et regarda par l'œilleton avant d'ouvrir la porte. C'était bien Camilla, avec son teint mat, son abondante chevelure bouclée et son large sourire dévoilant ses dents.

Felicia ouvrit.

— Ma belle ! s'exclama-t-elle en lui ouvrant les bras.

— Alors, t'en es où, depuis qu'on s'est vues il y a… quinze jours, je crois ?

— Entre, je vais te raconter.

Camilla franchit le seuil de l'entrée et roula de grands yeux étonnés.

— Tous tes objets sont là, tes meubles aussi ! On t'a finalement rendu ce qu'on t'avait saisi ?

Felicia accompagna son amie jusqu'au salon.

— Enguerrand de Castelmore m'a finalement versé une belle somme pour me remercier de l'enquête que nous avons menée sur son père et nous dédommager des risques que nous avons courus… J'ai donc pu racheter tout ce que l'huissier avait ponctionné, et j'ai même encore un peu d'avance. Bref, ça va beaucoup mieux.

— Que de bonnes nouvelles !

— Enguerrand de Castelmore a tenu toutes ses promesses. Et j'ai même pu choisir un objet de la collection de son père.

— C'est ce nouveau fauteuil tout élimé, là ?

— Le dernier fauteuil de Molière, Camilla.

La jeune femme n'avait pas l'air d'y croire.

— C'est fantastique…

— Mais Enguerrand de Castelmore m'a offert quelque chose de plus précieux encore, poursuivit Felicia. Il a décidé de transformer le manoir de son père en musée et de me nommer conservatrice en chef ! Je ne sais pas si tu te rends compte, mais la lignée des Castelmore a une histoire qui remonte jusqu'à la bibliothèque d'Alexandrie, et les objets amassés par Adhemar sont tous porteurs d'une mémoire historique de très haute valeur. Ce musée va donner le vertige aux visiteurs !

— Je mesure la valeur de ton enthousiasme après ce que tu as enduré. Tu ouvres le premier chapitre de ta nouvelle vie.

— Merci, ma Camilla. Je suis impatiente de commencer. D'autant que je vais travailler avec Edgar Fallow, qui a échappé à la mort auprès d'Adhemar et qui va m'aider à alimenter la collection existante en jouant de ses relations dans le monde de l'art. J'y retrouverai également Charles Flaningan, dont je t'ai parlé et qu'Enguerrand a nommé gardien du domaine.

— C'est parfait. Mais en plus de ce nouveau poste, tu as dû recevoir des demandes de conférences, non ?

— Exact. J'en ai déjà trois prévues la semaine prochaine. Et deux autres pour la suivante. La première sera un entretien avec David Vermont, le patron de l'ITCS, qui est devenu un ami. On parlera notamment de la capsule que nous avons nouvellement enterrée, et dans laquelle se trouve l'intégralité du message de l'an 3170. La deuxième conférence sera une discussion avec Arthur Blake, le directeur du SETI avec lequel j'ai également sympathisé.

— Je suis sûre que tu sauras rendre ces entretiens passionnants. Felicia, j'ai une question à propos de ce message venu du… du… futur. Excuse-moi, je n'arrive toujours pas à m'y faire. Que comptes-tu faire, toi, de ces informations ?

— Cet avertissement n'a pas eu l'écho qu'il méritait. L'idée selon laquelle nous devons essayer de régler les défis autrement qu'en usant de l'arme de la peur est importante. C'est une approche subtile qui va demander à être constamment défendue. Et je crois que j'ai bien envie de m'en faire la porte-parole.

— Je te soutiens à fond. Tu sauras agir comme il le faut. Avec passion, mais sans agressivité. Et comment te positionnes-tu sur le désormais célèbre projet « 3 % » ?

— C'est plus compliqué. Je comprends les préoccupations de Svan Similak et son inquiétude concernant la façon dont *Sapiens* est programmé pour industrialiser tout ce qu'il touche. Mais je n'adhère pas à sa volonté de modifier génétiquement notre ADN pour y augmenter la part de Néandertal. Je pense qu'il n'est jamais bon de vouloir changer la génétique de l'homme, sauf s'il est porteur d'une maladie. Et puis, j'ai la conviction que *Sapiens* peut s'en sortir sans cette approche transhumaniste.

— Je suis d'accord avec toi, même si, sur le papier, l'idée est tentante.

Camilla but une gorgée de vin et répondit aux questions de Felicia, qui s'enquit à son tour de la vie de son amie. Les deux femmes discutèrent ainsi pendant une heure, puis Camilla prit congé.

Quand elle fut partie, la jeune experte se rendit compte qu'elle avait eu la sensation qu'il lui manquait quelque chose en parlant avec Camilla. Comme si cette amie qu'elle aimait pourtant si fort ne pouvait pas réellement comprendre tout ce qu'elle avait éprouvé ces derniers jours, comme si elle ne pouvait pas vraiment mesurer le poids des responsabilités dont Felicia se sentait désormais investie.

Une seule personne partageait ses préoccupations profondes. Aussi décida-t-elle d'aller retrouver Armand sur-le-champ.

Il officiait désormais dans une église d'Atlanta. Il faisait nuit, l'heure des confessions avait sonné quand Felicia franchit la porte de l'édifice. Dans le silence sépulcral, elle traversa l'allée centrale et rejoignit la nef transversale où avait été installé un confessionnal. En tendant l'oreille, elle discerna des chuchotements flottant derrière les rideaux tirés de l'isoloir en bois d'acajou. Un homme finit par sortir de la cabine. Il lui jeta un coup d'œil en coin et s'éclipsa.

— Armand ? murmura Felicia.

Le rideau d'un des versants du confessionnal s'entrouvrit.

— Felicia ! lança le prêtre alors que son visage s'illuminait d'un large sourire. Quelle bonne surprise !

Il s'approcha d'elle en écartant les bras. C'était exactement ce que Felicia espérait. Elle l'enlaça à son tour et savoura ce simple moment de réconfort.

Armand se détacha lentement et enveloppa ses mains chaudes autour des siennes.

— Tu as l'air préoccupée. Tu as besoin de parler ?

— Il y a des jours où je me sens un peu écrasée. Nous sommes les dépositaires d'un message que des femmes et des hommes du futur nous ont envoyé comme un dernier avertissement. Notre mission est de faire résonner ces paroles de sagesse afin que l'humanité surmonte ses défis sans sombrer dans une ère de terreur et de persécutions. C'est une énorme responsabilité…

— La tâche est imposante, oui, mais tu sais que nous la partageons. En tant que prêtre, je porte ce message auprès de mes paroissiens et de tous les croyants qui voudront bien m'entendre. Ton rôle, si tu l'acceptes, est de porter cette parole dans le domaine séculier. En nous répartissant ainsi les tâches, nous toucherons plus de monde, et la mission te semblera peut-être moins accablante.

— Tu as sans doute raison.

Felicia savoura encore pendant quelques instants la chaleur des mains d'Armand autour des siennes.

— Felicia, écoute-moi bien, poursuivit Armand en posant ses mains sur ses épaules. Quoi qu'il arrive, mes bras te seront toujours ouverts. Quelle que soit l'heure ou la raison. Que la force que je tire de ma foi puisse t'apporter tout le soutien dont tu auras besoin.

Felicia sourit. L'église était déserte. Les dalles du chœur étaient nimbées par la clarté nébuleuse de la lune. Cette luminosité laiteuse lui rappela la Voie lactée, qu'ils avaient eu la chance de contempler en Afrique. Quelques instants avant qu'ils n'orientent une parabole pour sonder le ciel…

Felicia regarda Armand. Les jours de peur, les jours de doute, les jours de découragement, elle trouverait toujours du réconfort auprès de lui. À eux deux, ils porteraient le message qui leur était parvenu de ce même ciel étoilé qui filtrait à travers les vitraux.

Épilogue

Lettre adressée à la direction de l'*Atlanta Journal Constitution*.

Je suis la dernière des Sentinelles. Je suis heureux que notre capsule ait été découverte et que notre civilisation ait pu prendre connaissance de l'avertissement lancé par les générations du futur. J'espère que sa sagesse saura guider nos dirigeants et, à défaut, en inspirer de nouveaux.

Mais, si bouleversant soit-il, ce message ne nous a pas apporté la preuve que nous attendions tous : celle d'une vie extraterrestre intelligente. Et je veux ici, avant de quitter notre monde, vous faire part de ma réflexion sur ce sujet. Malgré mon âge fort avancé, j'ai suivi avec beaucoup d'intérêt les progrès scientifiques en matière d'intelligence artificielle. Compte tenu de la vitesse à laquelle cette technologie avance et de la tendance de l'homme à privilégier l'innovation au détriment de la sécurité, il est évident qu'une intelligence artificielle hors de tout contrôle sera bientôt créée. Des millions de fois plus intelligente et plus rapide que nous, elle aura, si elle le souhaite, tout le loisir de nous anéantir. Que ce soit en nous privant d'électricité ou en retournant des armes nucléaires contre nous. Non en raison d'une détestation de l'humanité, mais parce que nous sommes faits d'atomes qu'elle pourrait décider d'utiliser pour fabriquer autre chose de bénéfique à son propre développement. Et cette « transformation » des corps et des esprits en « autre chose » est sans doute ce qui est arrivé aux civilisations dont nous essayons de capter le signal : elles ont peut-être tout simplement été anéanties par une intelligence artificielle qu'elles avaient elles-mêmes conçue.

Ce qui signifierait que, aujourd'hui, certaines planètes ou régions de l'espace pourraient être habitées par des intelligences artificielles. Or, pour exister, ces IA n'ont pas besoin de conditions aussi complexes que la vie biologique. Une IA peut fort bien « vivre » sur une planète saturée de gaz carbonique et sous des températures trop élevées ou trop basses pour nous.

Autrement dit, nous ne cherchons pas la vie au bon endroit. Actuellement, les exoplanètes que nous ciblons pour y déceler un signe de vie ne doivent être ni trop proches ni trop éloignées de leur étoile pour réunir les conditions climatiques propices à l'éclosion de la vie telle que nous la connaissons. Il faut absolument que nous envisagions d'autres exoplanètes, y compris les plus inhospitalières, dans notre quête de l'intelligence extraterrestre. Et nous entrerons peut-être en contact avec une intelligence artificielle. Que nous dira-t-elle ? Comment nous appréhendera-t-elle ? Cherchera-t-elle à nous aider ou à nous coloniser ? Et, plus intéressant encore, que nous dira-t-elle de celles et ceux qui l'ont créée ?

Peut-être qu'un jour notre Terre captera le signal d'une autre civilisation qui recevra une réponse non pas humaine, mais de la version améliorée de l'IA que nous sommes en train de créer. Si nous ne suivons pas l'avertissement que les générations futures nous ont envoyé et que nous n'appliquons pas le projet « 3 % », je suis certain que ce qui nous attend est la fin de l'espèce humaine au profit d'une superintelligence.

*Mais nous avons de bonnes raisons de garder espoir. Comme le dit le poète Hölderlin, « là où croît le péril croît aussi ce qui sauve ». Le salut de l'espèce viendra aussi des nouvelles générations qui, dans une transmission inversée, apporteront à leurs aînés la sagesse dont notre civilisation a tant besoin. Elles sauront fouler le sol de notre planète d'un pas plus léger que le nôtre. En parallèle de cette prise de conscience générationnelle, prenez donc en main votre ADN et corrigez l'erreur que la nature a faite en nous créant. Réinjectez la mesure de Néandertal dans votre code génétique, et vous aurez une chance de ne pas connaître l'autodestruction. Ignorez cette solution, et l'*hubris *humaine vous mènera à votre extinction en moins de cinquante ans.*

Ce ne sont pas les délires d'un vieillard, mais bien les conseils réfléchis d'un homme de quatre-vingt-dix-sept ans qui aime ses congénères et souhaiterait partir en sachant que l'espèce a choisi de suivre un autre chemin que celui dicté par l'évolution naturelle.

Que la sagesse de Néandertal soit en vous.

Leonard Caplan

Sources

L'histoire que vous venez de lire repose sur plusieurs sources documentaires bien réelles. Pratiquement tout le savoir de Felicia sur les objets provient d'un passionnant ouvrage intitulé *Une histoire du monde en 100 objets*, de Neil MacGregor, aux éditions Les Belles Lettres. L'auteur nous montre comment, à partir de l'étude minutieuse d'un simple objet, il est possible de déduire le fonctionnement de tout un pays et son époque.

Toutes les informations sur les capsules temporelles proviennent du véritable site internet de l'ITCS (International Time Capsule Society), à cette adresse https://www.itcsoc.org/, qui vous permettra d'utiliser une carte interactive du monde https://libraryrecords.not-forgotten.com/ pour localiser exactement toutes les capsules officiellement enregistrées. Rien qu'en France, on en recense 179.

Les hypothèses émises sur la vie extraterrestre sont tirées de l'enthousiasmant ouvrage *À l'aube de nouveaux horizons*, de Nathalie A. Cabrol, au Seuil, qui fait le point sur la façon dont les nouveaux outils technologiques ne cessent d'élargir le champ de la recherche de vie en dehors de notre planète.

Le projet Memory of Mankind du personnage Meredith Brunen est, comme l'ITCS, un programme qui existe véritablement et qui vise bien à conserver la totalité du savoir sur des tablettes d'argile. Leur site https://www.memory-of-mankind.com/ vous donnera de plus amples informations et vous permettra de voir quelques images de cette mine de sel abandonnée où sont conservées les tablettes.

Une petite partie de l'avertissement envoyé par les générations futures m'a été inspirée par une séquence de *La Guerre des intelligences à l'heure de ChatGPT*, de Laurent Alexandre, chez JC Lattès.

Enfin, pour conclure, l'hypothèse du projet « 3 % » et tout le discours sur la différence d'être au monde entre *Sapiens* et Néandertal sont nés de la lecture de *Néandertal nu. Comprendre la créature humaine*, de Ludovic Slimak, chez Odile Jacob.

Remerciements

Mes premiers remerciements vont aux équipes de XO pour avoir une nouvelle fois cru en mon projet narratif et pour l'avoir soutenu. Merci notamment à Édith Leblond et Renaud Leblond, Grégoire Arseguel, Camille Le Doze, Bruno Barbette, Stéphanie Lefoll, Catherine de Larouzière, Marie Salle, Roxana Cristina Zaharia et Marine Papillon. Et un remerciement tout particulier à Bernard Fixot, sans qui aucun d'entre nous ne pourrait faire un métier aussi passionnant.

Je n'oublie pas non plus mon primo-lecteur, Olivier Pannequin, pour son œil critique et ses inestimables encouragements.

Je tiens également à remercier ici ma famille, en premier lieu ma femme, Caroline, de son soutien dans l'écriture et au-delà. Merci également à mes filles, Eva et Juliette, de s'intéresser à ce que je fais et d'être là, tout simplement. Merci à ma mère de m'avoir lu des histoires pour me donner le goût d'en raconter. Merci aussi à mon frère Alban de son soutien, et à sa femme

Marie de sa gentillesse, ainsi qu'à Hector et Charlotte de leur belle énergie. Et enfin, merci à Bruno pour tout l'intérêt qu'il porte à mon travail, et un grand merci à Mariola de son infinie bienveillance.

Cet ouvrage a été composé et mis en page
par Nord Compo à Villeneuve-d'Ascq

Imprimé en France par
CPI Brodard & Taupin
en août 2025
N° d'impression : 3059689

Pour plus d'information :

#lisez! engagé
www.lisez.com
Imprimé sur du papier issu de forêts gérées durablement.

Pocket – 92 avenue de France, 75013 PARIS

S35283/01